KB032861

막장 악역이 되다

크레도 퓨전 판타지 장편소설
WISHBOOKS FUSION FANTASY STORY

 6

크레도 퓨전 판타지 장편소설

초판 1쇄 찍은 날 | 2020년 4월 6일
초판 1쇄 펴낸 날 | 2020년 4월 13일

지은이 | 크레도
펴낸이 | 권태완 우천제

기획 | 위시북스
편집책임 | 한준만
편집 | 위시북스

펴낸곳 | ㈜케이더블유북스
등록번호 | 제25100-2015-43호
등록일자 | 2015. 5. 4
KFN | 제2-30호

주소 | 서울시 구로구 디지털로31길 38-9, 401호
전화 | 070-8892-7937 팩스 | 02-866-4627
E-mail | fantasy@kwbooks.co.kr

ⓒ크레도, 2019

ISBN 979-11-293-5261-3 04810
      979-11-293-4389-5 (set)

Wish Books
막장 악역이 되다
6
크레도 퓨전 판타지 장편소설
WISHBOOKS FUSION FANTASY STORY

막장 악역이 되다

·CONTENTS·

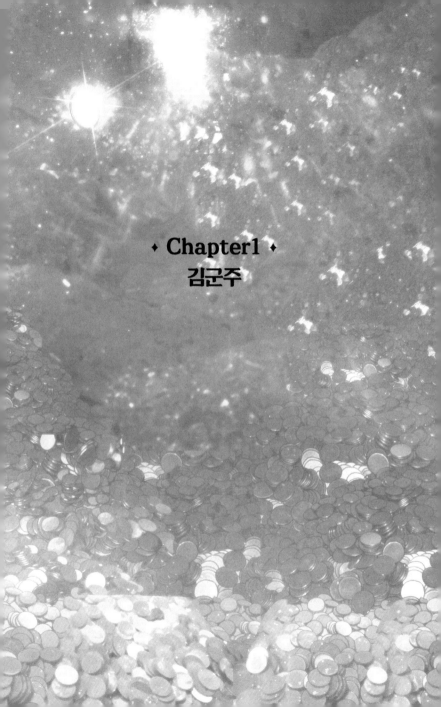

✦ **Chapter1** ✦
김군주

세상에 진우를 막을 수 있는 자는 그리 많지 않았다. 부활하지 못한 마신이나 랭크가 높은 다른 군주들 정도였다.

진우도 그렇게 생각하고 있었지만, 또 있었다. 바로 진우가 정을 준 이들이었다. 모두가 진우를 단번에 알아보았다. 상당히 귀찮았지만 룬달프와 광마, 루나가 눈을 반짝이며 바라보니 결국 합류할 수밖에 없었다.

"이렇게 하면 들킬 일은 없을 거예요!"

루나는 잠깐 방송을 멈추고 진우에게 이것저것 꺼내서 주었다. 목소리 변경 아이템과 얼굴을 가리는 투구였다. 탱커의 본분에 맞게 기초 장비도 가져다주었다. F랭크의 전신 갑주였는데, 무거운 무게가 특징이었다. 투박한 느낌이 강했다.

진우는 룬달프를 바라보았다. 루나와 아는 사이 같았다.

"어떻게 알게 된 건가요?"

"음, 많은 일이 있었지."

굉장히 복잡한 사연 같았다. 룬달프가 루나를 예뻐하는 게 눈에 보였다. 광마도 마찬가지였다. 어쨌든 사이가 좋아 보이니 묻지 않기로 했다.

룬달프는 이곳이 가상이 아니라는 사실을 알고 있었고, 광마는 아무래도 상관없다고 생각하고 있었다. 티격태격하던 둘은 루나가 방송을 다시 켜니 근엄한 표정이 되었다.

'이미지 엄청 챙기는구먼.'

진우도 채팅창을 띄워놓았다. 세연이 방송 연동 모드도 구현했는데, 인터페이스가 굉장히 깔끔했다.

시청자들은 진우나 루나 앞에 떠올라 있는 채팅창이나 방송 관련 인터페이스를 볼 수 없었다. 몰입감을 위해서였다.

세연은 그런 디테일까지 잘 살려놓았다. 그녀의 능력은 예상보다 더 굉장했다. 무엇보다 진우가 무슨 요구를 할지 미리 캐치해서 준비를 해놓았다.

-초코쿠키칩: 오오! 드디어 4인팟인가!

-란토: 저분 누구임? F랭크는 되야 할 텐데.

-Acela: 탱커 구하기 힘든데 역시 루나 님.

-고양이루나: SBC에서 지금 방영해요. 근데 루나 님 파티가 더 재밌을 듯.

-하한선: 예약했는데 4달 뒤에나 받는다네.

채팅창을 보는 건 그럭저럭 재미있었다. 탱커 기술은 없었는데, 맨몸으로 다녀도 문제없었다. 진우는 미궁보다 랭크가 높은 군주였다.

"군주 님, 여기…… 아!"

루나가 진우를 군주라고 불렀다가 살짝 당황했다. 그러나 곧 표정을 수습하고는 시청자들에게 진우를 소개해 주었다.

"저, 저희가 힘들게 영입한 탱커 분이십니다. 닉네임은…… 구, 군주세요."

"……김군주입니다."

이제는 너무나 익숙한 이름이었다. 진우는 거대한 방패를 아무렇지도 않게 들었다. 당연히 무게감이 느껴지지 않았다.

-초콜렛맨: 와! 힘 봐. [후원!]

-투컴오피스: 저거 다린 님도 못 든건데 한손으로 드네.

-lms233: 개쩐다.

-호시이: 저 정도면 공식 탱커 1위 아님?

'음…… 뭔가.'

채팅창의 반응을 보니, 그럭저럭 흐뭇한 기분이 들었다. 룬달프와 광마도 반응을 즐기고 있었다. 따로 방송하지는 않았지만 미튜브 채널을 운영하고 있어서인지 익숙해 보였다.

광마도 미튜브에 신선TV를 개설했다. 그러나 사람들이 광마라는 이름에 더 익숙해 구독자는 저조했다.

"우리도 합류하죠!"

루나가 밝게 웃으며 말했다.

-란토: 미궁 님 있으면 딱인데.

-침구: 미궁 님이 궁수나 도적하면 딱인 듯.

-후엠아이: ㅋㅋ그럼 완전 목걸이 제왕의 목걸이 원정대네.

-산토: 완전 피지컬 파티자너ㅋㅋ

루나를 따라 중앙 광장으로 합류했다. 이곳에서 튜토리얼을 끝마친 이들이 대부분 합류해 있었다. 전운이 감돌았다.

모두 긴장감이 가득한 표정이었다. 한 번 죽으면 처음부터 다시 키워야 하니 당연한지도 몰랐다. 근데 그게 의외로 중독 요소로 작용하고 있었다. 전우애를 깊게 느낄 수 있었고, 무엇보다 심장이 쫄깃해졌기 때문이다. 많은 과금을 한 캐릭터가 사라지는 건 아주 많은 긴장감을 부여해 주었다.

"쯧쯧, 다 애송이들뿐이로군."

"자네만 할까."

룬달프와 광마는 계속 티격태격했다. 잼식이 단상 위에 올라왔다. 그동안 노가다와 과금을 엄청 했는지 태초의 마을에서 얻을 수 있는 최고의 장비를 착용하고 있었다.

'강화도 했군.'

강화도 제법 잘 되어 있었다. 괜히 공대장이 된 것이 아니었다.

"네! 저는 현장 중계를 나왔습니다. 모두 엄숙한 분위기인데요! 아! 저도 등반자들과 같은 장비를 착용하고 있습니다. 세계 최초로 시청자 여러분께 생생한 현장 상황을 보내드리고 있습니다!"

기자도 보였다. 당연히 해외에서도 주목하고 있었다. 지금 SBC 시청률은 하늘을 뚫고 있었고 온라인 중계방의 시청자 숫자가 어마어마하다고 한다.

리그 길드를 넘어서는 관심이었다. 잼식이 나름 격식을 갖춰서 연설했다. 방송인이다 보니 나름대로 들어줄 만했다.

"우리는 강합니다!"

"우아아아! 가자!"

수천 명이 내지르는 소리가 바닥을 울렸다. 웅장한 분위기도 그럭저럭 괜찮았다. 잼식이 돌격하자 공대에 속한 이들이 모두 잼식을 따라 돌진했다. 마을과 이어진 커다란 계단을 오르면 던전이 나왔다. 미궁의 내부는 계속 변화하니 어떤 던전이 나타날지 계단을 오르기 전까지는 알 수 없었다.

플레이어들은 실시간으로 변하는 로그라이크 시스템이라고 생각하고 있을 뿐이었다. 그래서 공략법보다는 개개인의 능력과 상황에 맞는 임기응변이 더 중요했다. 중간 보스까지 정복한다면 이후에는 가속이 붙을 것으로 예상되었다.

-초코쿠키칩: 오오, 긴장감 보소. [300,000원 후원! 통 큰 후원!]

"앗! 초코쿠키칩 님! 감사합니다! 당신의 사랑스러운 루나로 변신! 휘리릭!"

후원금을 받은 루나가 화려한 리액션을 했다. 룬달프는 흐뭇한 눈으로 루나를 바라보았고, 광마는 고개를 끄덕였다.

루나에 익숙해 보였다. 진우의 시선을 받고 살짝 몸을 움찔했다. 투구 속에 가려진 진우의 눈빛을 읽은 탓이었다.

루나는 이제 여신이라기보다는 프로 방송인이었다.

'세, 세계 평화를 위해서예요.'

루나가 눈빛에 그런 뜻을 담아 보냈지만, 진우에게는 먹히지 않았다.

-에스비씨: 루나 님, 자신감을 가져요.

-월급도둑: 탱커 군주님 당황하셨네.ㅋㅋ

-귀욤루나: 탱커 형님, 표정을 알 것 같다.ㅋ 현장에서 바로 보는 거자녀.

-도레크: 그것도 해줘요. [500,000원 후원! 통 큰 후원!]

어떠한 상황에서도 리액션을 하는 것이 인터넷 방송인의 숙명이었다.

"도레크 님. 통 큰 후원 감사합니다. 귀욤, 귀욤……."

모니터로 보는 것과 현장에서 보는 것은 차이가 극명했다. 그래도 익숙해지니 견딜 만했다. 후원받은 돈은 천계와 중간계 평화 그리고 성역의 발전을 위해 쓰고 있었다. 물론, 개인적인 용도로도 쓰는 금액도 많았다.

"저희도 출발합시다!"

루나가 힘차게 말했다.

그냥 마을만 둘러볼 생각이었는데, 이렇게 되어버렸다. 진우는 뒤를 바라보았다. 룬달프와 광마가 치열하게 말싸움하고 있었다.

'중간에 적당히 빠져야겠군.'

중간에 적당히 목숨을 잃은 척하는 게 좋을 것 같았다. 진우는 작게 한숨을 내쉬고 거대한 방패를 들고 앞장섰다.

진우는 묵직한 탱커 역할이었다. 공대가 미리 출발한 상황이었고 진우의 파티가 마지막으로 계단을 올랐다. 계단을 오르니 커다란 입구가 옆으로 천천히 밀리며 다른 입구가 모습을 드러냈다. 커다란 입구는 방금 공대가 들어간 곳이었다.

-얀데레: 오오! 히든 루트?

-행복루나: 가즈아!

-훈수충: 히든 루트로 가요! [30,000후원!]

-실시간중계tv: 공대들 다 죽어 나가고 있음ㅋ SBC보다 여기가 더 재밌는 듯. 잼식이가 개돌하다가 가장 먼저 뒤짐ㅋ 기자도 죽어서 SBC 방송사고 터짐ㅋ

-란토: 잼식이 완전 트롤러던데. 거긴 정신없더락ㅋ 공대고 뭐고 걍 개돌이자너. 몬스터가 더 많음ㅋㅋ

파견된 SBC 기자들도 죽은 모양이었다. 변비의 악몽에 시달리고 있는 미궁은 역시 대단했다. 수많은 함정은 돌격만으로 극복하기에는 무리가 있었다.

진우의 파티는 결국, 히든 루트로 가보기로 했다. 시청자 숫자가 급격히 많아지기 시작했다. SBC와 잼식 방송을 보던 시청자들이 몰려왔기 때문이다. 룬달프와 광마도 진지하게 컨셉을 잡았다. 광마도 그렇지만 룬달프도 관심을 받는 걸 굉장히 좋아했다.

히든 루트는 어두웠다. 긴 통로가 나타났는데, 무시무시한 함정이 설치되어 있었다. 루나가 신성 마법으로 위험을 감지했다.

"하, 함정이에요!"

"음, 마법사인 내가 나서야겠군."

"무슨 소리!"

벽에 구멍이 잔뜩 뚫려 있었고 바닥에 버튼이 아주 많았다. 진우는 방패를 들고 천천히 걸어갔다.

'해외 서비스까지 하면 속도가 붙긴 하겠지. 접속기에 통역 기능까지 넣는다면……. 그건 조금 그런가?'

진우는 생각에 빠져 있었다. 위기감은 당연히 느껴지지 않았다. 이런 함정은 그에게 살랑바람이나 마찬가지였다.

"앗! 구, 군주 님!"

진우가 천천히 걸어 홀로 함정으로 들어갔다.

차르르륵! 쿵쿵! 휘리리릭!

화살 다발이 진우에게 쏟아졌고 바닥에서 가시가 올라왔

다. 쇠사슬이 달린 거대한 쇳덩이가 진우의 몸을 때렸다.

조그마한 충격이 느껴지고 나서야 진우는 생각에서 빠져나왔다. 뒤를 바라보니 루나의 동공이 흔들리고 있었다.

백만이 넘는 시청자가 실시간으로 지켜보고 있었다. 당연히 황금의 군주는 여전히 작동하고 있었다. 진우보다도 훨씬 깊게 컨셉을 이해하고 있었다. 함정을 교묘하게 비틀어 진우를 돋보일 수 있도록 만들었다. 연출하면 역시 황금의 군주였다. CG와 같은 특수효과 따위는 비교도 되지 않았다.

콰직!

진우는 일단 갑옷에 박힌 화살과 가시를 뽑았다. 거친 남자의 기운이 강렬하게 풍겨왔다. 투구와 갑옷으로 가리고 있음에도 알 수 없는 멋이 철철 흘렀다. 등도 유난히 넓어 보였다.

[황금의 군주가 미궁의 최하급 던전을 장악하였습니다. 굉장한 연출을 시작합니다.]

[B]영화적 연출.

황금의 군주도 관심종자였다. 지켜보는 사람이 백만이 넘어가니 좋아할 만했다. 진우는 할 말이 떠오르지 않았다.

"……함정이 없어졌으니 가죠."

-복어맨: 미친ㅋㅋ개멋있어. [70,000원 후원!]

-우왕짱: 터프한거보속ㅋ

-태풍을부르는자: 상남자네ㅋ [23,000원 후원!]

-lee2321: 간지보소 ㅋㅋ [12,000원 후원!]

-rose112: 나 남자인데도 반했다. [100,000원 후원!]

후원금이 마구 터지자 루나는 눈을 깜빡이다가 진우를 바라보았다. 그리고 슬쩍 엄지손가락을 치켜들었다.

'군주 님! 그거예요!'

'음?'

'그렇게만 해주세요!'

루나가 그런 눈빛을 보내오자 진우는 천천히 고개를 끄덕였다. 많은 이들이 지켜보고 있으니 멋지게 활약하려던 룬달프와 광마는 찜찜한 마음이 들 수밖에 없었다. 이미 시청자들은 진우에게 모든 관심이 쏠려 있었다.

"역시 최고의 탱커!"

루나는 방긋 웃으면서 포장을 했다. 히든 루트는 기존 던전과 분위기가 완전히 달랐다. 몬스터는 더욱 기괴했고 집요했다. 그리고 숫자가 상당했다. 황금의 군주가 그렇게 만들었기 때문이다. 연출을 위해서는 강력한 적이 필요했다.

키에에엑! 크아아아! 크르륵!

기괴하게 일그러진 좀비들과 짐승의 해골들이 가득 몰려왔다.

-초콜렛맨: 몬스터 디자인 봐. 미쳤네ㅋㅋ

-스윗허니소스: 개끔찍하다. 공포영화 같아. 난 저기 못 갈 듯.

-오양리: 룬달프 님 마법 개사긴데. 광마 님 미쳐 날뛴다 ㅋㅋ

-천마: 와, 완전 영화네.

광마와 룬달프가 멋진 모습을 뽐내며 몬스터를 상대했다. 진우는 방패를 들고 앞으로 전진했다. 그렇게 천천히 나아가자 거대한 공간으로 들어왔다. 안으로 들어오자마자 문이 닫혔다. 사방이 급격히 어두워졌다.

루나는 신성 마법으로 빛의 구를 생성해서 주변에 띄웠다.

후르르르!

사방에서 몬스터가 엄청 몰려왔다. 전과는 비교도 되지 않았다. 몬스터가 그야말로 파도가 되어 밀어닥치고 있었다. 거기서 끝이 아니었다. 거대한 해골이 바닥을 뚫고 나타났다. 노란 불길에 휩싸여 있는 해골이었다.

'저거…….'

딱 봐도 최하층에 나타날 중간 보스가 아니었다. 황금의 군주가 끌고 온 것이 틀림없었다. 조종도 직접 하고 있었다.

진우는 방패를 들었다. 일단 많은 이들이 보고 있으니 탱커의 본분을 다해야겠다고 생각했다.

루나가 축복 마법을 걸었다.

"저기! 출구가 있어요!"

저 앞에 출구가 보였다. 몬스터 군세와 함께 거대한 중간 보스가 바닥을 부수며 달려오고 있었다.

-톰하스: 미친 게임아니야?

-망곈: 도망쳐! 도망쳐! 빨리.

-루나핥: 오옥ㅋㅋ연출 미쳤네. 소름 돋아.

-양념장: 빨리요! 뒤뒤뒤뒤!

-망눈이: 이건 죽었네ㅋㅋ 단체로 유다희 양 만나러 갈 듯.

진우는 아무 생각도 없었지만, 시청자들은 아니었다. 거대한 중간보스 때문에 바닥이 무너져 내리고 있었다. 너무나 끔찍한 몬스터들이 기괴한 소리를 내지르며 마구 달려오고 있었다. 긴장감이 넘쳤다.

"으하하하! 좋군!"

"미친놈아! 뒤에 붙어!"

마구 날뛰는 광마에게 룬달프가 소리쳤다. 룬달프가 마법으로 옆에서 달려드는 몬스터들을 쳐냈고, 광마도 화려하게 움직이며 마구 쳐냈다. 진우가 길을 뚫고 광마와 룬달프가 몰려오는 몬스터를 막았다.

"꺄아악!"

루나도 후방에서 미친 듯이 달리고 있었다.

-초롱: 거의 다 왔어!

-감자맨: 힘내! 루나 님 달려요!

-루맨: 달려!

-미궁조아: 떨려서 못 보겠어.

-kima2312: 안 돼!

황금의 군주가 연출하니 굉장했다! 어느 하나 버릴 곳이 존재하지 않았다.

출구 바로 앞까지 도달한 순간이었다. 루나의 앞에 있는 바닥이 갈라지며 루나가 고립되었다. 룬달프와 광마가 루나에게 다가가려 했지만 몰려드는 몬스터를 방어하느라 여유가 없었다. 진우는 루나를 바라보며 고개를 끄덕였다.

'귀찮았는데, 잘 되었네.'

자연스럽게 퇴장하면 될 것 같았다. 진우는 뒤를 돌아 루나에게 점프했다. 루나를 잡고 출구 쪽으로 던졌다. 어느새 진우가 서 있는 곳부터 출구까지의 바닥이 사라진 상태였다.

-라논: 어억! 군주 형님…….

-슬럼프: 어떡해…….

-욥맨: 뛰어요! 안 돼!

-미궁조아: 헐.

시청자들은 진우의 넓은 등을 바라보았다.

'내가 여기 남을게! 어서 가!'

등이 그렇게 말하는 것 같았다. 진우는 중간보스를 바라보다가 방패를 들고 그대로 중간 보스에게 뛰어들었다. 중간보스와 부딪힌 순간 방패가 불타오르며 거대한 공간이 무너져 내렸다. 화려한 연출이었다.

"군주 님!"

루나가 그렇게 외쳤지만, 안쪽에는 아무것도 보이지 않았다. 룬달프는 털썩 주저앉은 루나를 토닥이며 고개를 저었다.

광마도 침통한 표정을 지었다. 둘 다 진우가 별 이상이 없다고 확신을 하고 있었다. 아무튼, 전력을 다해 연기하고 있었다. 루나도 마찬가지였다.

-냉면맛쿠키: ㅠㅠㅠㅠㅠ
-나도할래: 탱커 형니뮤ㅠㅠ
-라면의폭풍: 군주 형님 개멋지네…… . [50,000원 후원!]
-월컴투: 루나는 군주를 기억할 것입니다. [200,000원 후원!]
-칼인트: X를 눌러 조의를 표하십시오. [500,000원 후원!]

대형 포털 사이트 실시간 검색어에도 올라갔다.

1. 탱커 김군주
2. 뉴월드 군주
3. 미궁 루나tv
4. 군주

진우의 인기 랭크 수치가 계속 상승하고 있었다.

'군주 님, 멋져요!'

루나의 입꼬리가 씰룩했다.

군주의 희생은 막대한 후원금으로 대체되었다.

지하에 내려선 진우는 갑옷을 벗었다. 그가 있는 곳은 미궁 최하층의 밑바닥이었다. 중앙 통제실보다 더 아래였다.

"이런 곳이 있었나?"

태초의 마을과 가까운 던전은 이미 꼼꼼하게 살펴보았다. 그러나 이곳은 처음이었다. 주변에 망가진 던전들이 보였다. 커다란 구멍이 나 있었는데, 중간계의 글자들이 보였다.

'최근에 중간계에서 회수된 던전이군.'

정보의 마안으로 확인해 보니 중간계에서 건너온 던전이 맞았다. 보통 제자리로 회수되게 마련인데, 이런 지하에 있는 것이 의아했다. 좌표 설정이 어긋난 것 같기도 했다.

'변비에 걸려서 그런 거겠지.'

진우는 그렇게 생각하며 고개를 끄덕였다.

최희연은 진우를 찾아갔지만, 진우는 자리를 비운 상태였다. 어렵게 유나를 만나 물어보니 현재 성소에 있는 미궁에 있다고 한다. 성소로 가고 싶었지만, 민폐가 될까 봐 망설이고 있었다.

최희연은 시무룩한 표정으로 검문최가로 돌아왔다. 한숨을 내쉬고 있을 때, 유나를 통해 현재 진우가 미궁&루나TV에 출연하고 있다는 소식을 들었다. 검선과 이희진 회장이 같이 있다는 소리에 최희연은 가슴이 두근거렸다.

'이건 마치……'

무언가 가족 모임 같았다! 두 분이 우정이 싹트고 서로 손자와 손녀를…….

최희연은 두근두근하는 마음을 간신히 진정시켰다. 어렵게 스마트폰을 조작해 미궁&루나TV에 접속했다.

[크하하하하! 죽어라!]

"하, 할아버님?"

검선으로 보이는 자가 미친 듯이 주먹을 휘두르며 몬스터를 두들겨 패고 있었다.

[무식한 놈.]
[뭐? 돈귀신 놈이.]

검선이 이희진 회장으로 보이는 마법사와 티격태격하며 싸우기 시작했다.

-안녕함: ㅋㅋ 둘이 진짜 원수네.

-쌈밥: 둘 다 손자던가 손녀가 있다고 하지 않았나?

-하잉: 나도 그렇게 들었음ㅋ. 현실에서도 아는 사이이면 원수 집안일 듯ㅋㅋ

"아……."

채팅을 보는 순간 최희연은 스마트폰을 바닥에 떨어뜨리고 말았다.

쿵! 쿵! 쿵!

그러다가 빠른 걸음으로 검선의 방으로 향했다.

스르륵! 쾅!

문을 열고 안으로 들어가니 접속기를 쓴 검선이 침상에 누워 있었다.

최희연은 검선을 노려보다가 한숨을 내쉬었다.

진정하자. 그래도 할아버지이다.

그렇게 생각하며 화를 가라앉힐 때였다.

"크, 크큭. 크흐흐."

검선의 입가가 씰룩쎌룩하며 웃음을 뱉었다.

빠직!

최희연의 눈썹이 꿈틀거렸다. 그녀는 검선의 얼굴을 바라보다가, 정성스럽게 먹을 갈고 붓을 들었다. 그리고 얼굴에 원망하는 마음을 담아 한자를 또박또박 새겨주었다. 그러고 나니조금 진정이 되었다. 다시 방으로 돌아와 방송을 지켜봤다. 검선이 은근히 루나를 귀여워하는 것이 보였다. 이희진 회장도 마찬가지였다.

최희연은 잠시 망설이다가 채팅을 쳤다.

-나는안울어: 루나 VS 최희연(기사)

죄를 지은 것 같아 가슴이 다시 콩닥콩닥했다.

-갓루나: ㅋㅋ나는 루나가 좋음. 귀엽자녀
-냉정한판단: 최희연도 괜찮긴 한데 근데, 루나가 더 친근해서 좋음.
귀엽자녀!
-검문최가이명진: 최희연 조금 무섭지 않나? 다가가기 힘든 스타일
임. 루나가 더 귀엽자녀!
-포동포동: 님들 어그로 끌리지 마세요! 방송에 집중 좀. 루나 귀엽
자녀!

"윽……!"
현실은 냉혹했다. 최희연은 옆으로 그대로 쓰러졌다.
'나도 귀여운 편인데…….'
그녀는 괜히 바닥을 만지작거렸다.

기생의 군주. 12군주 중 한 자리를 차지하고 있었으나 그 존

재는 확인된 바가 없었다. 군주들조차 단 한 번도 그를 보지 못했다. 그것이 그의 권능 중 하나였다.

기생의 군주는 자신을 폭식의 군주라고 부르고 있었다. 그는 굶주림 속에서 수많은 영혼을 먹어치워 왔다. 타락의 군주에게 들러붙은 것은 최고의 선택이었다. 그가 차원을 파괴한 후에 남긴 영혼들을 맛있게 먹기만 하면 그만이었으니까.

'그 타락……'

타락의 군주가 비명을 지르며 발버둥을 칠 때, 그는 눈을 떴다. 원래는 차원이 붕괴하고 사라질 때, 잠에서 깨어 맛있게 영혼을 먹고 다시 잠들었는데, 이번에는 달랐다.

타락의 군주가 내지른 비명이 알람 소리가 된 것이다. 언제나 오만했던 타락의 군주가 고통스러워하는 모습을 보니, 생전 처음으로 섬뜩함을 느꼈다. 황금의 군주에게 먹히기 직전 그는 화들짝 놀라며 빠르게 발을 뺐다. 덕분에 목숨을 구할 수 있었으나 대부분의 힘이 소실되고 말았다.

'황금의 군주……'

탐욕의 군주를 죽이고 그의 힘을 흡수했다고 알려져 있었다. 그가 아는 건 그것뿐이었다. 그는 황금의 군주에게 들러붙으려 했지만 실패했다.

'그 어둠……'

그 어둠을 감당할 수 없었다. 황금의 군주는 포식자였다. 영혼 자체가 그러했다. 무조건 피해야 한다! 황금의 군주가 만약 자신의 존재를 알아차린다면?

그는 볼 수 있었다. 타락의 군주는 고통받고 있었다. 인간의 육체에 갇혀 매일매일 지옥처럼 살고 있었다.

부르르!

협상은커녕 대화도 통하지 않는 사악한 군주였다. 황금의 군주는 같은 군주를 고문하고 뜯어먹는 것을 즐겼다.

'주, 중간계를 떠나야 한다.'

그는 긴장할 수밖에 없었다. 불안해서 중간계에 있을 수 없었다. 그의 황금빛 눈동자가 자신을 찾아낼 것만 같았다.

'미궁은 전 차원을 돌아다니니. 잘 숨어 있다면……?'

기생의 군주에게 차원을 넘는 힘은 없었다. 미궁에 기생하고 있다가 같이 차원을 넘는 방법이 떠올랐다.

그는 바로 미궁으로 기어들어 갔다. 최하급 던전이라 지금의 힘으로도 기생하여 장악할 수 있었다. 그것 역시 그의 권능이었다. 숨죽이고 기다리자, 드디어 던전이 미궁에 회수되며 차원을 넘을 수 있었다. 그제야 안심하고 밖으로 나왔다.

'이곳은 미궁의 본체로군. 마침 잘 됐어.'

미궁에 자리를 잡은 것은 굉장히 좋은 선택이었다. 미궁은 침입자가 많기로 유명했다. 침입자들을 먹어치우며 평온한 삶을 사는 것도 괜찮을 것 같았다. 타락의 군주처럼 떠먹여 주지는 않았지만, 그래도 나름대로 아늑한 삶이 기대되었다.

우걱우걱!

그는 던전을 먹어치우고 이동했다. 미궁의 본체에 자리를 잡았다. 덕분에 미궁의 면역체계에 이상이 생겼지만 상관할 바가 아니었다. 안락한 생활은 이제 시작이었다!

'오오! 침입자들이 있군. 그것도 아주 많이……!'

수천이 넘는 기척이었다. 그는 어떤 영혼이라도 먹어치울 자신이 있었다. 의지만 연결된 아바타 같은 존재만 아니면, 뭐든지 아주 맛있게 잘 먹었다.

'오랜만에 폭식하겠군. 흐흐흐.'

전화위복이라고 볼 수 있었다. 하지만 과연 그럴까?

진우는 망가진 던전을 살펴보다가 중앙 통제실로 돌아왔다. 세연과 유나가 중앙 통제실에서 상황을 지켜보고 있었다.

짝짝짝!

모처럼 총지배인도 있었는데 진우가 나타나니 세연과 함께 손뼉을 쳤다. 총지배인은 눈물을 훔쳤다. 하이라이트 장면에서는 눈물을 왈칵 쏟았다고 한다.

"왜 그래?"

"주인님의 활약! 너무나 눈이 부셨습니다. 크흑, 그 숭고한 희생정신은 모든 이들의 귀감이 될 것입니다. 오늘을 두 번째 부활절로 지정하는 것은 어떻습니까?"

"……첫 번째 부활절도 있어?"

"물론입니다."

중국에서 부활한 날이 첫 번째 부활절이라고 한다. 진우가 모르고 있던 일이었는데, G&P와 JW 게이트 그리고 관할 지역은 부활절에 축제를 했다.

진우는 총지배인을 간신히 말렸다. 다행히 두 번째 부활절이 생기는 사태를 막을 수 있었다. 첫 번째는 이미 문화로 정착되어서 그만둘 수 없다고 한다.

"대표님! 엄청난 인기예요! 대표님 이야기밖에 없어요."

세연도 흥분하며 말했다. 기사도 마구 나왔다.

[제목: 계속해서 만들어지는 영화! 도대체 김군주는 누구?]

G&P가 개발하고 서비스하는 '뉴월드 : 미궁'이 연일 화제이다. SBC에서 특별 편성 프로그램으로 생방송 하여 현재 21.3%의 시청률을 기록하고 있고 계속해서 올라가는 추세이다. 해외 언론에서도 뉴월드 : 미궁에서 방송 중인 인터넷 방송인 잼식을 심도 있게 소개하기도 하였다.

그러나 가장 화제가 된 인물은 따로 있다. 바로 미궁&루나TV에 출연한 김군주이다. 인기 방송인 루나를 구하며 자신을 희생한 모습은 많은 화제를 낳았다. 다이버 실시간 검색어를 독차지하며, 뜨거운 관심이 집중되고 있다.

[이미지: 희생하는 김군주.jpg]

네티즌 amant***은 "진심으로 반했다. 누구인지 궁금하다. 새로운 스타의 탄생을 예감한다."라고 올렸다.

한편, 최연소 기사이자 검문최가의 가주인 최희연 경은 "기사 훈련에도 뉴월드 : 미궁을 이용할 수 있을 것 같다. 협회 차원에서 검토해야 할 것."이라는 반응을 보이고 있다.

데일리뉴스타 김혜미 인턴기자 hme32@newstars.co.kr / 사진
제공=미궁&루나TV, SBC

[댓글 2,154]

-drak**** 장난 아니었음. 영화 보는 줄.

-cho8**** 그야말로 상남자. 거대한 등이 보이면 김군주, 당신인 줄
알겠습니다.

진우는 인기 랭크를 확인했다. 정체되어 있던 인기 랭크의
수치가 팍팍 오르고 있었다. 이진우의 이름으로는 한계가 뚜
렷했는데, 김군주로 활약하니 전혀 다른 기세를 보여주고 있
었다. 지금까지의 일들이 허무하게 느껴질 정도였다.

'이진우는 최악이니……'

잘은 모르겠지만 이름 때문에 디버프를 받은 게 아닐까?

김군주도 이진우이기는 하지만, 신기하게도 전혀 다른 인물
로 취급되고 있었다. 이런 기세라면 탐욕의 퀘스트를 모두 완
료하는 건 시간문제였다. 세연이 화면 너머로 원정대의 분투
를 바라보다가 고개를 끄덕였다.

"한 가지 아쉬운 점이 있기는 하네요. 이건 제가 어떻게 할
수 없는 문제인데요."

"뭔데?"

"몬스터들이요. 말은 커녕 자아도 뚜렷하지 않잖아요?"

"그렇긴 하지."

미궁의 몬스터는 그러했다. 인형에 가까워 보스나 중간 보스, 층계의 주인조차 뚜렷한 자아가 없었다. 이성이 없이 살육만을 위해 움직이는 기계 같은 움직임이었다. 이건 침입자들을 상대하는데 엄청난 강점이었지만, 게임에서는 아니었다. 밋밋해질 우려가 있었다.

룬달프가 해골 보스를 매수할 수 있었던 것은 미궁이 아니라 꾸며놓은 공간이었기 때문이다.

"사연 있는 악역! 개성 있는 보스! 이런 게 있다면 흠잡을 곳 없을 것 같아요. 아티팩트나 프로그램 같은 부분은 제가 어떻게든 할 수 있지만……."

옆에서 듣고 있던 유나도 고개를 끄덕였다.

"생각해 보니 그렇긴 합니다. 마족을 배치할까요?"

"아니, 잘못하면 목숨을 잃을 수도 있어."

유나는 진우의 말에 고개를 끄덕이며 미소를 지었다. 진우는 자신에게 속한 이들에게 희생을 강요할 생각은 전혀 없었다. 뚜렷한 목표는 없었지만, 그냥 다 같이 행복하게 살았으면 좋겠다고 생각하고 있을 뿐이었다.

"크흑, 제가 목숨을 걸겠습니다! 맡겨주십시오!"

"……괜찮아."

총지배인이 나서겠다고 하자 진우는 말릴 수밖에 없었다. 그가 나선다면 누구도 그를 넘어서지 못하고, 미궁은 영원히 변비로 고통받을 것이다. 솔직히 총지배인과 순수하게 검술로만 붙으면 진우도 이길 자신이 없었다. 얼마 전까지 인간의 한계를 흔들고 있었는데, 지금은 한계를 조금 돌파한 상태였다. 불타는 충성심 덕분이었다. 그 충성심을 수치화할 수 있다면 빅뱅이 일어날지도 모른다.

'조금 무섭군.'

진우는 레이드 상황을 지켜보기로 했다. 루나의 파티도 히 든 루트를 통해 공대와 합류했다. 룬달프가 마을에 돈을 뿌려 기초 장비를 잔뜩 사들여 부활하는 이들에게 무료로 나눠주 었다. 그렇게 시간이 지나, 중간 보스 방 앞에 도착했다.

"도련님, 광화문에서 현장 상황을 중계하고 있습니다."

"광화문에서? 사람들이 모였데?"

"네, 상당한 인파입니다. 김군주를 추모하기 위한 자리도 마 련되었습니다."

"지구도 생각 이상으로 막장이군."

국제대회나 월드컵 기간도 아니고 광화문이라니…… 이해 가 되지 않았다. 할아버지의 수작이 아닐까?

아무튼, 현재 엄청나게 많은 사람이 주목하고 있었다.

'연출이 없으니 아쉽군.'

황금의 군주도 없었으니 연출을 기대하기 어려웠다. 그냥 방 안에 중간 보스 몬스터가 있고, 바로 전투가 시작될 것이 다. 진우가 그런 것까지 일일이 만들어 낼 수는 없었다. 던전 은 무수히 많았으니까.

중간 보스 방의 문이 천천히 열렸다. 공대원들이 천천히 안으로 들어갔다. 메인 던전의 중간 보스는 거대 해골이었다. 단순히 랭크와 크기가 높을 뿐이니 쉽게 공략할 수 있을 것이다.

루나와 광마, 그리고 룬달프도 있었고…… 제임스딘과 기사들도 있었다.

그들도 게임에 취미가 있는 걸까?

아무튼, 저런 실력자들도 있으니 무난하게 해치울 수 있을 것 같았다. 상황을 지켜볼 필요가 없다고 생각할 때였다.

[크, 크크큭, 귀여운 먹잇감들이 굴러들어왔군.]

음침한 목소리가 들려왔다. 공포심을 자극하는 목소리였다. 진우는 화면에서 고개를 돌리고 있다가 다시 화면을 바라볼 수밖에 없었다. 잘못 들은 건가 싶었기 때문이었다.

처음에는 예상대로 중간 보스의 모습이 나타났다. 커다란 낫을 든 특색 없는 해골이었다. 바로 공격을 시작하는 모양새는 역시 다소 밋밋했다.

공대원들이 긴장하며 해골을 바라볼 때였다.

이변은 그때 발생했다. 사방에서 다른 해골들이 뿜어져 나오더니 하나로 합쳐지기 시작했다. 검은 기류에 둘러싸인 해골이었다. 그렇게 합쳐지더니 수백의 해골이 뭉친 거대 해골이 되었다. 그대로 손을 뻗어 중간 보스를 움켜잡고는 맛있게 뜯어 먹었다. 압도적인 모습에 무기를 떨어뜨리는 플레이어들도 있었다. 채팅창은 당연히 난리가 났다.

-초코쿠키칩: 저게 뭐약ㅋㅋㅋ

-란토: 와, 연출 미쳤네.

-이건우: 디자인 디테일한 거 봐.

-고였따리: ㅋㅋ실제로 보면 오줌 지릴 듯. 개무서워.

-뉴지존: 진짜 디자인팀 상 줘야 한다. 개쩔어.

[공포와 절망에 떨어라! 그리고 영혼을 바쳐라! 크하하!]

두 팔을 벌리자 입구의 문이 닫히더니 벽돌이 살아 있는 것처럼 움직이며 입구 앞에 쌓였다. 출구는 존재하지 않았다. 감탄이 나올 정도로 굉장한 연출이었다.

"음?"

감탄하며 바라보고 있던 진우와 세연, 유나는 동시에 머리에 물음표를 띄웠다. 저런 연출을 준비한 적이 없었고, 애초부터 중간보스가 말을 한다는 것 자체가 말이 되지 않았기 때문이다.

"역시 주인님께서 미리 준비하셨군요."

"그, 그랬군요. 제가 주제넘게 괜한 말을……."

총지배인의 말에 세연이 당황하면서 그렇게 말했다. 당연히 진우가 준비한 것이 아니었다.

'저게 뭘까?'

정보의 마안으로 확인해 보려 했지만, 화면 너머에 있어 제대로 볼 수 없었다. 중간 보스를 먹어치운 몬스터, 거대 해골은 굉장한 포스를 뿜어냈다.

중간 보스보다 랭크가 더 높은 것 같았다.

[와! 포스 쩌네요! 엄청 징그러워요.]
[저게 중간 보스인가요?]
[음, 저걸 어떻게 잡지?]

대화가 들려왔다. 플레이어들이 태연하게 바라보고 있자, 거대 해골에게서 조금 당황한 기색이 느껴졌다.

[크, 크흠! 그렇게 여유를 부리는 것도 이제 끝이다!]

확실히 이상했다. 거대 해골의 두 손에 날렵한 검이 소환되었다.

[검기 피해욧!]

거대 해골이 가볍게 휘두르자 거대한 검기가 뿜어져 나가며 여러 플레이어를 날려 버렸다. 그리고 몸에서 검은 촉수가 뿜어져 나오며 쓰러진 플레이어를 잡았다.

[우, 우아아악! 나 먹혀욧! 나 죽어욧!]
[오오! 저건……. 업계 포상인가.]

플레이어가 잡아먹혔다. 미궁의 몬스터가 할 수 있는 판단이 아니었다.

누군가 침입한 걸까? 하지만 성소에서 그 어떤 침입도 감지하지 못했다. 아무래도 직접 가서 봐야 할 것 같았다.

'가는 김에 인기 랭크도 올릴 수 있다면 좋겠는데.'

진우는 그렇게 생각하며 갑옷을 꺼냈다. 김군주가 다시 등장하는 순간이었다. 이번 컨셉은 지옥에서 올라온 김군주.

[먹이가 되어라!]

루나는 신성 마법을 쓰며 뛰어다녔다. 그녀가 겪어본 보스 몬스터 중에서도 가장 까다로웠다. 가까이 다가가면 검기를 뿜어냈고, 멀리 있으면 가슴에서 촉수를 뿜어내며 플레이어들을 잡아갔다. 현실과 다른 점이 있다면 이곳에 있는 모두가 재미있어한다는 점이었다.

'군주 님이 해주신 건가?'

루나는 아무리 생각해 봐도 그것밖에 떠오르지 않았다. 어떻게 된 것인지는 잘 모르지만, 중간 보스는 개성이 넘쳤다.

채팅창을 보니 호평 일색이었다.

-루댕이: 1스테이지 중간 보스가 이 정도인데 보스는 과연?

-7수생: 가족들 다 모여서 본닼ㅋㅋ. 국제경기보다 꿀잼인 듯

-내일퇴사합니다.: 홀로그램tv 있으면 그걸로 보셈ㅋ 현장감 개쩔엌ㅋㅋ

-누룽지맛커피: 오? 홀로그램tv와 연동 됨?

-내일퇴사합니다: ㅇㅇ. 한 시간 전부터 됨ㅋ 기술력 미쳤음ㅋㅋ

덕분에 후원도 빵빵 터졌다. 수천 명이 거대 해골 몬스터에게 달려드는 모습은 장관이었다. 검이 휘둘러질 때마다 수십씩 날아가 버리니 박진감이 넘쳤다.

이 정도의 광경을 보았는데, 다른 것에 만족할 수 있을까? 영화 산업이 죽는 소리가 들려오는 듯했다.

-잼식이못생김: 으악! 잼식이 먹혀욧!

-잼잼식식: 잼식이 안 돼!

-팩트중계원: SBC 방송 사고남ㅋ 산채로 먹히는거 생중계됐어ㅋ ㅋ개끔찍. 광화문에서 비명 지르고 난리도 아님ㅋㅋ

중간 보스 방으로 들어온 플레이어가 벌써 절반가량이 죽어버렸다. 단연 돋보이는 것은 루나와 룬달프, 그리고 광마였다. 루나의 신성 마법이 펼쳐지니 쓰러졌던 플레이어가 좀비처

럼 일어나 달려들었다.

[크, 크윽……. 뭐지? 먹어도 먹어도 배가 고프다니……. 어째서……. 더, 더 먹어야 하나?]

거대 해골이 괴로운 듯 꿈틀거렸다. 검을 놓치더니 배를 움켜잡았다. 육체에 균열이 생기기 시작했다.

"2페이즈인가 봐요!"

루나가 그렇게 외쳤다. 거대 해골의 배에서 검은 촉수가 뿜어져 나오더니 온몸을 휘감았다. 검은 기운이 사방으로 뿜어져 나가며 주변에 있던 플레이어들을 녹여 버렸다. 전보다 훨씬 강력해진 모습이었다. 박진감 넘치는 2페이즈였다.

사방으로 촉수가 마구 뿜어져 나가며 플레이어들을 잡아먹었다. 순식간에 플레이어들의 숫자가 수천에서 수백으로 줄어들었다.

[이, 이건……. 설마……. 아바타?]

"어?"

루나가 거대 해골의 말에 깜짝 놀랄 때였다.

콰앙!

거대 해골 위로 무언가 떨어졌다. 불타오르고 있었다. 그 모습은 가히 혜성과도 같았다.

진우는 중간 보스 방 근처에 도착했다. 지름길로 오다 보니 중간 보스 방 바로 위에 도착했다. 거대 해골이 천장에 있는 돌을 이용해 입구를 막았기 때문에 천장에는 구멍이 뚫려 있는 상태였다. 덕분에 중간 보스 방을 아주 잘 볼 수 있었다.

진우는 집중해서 살펴보았다.

'똑같은데?'

미궁의 기운만 느껴질 뿐이었다. 정보의 마안으로 바라보았다. 평소보다 훨씬 집중한 상태였다.

[-E]최하층 해골 대장(기생)

'내가 바로 폭식이다!'

해골 대장에 기생의 군주가 기생한 상태. 기생의 군주는 본래 타락의 군주에 기생하며 그가 파괴한 차원의 영혼을 폭식하는 군주였다. 군주에 기생하는 권능을 지녀 군주는 그의 존재를 감지해 낼 수 없다. 대부분의 힘을 잃고 미궁에 들러붙은 상태이다. 영혼을 먹어 영양소를 섭취할 수 없으면 굶어 죽을 수 있다.

현재 기생의 군주는 -E랭크까지 기생할 수 있다.

마치 투명인간을 보는 것 같았다. 그러나 원작 최고의 치트키인 정보의 마안을 피해갈 수 없었다. 기생의 군주를 감지할 수 있게 되었다.

"음, 그랬었군."

기생의 군주는 배가 아주 고픈 상태였다. 그래서 저렇게 촉수로 플레이어들을 먹어치우는 데 혈안이었다. 그런데, 아바타라서 영혼을 흡수할 수 없었다. 아바타는 음식점 앞에 있는 플라스틱 모형이나 마찬가지였다. 아마 모래 씹는 맛만 느껴지지 않을까?

아직 의문이 다 해소된 건 아니었지만 대충 이해할 수 있었다. 그렇게 위험하게 느껴지지는 않았다.

방송을 슬쩍 확인해 보니 시청자 수가 어마어마했다. 거의 모든 방송 플랫폼에서 방송을 하는 중이었다. 플레이어들도 엄청 즐기고 있었다.

'보스 몹으로 딱인데?'

미궁 : 뉴월드에 부족했던, 마지막 퍼즐이 맞춰지는 것 같았다! 환상적인 연출, 충격적인 비주얼, 뚜렷한 자아까지. 일반적인 게임의 AI와는 비교할 수 없었다.

진우는 방패를 들었다. 투구를 눌러썼다. 그리고 적당히 때를 기다렸다.

'나도 관종인가?'

황금의 군주를 닮아가고 있는 것 같기는 했다. 하긴, 상당히 많은 시간을 같이 보냈으니 충분히 그럴 만했다.

기생의 군주가 굶주림에 미쳐 날뛰는 것이 보였다. 황금의 군주가 고개를 들었다. 지금이 딱 적기라고 알려주었다.

잠시 몸을 풀고는 그대로 뛰어내렸다. 갑옷에 불길이 붙으며 긴 꼬리를 만들어냈다.

콰앙!

기생의 군주 위에 진우의 방패가 꽂혔다. 주변이 바닥이 흔들리면서 먼지가 피어올랐다. 그리고 불기둥이 치솟았다. 분명 주변을 뒤흔들 만한 충격은 아니었지만, 그냥 넘어가도록 하자.

[크, 크아아아악!]

거대 해골이 비명을 내질렀다. 주변에 °있던 플레이어들 모두 멍하니 서서 거대 해골 쪽을 바라보았다. 먼지가 서서히 걷히면서 누군가 모습을 드러냈다.

그는 마치 지옥에서 올라온 것처럼 불길에 둘러싸여 있었다. 불길이 천천히 사라지며 뜨거운 연기가 갑옷 위로 떠올랐다. 그가 몸을 일으켰다. 묵직한 갑옷이 서로 부딪히며 육중한 소리를 만들어냈다.

"기, 김군주?!"

그를 알아본 누군가가 김군주라는 이름을 불렀다.

-루댕이: 억ㅋㅋ

-비욘둘기: 헐ㅋㅋㅋ군주님!

-갓겜간겜: 개쩔억ㅋㅋ불타오른다!

-초코쿠키칩: 지옥에서 올라왔다!

-루나님차케요: 군주 형님 악마 뚜까패고 귀환하셨네ㅋㅋ

-루틴: 미친ㅋㅋ천장을 뚫고 왔억ㅋ

-acde1233: 지렸다. 상남자 보소.

-설렁탕맨: 해골 뚝배기 부셨네ㅋ지렸다.

모든 채팅방이 터졌다. 시청률도 터졌다!

지옥의 불길 속에서 올라온 것처럼 갑옷이 붉게 달아올라 있었다. 갑옷의 일부가 녹아내리며 투박했던 모습이 날카롭고 날렵하게 변했다. 갑옷의 상처는 치열한 전투가 있었음을 알려주었다. 막대한 열기를 뿜어내며 아직도 불타오르고 있었다.

　방패도 정상이 아니었다. 벌겋게 달아올라 반쯤 녹아 있었는데, 그 상태로 해골의 머리를 찍어버렸기 때문에 해골이 여러 개 박혀 있었다.

　진우는 천천히 방패를 들었다.

　퍼석!

　해골이 박힌 방패에 여러 뼛조각들이 딸려 나오며 방패에 붙었다. 플레이어들은 그런 그의 모습을 보며 반쯤 넋이 나갔다. 플레이어들도 그럴 진데, 시청자들은 어떨까?

　'반응이 괜찮군.'

　채팅창을 보니 반응이 폭발적이었다. 채팅을 치는 사람이 하도 많아 획획 넘어갔는데, 진우는 뛰어난 동체 시력으로 채팅창을 다 훑어봤다. 이런 것도 나름대로 괜찮은 것 같았다. 머리가 반쯤 박살 난 거대 해골이 비틀거리며 몸을 일으켰다. 촉수는 이미 다 타버려 남아 있지 않았다.

　거대 해골이 진우를 바라보았다. 그는 기분이 매우 나빴다. 극심한 배고픔을 느끼고 있었는데, 아무리 먹어도 영혼을 섭취할 수 없었다. 저 빌어먹을 존재들이 모두 아바타였기 때문이다. 화풀이하며 마구 날뛰고 있었는데, 갑자기 누군가 자신의 머리를 찍어버렸다.

촉수가 타버리는 고통에 화가 머리끝까지 치솟아 올랐다. 감히 하찮은 필멸자가 위대한 군주인 자신을 능멸한 것이다.

[감히……! 영원히 고통받게 해주마!]

거대 해골이 두 팔을 벌리며 그렇게 외쳤다. 붉은 안광이 뿜어져 나왔다. 자신을 극도로 화나게 만든 존재인 진우를 바라보았다.

[어…….]

흠칫!

두 팔을 벌리고 있던 거대 해골이 그대로 굳었다. 붉은 안광이 마구 흔들렸다. 거대 해골은 도저히 자신의 눈을 믿을 수 없었다. 그도 그럴 것이 그가 다른 차원으로 넘어온 이유는 저 소름 끼치도록 사악한 존재에게서 도망치기 위함이었다.

[화, 황금의…….]

그가 진우의 정체를 말하려 할 때였다. 수많은 시청자가 보고 있으니 여러모로 곤란했다. 진우는 거대한 방패를 들어 거대 해골의 얼굴에 던졌다.

휘익! 쾅!

방패가 거대 해골의 턱을 박살 내며 꽂혔다. 그리고 불길이 치솟으며 화려하게 터져 버렸다. 아주 자연스럽게 말이 끊겼다.

-도마뱀용: 억ㅋㅋ뭔가 캐스팅하려고 했던 것 같은데.

-육회맛있썽: 김군주는 캐스팅 기다릴 시간에 한 번이라도 더 팹니다.

-세발낚시: ㅋㅋ타격감 쩌네.

거대 해골의 몸이 무너져 내렸다. 진우의 기운 때문에 몬스터를 장악했던 권능이 흩어졌기 때문이다. 군주이기는 하지만 워낙 약해진 상태이니 진우의 공격을 감당할 수 없었다. 거대 해골이 흩어지며 수백의 해골 몬스터로 변하자 플레이어들은 흥분을 감추지 못했다.

"3페이즈예요!"

"와, 연출 봐."

"크흐! 진짜 멋지네."

어느 하나 버릴 것이 없는, 모두가 다 명장면이었다. 플레이어들이 해골들에게 달려들었다. 마지막 최후의 결전다운 광경이었다. 그리고 처절했다. 아바타이기는 했지만, 상처를 입으면 피가 흘렀다. 상처를 입고 비틀거리는 모습, 죽어가는 모습은 굉장히 실감 났다. 해골에게 맞서 싸우는 모습은 그 어떤 판타지 영화도 따라 할 수 없었다. CG 따위가 아니었기 때문이다.

진우는 달려드는 해골의 머리를 한 손으로 잡고 그대로 주먹을 쥐어 부쉈다. 조금 커다란 해골은 두 손으로 잡고 양옆으로 찢어버렸다.

푹찍!

주먹으로 해골을 내려치자 두개골이 박살 나며 무너져 내렸다. 기생의 군주는 진우를 피해 필사적으로 바닥을 기고 있었다. 머리 부분과 하반신이 파괴되어 있어 제대로 움직일 수조차 없었다. 촉수가 달라붙어 있는 커다란 해골이 해골 군단과는 반대쪽으로 달아나고 있었다.

진우는 해골들을 말 그대로 찢어버리며 기생의 군주에게 천천히 다가갔다. 그 모습을 모든 이들이 보고 있었다.

-김호띠: 개무섭다.ㅋㅋㅋ

-박하사탕: 중간 보스가 쫄았어ㅋ도망치는거보속ㅋ

-중금속중독: 김군주가 더 보스 같네ㅋ

간신히 살아남은 SBC 기자는 특종을 예상했는지 진우 쪽을 주시했고, 루나TV를 통해 보고 있는 시청자들은 화면을 돌려 모두 김군주를 바라보았다.

퍼석! 펴펵!

해골 군대가 밀어닥치며 진우를 휘감았다. 그러나 진우의 걸음을 멈출 수 없었다. 주먹을 휘두르자 해골이 가루가 되었다. 해골을 잡아 그대로 척추를 둘로 쪼개 버렸고, 바닥에 쓰러진 해골을 밟아 터뜨렸다. 타격을 할 때마다 불꽃이 터져 나가니 타격감이 엄청났다.

보는 모든 이들이 통쾌함을 넘어선 전율을 느꼈다. 사이다

도 이런 사이다가 없었다. 아주 파워풀한, 그리고 강력한 사이
다였다.

　-폭풍좌: 캬아! 지옥에서 레벨업하고 오셨네.
　-앓이: ㄷㄷ이쯤되면 해골이 불쌍하다.
　-크레도: 중간 보스 개처절하네ㅋ존나 도망치고 있얶ㅋ. 몬스터 AI 엄
청난듯ㅋ 1탄 보스가 기대된다.

　기생의 군주는 처절하게 바닥을 기며 도망쳤다. 타락의 군
주처럼 될 게 뻔했기 때문이다. 그나마 간신히 유지하고 있던
몸도 무너져 내려 속도가 점점 줄어들었다. 기생의 군주는 고
개를 돌려 진우 쪽을 바라보았다.
　해골을 박살 내며 천천히 다가오고 있었다. 투구 너머로 황
금빛 눈동자가 보이는 듯했다.
　퍼석!
　진우 쪽에서 해골들이 날아와 기생의 군주 앞에 떨어졌다.
해골들은 부르르 떨다가 몸이 부서지며 가루가 되었다.
　뚜벅뚜벅!
　진우가 걸어왔다. 기생의 군주가 깃들어 있는 해골은 이미
반쯤 부서진 상태였다. 진우는 손을 뻗어 기생의 군주를 잡았
다. 그리고 들어 올렸다. 정보의 마안으로 보니 가슴 부근에서
기생의 군주를 발견할 수 있었다.
　'이게 본체로군.'

기생의 군주가 바들바들 떨었다.

[으, 으어억! 죄, 죄송…….]

진우는 그가 말하게 놔두지 않았다.

쑤욱!

다른 손을 가슴에 쑤셔 넣고 본체를 뽑아버렸다.

-란토: 미친ㅋ개무서웤ㅋㅋ

-감자왕토마스: 압도적인 상남자.

-킹리적갓심: 보스가 빌다니…… G&P는 외계인이라도 갈아넣은건가?

-정열: 불꽃남자 김군주. 말을 들어줄 시간에 한 놈 더 죽입니다.

본체는 거머리와 비슷한 형태였다. 검게 일렁이고 있었는데, 끈적끈적한 점액질이 있어 상당히 기분이 나빴다. 그리고 머리 부분에 작은 눈동자가 붙어 있었다. 기생의 군주는 바들바들 떨었다.

진우는 일단 기생의 군주를 아공간에 넣었다. 주먹을 쥔 상태로 아주 작게 열었기 때문에 아무도 눈치채지 못했다. 본체의 랭크가 -F까지 떨어져 있어 쉽게 들어갔다.

기생의 군주가 아공간으로 사라지자 모든 해골이 바스러지며 사라지기 시작했다. 해골들과 치열한 사투를 벌이고 있던 플레이어들이 진우를 바라보았다. 그의 손에 들린 해골이 마지막으로 사라졌다.

"이, 이겼다!"

"우어어어!"

환호 소리가 가득했다.

-조아맨: 이겼다!

-불꽃군주: 군주 형님 아니었으면 다 죽었을 듯.

-방문밖은위험: 미쳤네ㅋ꿀잼인 듯. 빨리 하고 싶다.

살아남은 이들은 40명 정도였다. 모두에게 보상을 줘도 괜찮을 것 같았다. 돈은 남아돌았으니까.

퀘스트 완료 권한은 진우에게 있었다. 진우가 고개를 끄덕이자 중간 보스 퀘스트가 완료되었다.

"어? 퀘스트 완료됐어."

"헉! 나도!"

"와, 3천 금화?"

"마을에서 받을 수 있는데!"

"나중에 G&P 은행 생기면 현금으로 환전도 해준다던데. 존버 가즈아!"

3천 금화는 3천만 원이었다. 현실과 가상을 이어줄 은행도 들어설 예정이었다. 뉴월드 뱅크였다.

-라이투: 와! 3천만원씩 다 주는 거임?

-갓진우: 님들 G&P 대표가 이진우임ㅋㅋ 저 정도는 푼돈임.

-예언자: 화끈하네ㅋㅋ. 나중에 뉴월드로 밥먹고 살 수 있을듯ㅋ

쿼스트를 완료한 자들은 마을에서 경험치와 함께 차원 금화를 받을 수 있게 되었다. 중간 보스를 잡았으니, 리젠은 한 달 정도 뒤에 되었다. 그때까지 보스를 깨게 되면 다음 층으로 올라갈 수 있었다. 그때까지 이곳은 안전지대였다.

상점에서 파는 포탈석을 사용해서 등록하면 이곳으로 바로 올 수 있었다. 루나가 제안하고 마계가 고생해서 구현한 결과였다. 포탈석은 모두 수작업으로 만들었는데, 간신히 정식 서비스 전에 납품할 수 있었다. 이윤이 상당해서 지금도 계속해서 생산하고 있었다. 마계도 황금의 시대를 맞이하고 있었다.

"군주 님!"

루나가 진우에게 달려왔다. 김군주와 루나의 재회 장면은 최고의 시청률을 기록했다. 룬달프와 광마는 못마땅한 표정으로 진우를 바라보았다. 똥 빠지게 활약을 했는데, 좋은 장면은 진우가 다 가져갔기 때문이다. 아무튼, 그렇게 중간 보스 레이드가 끝났다.

중간 보스 레이드는 엄청난 파급효과를 만들어냈다. 광고효과는 두말할 필요도 없었고, G&P의 브랜드 가치는 수직으로 상승했다.

전 세계가 지켜보고 있는 가운데, 그런 엄청난 장면을 보여 줬으니 당연한 결과였다. G&P의 브랜드 가치는 본래부터 높았지만, 이제는 일선 그룹의 뒤를 바짝 쫓고 있었다.

뉴월드 : 미궁이 가지고 있는 잠재력은 전문가들조차 쉽게 예상하지 못했다. 조심스럽게 새로운 시대를 여는 혁명이라고 표현할 뿐이었다. 영상들이 편집되어 미튜브에 올라왔고, 많은 스타가 탄생했다.

김군주는 가히 독보적이었다. SNS상에 수많은 팬아트가 탄생했고, 만화나 짤방으로도 나왔다. 유명한 원화가가 그린 팬아트는 빠른 속도로 퍼졌다. 불꽃에 휩싸인 김군주가 해골을 패는 그림이었다. 특히 서양에서 그 인기가 장난이 아니었다. 미국 거대 코믹북 회사가 G&P, 그리고 김군주와 협조해서 코믹북으로 만들려는 계획까지 세우고 있었다.

그만큼 캐릭터성이 대단했다.

동료를 위해 목숨을 걸 정도로 의리가 있었고, 적이라면 가차 없이 뚝배기를 박살 내고 척추를 끊어버리는 상남자였다. 게다가 자신을 희생해 지옥으로 들어간 다음, 기어코 지옥에서 기어 올라와 위기의 순간에 모두를 구한 스토리까지 존재했다. 영상만 편집해도 하나의 영화가 되었다.

그렇게 화제가 되니 G&P는 바빴다. 빠르게 물량을 찍고 있었고, 조금 더 다양한 기능을 넣은 2세대 접속기 개발에 한창이었다. 스마트폰과 연동할 수 있는 기능, 더욱 강화된 결제 기능, 은행 이용 등이 추가될 예정이었다. 두 박사는 거의 잠을 자지도 않고 개발에 매진하고 있었다.

'탐욕의 시련이 완료되었군.'

[명예의 시련, 지배의 시련을 완료하였습니다. 1단계, 2단계 탐욕의 시련이 완료되었습니다. 경험치를 획득하였습니다. 군주의 권능이 더욱 강력해졌습니다.]

필요 랭크를 모두 달성하여 1단계, 2단계 시련을 클리어할 수 있었다. 자연스럽게 탐욕의 시련이 완료되었다.

[악의 화신과 황금의 군주에 의해 탐욕의 시련(3단계)이 변경되었습니다.]

[악신의 길]
탐욕의 군주는 마신의 부활을 위해 이진우에게 모든 걸 물려주었다. 그러나 이진우는 그럴 생각이 전혀 없었다.
황금의 군주와 악의 화신은 이진우가 마신보다 위대한 존재가 되기를 원하고 있다. 모든 군주를 지배하거나, 흡수하여 마신을 넘어서는 궁극의 악신이 되도록 하자.

'악신?'
진우는 고개를 끄덕였다. 목표가 조금 더 확실해졌다. 어차피 세계 종말을 막기 위해서라도 군주를 다 처리하긴 해야 했다.

진우는 중앙 통제실에서 마을을 바라보았다. 물량이 풀리면서 뉴비들이 늘어나니 마을은 활력이 넘쳤다. 등반자뿐만 아니라 다양한 직군도 생겨났다. 땅을 구매해 공터에 건물을 짓는 이들이나, 거래를 전문으로 하는 상인, 옷감을 구매해 옷을 만드는 이들도 있었다.

아바타는 자신이 하는 일에 따라 경험치가 쌓이고 스킬이 생성되었는데, 생산직도 예외는 아니었다. 게임이 더욱 풍성해지고 있었다. 누가 강제로 시킨 것이 아닌, 자유롭게 즐기는 분위기였다.

"그럼······."

진우는 유리병에 든 기생의 군주를 바라보았다. 기생의 본체가 들어 있었다. 다른 이들은 본체를 볼 수 없었고, 본체가 내뱉는 말도 들을 수 없었다. 그냥 빈 유리병으로 보일 뿐이었다. 그의 실체는 정보의 마안을 가지고 있는 진우만 확인할 수 있었다.

[자, 잘못했습니다. 살려주세요!]

아무리 생각해도 중간 보스 연출은 기가 막혔다. 보스에 대한 기대감이 엄청나게 높아진 상태였다. 보스가 밋밋하다면, 많은 이들이 실망할지도 몰랐다.

진우는 플레이어들이 제대로 즐기면서 미궁을 정상으로 만들어주었으면 했다. 그게 미궁을 치료해 준 보답이었다.

"열심히 일할 자신이 있나?"

[네! 열심히 일하겠습니다! 부디 모, 목숨만은······.]

진우는 그가 해야 할 일을 말해주었다.

[그, 그러니까……. 보스나 정예 몬스터에 깃들어서 아바타들과 싸우라는 말씀입니까? 가, 가능하면 화려하게?]

진우가 고개를 끄덕였다.

[그, 그러다가 죽으면…….]

"넌 안 죽잖아."

[그렇긴 하지만 꽤 아파서……. 히, 히익! 아, 알겠습니다!]

기생의 군주가 성역의 일원이 되었다. 이제 진우에게서 벗어날 수 없었다.

[기생의 군주가 황금의 군주에게 복종합니다. 황금의 군주가 혐오스러운 기생의 군주(본체)를 거부합니다.]

황금의 권능이 기생의 군주 본체에게 깃들었다. 혐오스러운 거머리 모양이 부스러지며 조그마한 불꽃이 되었다.

그것은 군주의 영혼이었다. 불꽃이 부르르 떨렸다.

곧 꺼질 것 같이 초라했다.

[기생의 군주가 변형되었습니다. 이제 기생의 군주는 영혼 대신 오직 황금의 기운으로만 힘을 얻을 수 있습니다.]

[기생의 군주가 소멸하기 직전입니다. 본체로 삼을 만한 그릇이 필요합니다. 그릇에 영혼이 깃들게 되면 완벽히 동화되어 다시는 벗어날 수 없게 됩니다.]

진우는 떠오른 정보를 바라보며 고개를 끄덕였다. 기생의 군주는 필사적이었다. 곧 소멸할 것 같았기 때문이다.

[저, 저를 담을 그릇이 필요합니다. 파, 팔다리가 있었으면 좋겠습니다. 빠, 빨리 부탁……]

"까다롭군."

[죄, 죄송합니다!]

기생의 군주를 사람이나 동물에게 깃들게 하는 건 조금 그랬다. 진우는 잠시 고민하다가 세연을 바라보았다.

세연은 아예 중앙 통제실에서 머무르고 있었다. 연구실도 옮겨왔고, 소속도 바뀌었다. 그녀는 뉴월드 : 미궁 운영에 꼭 필요한 인재였다.

진우는 세연에게 이미 설명을 해준 상태였다. 군주에 대해서는 잘 이해를 하지 못해, 그냥 몬스터 AI 아티팩트라고 하니 바로 이해했다.

"몬스터 AI를 담을 만한 게 필요한데……. 인형이나 마네킹 같은 게 있으면 좋겠군."

"아! 비슷한 거라도 괜찮나요?"

진우가 고개를 끄덕이자 세연은 자리에서 일어나 한쪽 구석으로 향했다. 그곳에 그녀의 방이 있었는데, 골방 느낌이 났다. 넓고 쾌적한 방을 만들어주려 했지만, 그녀는 어둡고 음습한 곳에 있는 게 더 편하다고 한다.

진우는 슬쩍 다가가 열린 방문을 바라보았다.

'음······.'

진우의 사진이 붙어 있었고, 그 밑에 피규어들이 있었다. 세연이 피규어 하나를 가지고 왔다.

'마법소녀 아로롱?'

정보의 마안으로 확인을 해보니 그런 이름이었다. 세연의 취미라고 한다.

"이거면 될까요?"

"음······ 아마도······."

마법소녀 아로롱 피규어는 하늘하늘한 분홍색 원피스를 입고 하트가 달린 마법봉을 들고 있었다. 헤어스타일도 트윈테일이었다. 꽤 디테일이 좋아 가격대가 있어 보였다.

"힘들 때······. 아로롱을 보면서 웃을 수 있었어요."

"그렇군."

세연이 마법소녀 아로롱을 좋아하게 된 데에는 슬픈 사연이 담겨 있었다. 분위기가 조금 숙연해졌다.

진우는 피규어를 세워놓고 기생의 군주를 들었다.

[서, 설마 저기에······?]

기생의 군주는 기겁했다. 골렘은 아니더라도 작은 동물 정도면 슬프지만 이해할 수 있었다. 그러나 저건 아니었다.

하늘하늘한 분홍색 원피스를 입고 있는 끔찍한 존재였다. 그의 성향과 완전히 반대되는 혐오스러운 물건이었다.

[제, 제발 저기에 넣지 말아주세요! 부탁드립니다! 뭐든 하겠습니다! 제발······.]

기생의 군주가 간절히 빌었다. 그의 말을 들어보니 조금 심한 것 같기는 했다. 진우는 고개를 돌려 세연을 바라보았다. 세연은 기대감이 부풀어 있었다.

'음…….'

세연에게는 빚이 있었다. 원작에서는 이민우와 이어져서 행복하게 살았지만, 지금은 아니었다. 진우는 고개를 끄덕이며 기생의 군주를 들었다. 그리고 피규어에 가져다 댔다.

[아, 아, 안 돼! 끄아아아!]

기생의 군주가 피규어 속으로 흡수되었다. 마법소녀 아로롱이 그의 본체가 되어버렸다. 영원히 피규어에서 벗어날 수 없었다.

진우는 신경 쓰지 않기로 했다. 어쨌든 기능만 제대로 한다면 그걸로 충분했으니까.

움찔!

가만히 서 있던 피규어가 움찔거리더니 움직이기 시작했다. 피부 질감이 훨씬 생동감 있게 변했고 표정도 풍부해졌다. 자연스럽게 눈도 깜빡였다.

"휘리릭! 사랑과 희망의 힘으로 세상을 밝게 물들일 거야! 마법소녀 아로롱 등장!"

피규어가 자세를 잡더니 그렇게 말했다. 진우는 눈을 깜빡이며 아로롱을 바라보았다. 아로롱은 마법봉을 휘두르며 깜찍한 표정을 지었다. 목소리도 아로롱을 담당했던 성우의 목소리로 바뀌어 있었다.

아로롱의 몸이 굳더니 앞으로 쓰러졌다.

"크, 크흑……. 내가 왜……. 흐어어엉."

절망에 빠진 듯한 모습이었다. 기생의 군주는 아로롱과 완전히 동화되었다. 놀랍도록 깔끔한 결과였다. 멘탈이 와장창하고 무너져 내렸다.

[S+]마법군주 아로롱

'사랑과 희망의 힘으로 변신!'

기생의 군주가 마법소녀 아로롱과 완전히 동화되어 새롭게 진화하였다. 그 결과 아로롱이 쓰는 마법을 모두 쓸 수 있게 되었다. 아로롱의 습관, 행동이 자동으로 발현된다. 사랑과 희망, 그리고 기생의 힘을 지닌 마법군주 아로롱의 활약을 기대해 보도록 하자.

세연은 굉장히 좋아했다.

"와! 대단해요! 아로롱이 살아났어요! 대단한 AI 아티팩트로군요."

"……같이 연구 좀 진행해 줘."

"네! 알겠습니다. 최고의 성과를 보여 드릴게요!"

진우는 기생의 군주, 아니, 이제 마법군주 아로롱에 대한 권한을 세연에게 건네주었다. 아로롱은 세연의 말에 절대적으로 복종할 수밖에 없었다. 고통은 이제 시작이었다.

"후, 후후!"

세연의 손이 꼼지락거렸다. 콧김이 뿜어져 나왔다. 아로롱은 몸을 가리며 뒤로 주춤 물러났다.

"일단 흑마녀 편에 나왔던 천사 세트로 갈아입자!"

"꺄악!"

세연은 너무나 행복해 보였다. 진우는 먼발치에서 바라보며 고개를 끄덕였다.

'그래, 그거면 된 거야.'

마음의 짐을 던 것 같아 후련했다.

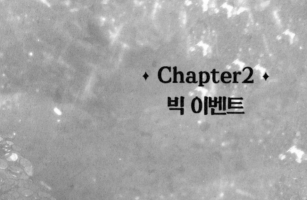

✦ Chapter2 ✦
빅 이벤트

　정식 서비스는 순조로웠다. 중간 보스 레이드 방송이 있고 한 달이 안 되어서 보스가 점령되었다. 일단 적응을 하니 점점 클리어 속도가 빨라졌다. 최하층 보스를 클리어했어도 최하층의 콘텐츠가 거기서 끝난 것은 아니었다. 던전이 워낙 많았기 때문에, 최하층을 전부 도는 것은 불가능했다.

　한 달 내내 뉴월드 : 미궁 최하층 던전 지도 작성에 매달린 플레이어도 포기하고 말았다. 탐험하지 못한 미지의 던전이 끝도 없이 나왔기 때문이다.

　심지어 던전마다 특색이 달랐고 몬스터가 달랐다. 파밍 할 수 있는 아이템도 달랐다. 그야말로 궁극의 게임이었다.

　'파도 파도 끝이 없는 콘텐츠.'

　'G&P가 외계인을 고문했다!'

　'게임 평가 만점, 이 이상의 게임은 있을 수 없다.'

'게임이 아니다. 혁명이다.'

많은 세월 동안 인기 순위에서 내려오지 않았던 배틀라운지나 레전드 오브 스톰 같은 게임들도 이제 찾는 사람이 적어지고 있었다.

뉴월드 : 미궁만 다루는 대형 커뮤니티 사이트도 생겼다. 전용 케이블 채널도 생겼는데, 24시간 동안 뉴월드 : 미궁의 소식과 공략법을 다룬다고 한다. 인터넷 방송 플랫폼에서도 모두 뉴월드 : 미궁만 하고 있었다.

[제목: 숨겨진 상점 인증.]

[글쓴이: 빅궁수맨]

숏보우 쓰는 궁수인데요. 최하층 던전 클리어하고 이제 F급 층계 왔는데, 플레이하면 할수록 새로운 게 튀어나오네요. F급 층계에 동남쪽에 있는 던전 중에 4시에 열리는 던전 공략 중이었는데, 중간 정도 가니 안전지대가 있더라구요.

이상해서 보니까 문이 있더라구요.

비밀상점을 발견했습니다. 랜덤 박스 깔 때 나오는 조각품 있잖아요? 그게 있어야 문이 열립니다. 잡템인 줄 알고 팔려다가 남겨 놨던 게 정말 다행이었습니다.

[숨겨진 상점.JPG]

여기 NPC가 엘프인데 엄청 예뻐요. 들어가니까 차까지 대접해 주더라고요. 이름이 루네인데 희귀 아이템을 팔고 있습니다. 정령석이랑, E랭크 아이템이에요.

차원 금화로만 팔기는 하지만, 결국 세트로 다 맞췄습니다. 엘프 세트인데 성능이 괜찮네요. 갈 때마다 아이템이 다른데 랜덤인가 봐요.

[댓글 3,573개]

-허리켄슬: 아, 조각상 팔았는데.

-정보상: 좋은 정보 감사합니다.

-엘프조아: 와, 진짜 엘프네. 호감도 올릴 수 있나요?

 └빅궁수맨(글쓴이): 선물 주면 좋아합니다. 근데 너무 많이 주면 부담스러워하더라고요. ㅋㅋ 저보고 낭비하지 말라네요.

 └엘프조아: 착하네.ㅋㅋ NPC AI 미친 듯. 저 가끔 여관 주인이랑 이야기하는데, 내 고민도 들어주고 그래요. ㅋㅋ 근데, 진짜 사람 같음. 같이 김부장 개새끼도 씹고 그랬어요.

-도적입니다.: 얼마에 사셨음? 개비싸보이는데ㄷㄷ

-메가할증: 근데, E랭크 올라가도 계속 던전만 나오나요? 오픈 필드 같은 것도 보고 싶은데.

 └빅궁수맨(글쓴이): 아직 최하층이니까요. 설마 계속 던전만 나오겠어요?

현실과 가상을 이어주는 환전소, 은행이 생기면서 '뉴월드 : 미궁'으로 돈을 벌기 시작한 이들이 나오기 시작했다.

[이번 주 BEST 게시물!]

[제목: 수입 인증]

[글쓴이: 남자는양손검]

-E랭크 전사다. 45살, 빚 2억 8천이다. 최근에 허리디스크 터져서 걷지도 못한다. 교통사고도 당해서 철심 박았다.

그동안 모든 돈은 전부 친구가 가지고 날랐다. 가족도 없었지만 이제 친구도 없다. 10일 동안 죽만 먹고 던전에 처박혀 있었다. 뉴월드 존나 좋은 게 현실 몸이랑 상관없이 일 할 수 있다. 아이템 모이는 족족 팔아서 환전하니 돈 엄청 되더라.

[G&P 뱅크 수입 인증.jpg]

인증 없으면 도리가 아니라고 배웠다. 10일 동안 칠백 정도 벌었다. 듣기로는 세금 3.3% 원천징수하고, 종합소득세 내면 된다고 한다. 살아갈 희망이 생겼다. 시발.

[댓글 6,321개]

-15년공시생: 형님, 어디서 파밍하십니까?

　└남자는양손검(글쓴이): 비밀이다. 개꿀자리를 알려주기엔 나는 너무 많은 배신을 당했다.

　└15년공시생: 만수무강하십셔. 저도 뉴월드에 말뚝박으렵니다.

　└남자는양손검(글쓴이): ㅇㅇ. 앞으로 더 커질 것 같다. 해외 서비스 시작했으니까 랭크 높은 거 얻으면 존버해라. 일주일 전보다 3배 올랐다.

　-빅소드: 양손검님이시네요. 저번에 구입한 검 데구르론 뿅뿅뿅(좋은 말을 씁시다.)가 날려먹었습니다.

└남자는양손검(글쓴이): 그냥 강화하면 안 된다. 뇌물 줘야 잘해준다.

└빅소드: 헐, 그래요? 미쳤네요.

└남자는양손검(글쓴이): 강화 전에 이진우 폐하께 절 올리고 해라. 확률이 수직 상승한다는 통계가 있다.

랭크가 높은 아이템을 상점에 팔기보다는 유저에게 팔고 있었다. 플레이어들끼리 마을에 경매소도 만들더니 자연스럽게 자리 잡았다. 뉴월드 : 미궁을 직업으로 삼는 플레이어들이 등장하고 있었다. 현재 환전소에서 벌어들이는 수수료만 해도 어마어마했다.

"하아."

진우는 한숨을 내쉬었다. 정작 진우는 하나도 즐기지 못하고 있었다. 즐기기는커녕 휴일도 없었다. 너무 바빴기 때문이다. 흥해도 너무 흥했다. 예상은 했지만 설마 많은 사람이 이렇게 죽자사자할 줄은 몰랐다.

'어째 더 바빠졌네.'

본래 계획대로라면 지금 보람찬 백수 라이프를 즐기고 있어야 했지만, 중간계에 있을 때보다도 훨씬 바빴다.

뉴월드 : 미궁은 진우가 직접 다 보고 받고 관여해야 했다. 게임의 형태를 띠고 있긴 하지만, 군주의 일이었으니 말이다. 미궁에도 갔다가 G&P 본사에도 가야 했고, 이민우 측과 회의도 했고, 연구소도 틈틈이 들렀다.

최근에는 한국 능력자 협회에서 기사들, 그리고 능력자들의 훈련에도 뉴월드 : 미궁을 이용했으면 좋겠다는 요청이 와서 제법 큰 회의까지 참여했다. 능력자들이 미궁에 들어오면 도움이 되니 긍정적으로 검토하고 있었다. 실제로 능력자들도 제법 있었는데, 일반인들보다 성장이 빨랐다.

'더 빨라지겠지. 접속기 물량도 풀렸으니……'

이민우의 도움으로 국내 물량이 어느 정도 안정화가 되었고, 해외 서비스 런칭을 했다. 해외 전문가들은 극찬할 수밖에 없었다. 단일 서버였는데, 그렇게 많은 인원을 수용하고도 렉이 하나도 없었고, 지역 간의 차이도 없었기 때문이다. 어떤 기술인지 전문가들이 토론까지 했지만, 마땅히 결론이 내려지지 않았다. 그저 상식을 깨부수는 G&P 테크놀러지라고 결론을 내릴 뿐이었다. 가상이 아니라 현실이었으니 당연했다.

"으……. 겨우 끝났군."

"최대한 줄인 겁니다만, 역시 많군요. 정말 고생 많으셨습니다."

"어쩔 수 없지. 아직은 직접 관리해야 하니까. 미궁이 깨어나고 시스템이 정착되면 괜찮아지겠지."

"네, 김세연 양이 있어서 다행입니다."

"그렇지."

진우는 고개를 끄덕였다. 김세연과 아로롱은 케미가 잘 맞았다. 김세연은 아로롱의 활용법을 빠르게 파악했고, 그에 걸맞은 아티팩트와 시스템을 개발해냈다.

'고통받고 있겠군.'

아로롱은 어쨌든 계속 고통받고 있고, 앞으로 더욱 큰 고통을 느껴야 했다. 수많은 영혼을 먹어왔기에 딱히 불쌍하다는 생각은 들지 않았다. 오히려 타락에 비하면 양호한 편이었다. 타락은 봉사하는 행복한 삶을 살고 있었다.

"김세연 양이 요즘 조금 위험한 분위기가 풍기더군요. 중앙 통제실에서 나오지 않고 있습니다. 기이한 웃음소리가 들려서인지 마을 지하에 귀신 몬스터가 있다는 소문이 퍼지고 있습니다."

"그래?"

"히든 퀘스트 일지도 모른다고 난리가 나기도 했습니다. 중요한 인재이니만큼 휴가를 권해봤지만……."

"괜찮을 거야. 아마도."

진우는 그만큼 행복해하는 세연의 모습을 본 적이 없었다.

"검문최가 건은 바로 진행하겠습니다. 내일 배송을 할 수 있을 겁니다."

"그래."

검문최가에서 시범 케이스로 뉴월드 : 미궁을 이용한 수련을 시행하기로 했다. 협회에서 부탁한 일이었는데, 가주인 최희연의 요청도 있으니 받아들였다. 한국 최고의 검객집단이니만큼, 큰 도움이 될 것 같았다.

'점점 지구가 게임 판타지 세계처럼 되어가는구먼.'

이러다가 거대 길드도 나타나고, 배신당한 회귀자도 등장하지 않을까? 히든 피스니 퀘스트니 다 독점하고 잘 먹고 잘사는 그런 스토리가 떠올랐다. 막장인 원작을 볼 때 충분히 가능한 이야기였다. 아무튼, 변비 때문에 일이 이렇게까지 굴러왔다

진우는 중앙 통제실로 가는 포탈을 열었다. 미처 신경 쓰지 못했던 일이 떠올랐기 때문이었다. 굉장히 중요한 일이었는데, 아로롱이라면 알 것 같았다.

'조금 늦었는데, 괜찮겠지.'

중앙 통제실과 세연의 방이 분리되어 있으니 크게 문제 될 건 없었다. 중앙 통제실에 도착하니, 세연이 보였다. 아로롱을 건네준 이후로 꽤 오랜만이었다. 늦은 시간임에도 연구에 매달리고 있었다. 아로롱은 마법봉을 휘두르며 세연에게 치유 마법을 걸고 있었다.

세연이 진우가 나타나자 자리에서 일어났다.

"대표님! 안녕하세요?"

"야근 중이군. 요즘 밤을 새우고 있다던데……."

"네, 아로롱 덕분에 괜찮아요."

"……그렇군."

아로롱의 피로 해소 마법이 있으니 잠을 잘 필요가 없었다. 세연 덕분에 이제 보스 몬스터뿐만 아니라 정예 몬스터까지 다양한 연출이 가능해졌다.

그뿐만 아니라 던전을 잠식해 조금 더 두렵고, 위협적인 던전으로 개조할 수도 있었다. 루나와의 회의를 통해 다양한 연

출을 하기 위한 공부까지 하고 있었다.

아로롱은 지금도 꾸준하게 고통받고 있었다. 우울증에 걸린 것처럼 보일 정도였다. 보스나 정예 몬스터에게 깃든 것은 아로롱의 분신이었는데, 정신 대미지는 아로롱이 다 받고 있었다.

아쉬운 점이라면 미궁은 던전으로 이루어져 있어 모두 어두침침한 던전들뿐이었다. 연출로 분위기와 모습이 달라지기는 했어도 그 범위에서는 벗어나지 못했다.

"대표님, 아로롱의 AI를 스마트폰과 연동해서 쓰는 것도 괜찮을 것 같아요."

"음……. 그 사리나 빅스에이 같은 거처럼?"

"그것과는 비교할 수 없죠. 성격과 개성! 그리고 완벽한 자아까지 지닌 AI이니까요."

물론, 스트레스나 정신적 부담은 본체가 다 받아서 문제없다고 한다. 혹시 몰라서 소형 아티팩트도 만들어 놨다고 하는데, 접속기 생산 라인을 사용하면 대량생산도 가능했다.

흠칫!

진우는 섬뜩했다. 스마트폰에 넣어서 보급된다고 한다면 아로롱은 얼마나 많은 정신적 고통을 받게 되는 걸까? 과금의 꽃이라고 말하는 펫도 개발 중이라고 한다. 당연히 펫이 출시하게 되면 랜덤 박스로 나올 예정이었다.

'세연은…… 마족에 가깝군.'

어쩌면 성역에 소속되어 진우의 영향을 받아서 그런 것인지도 몰랐다.

진우는 아로롱을 바라보았다. 간신히 세연에게서 풀려나자 아로롱은 누적된 멘탈 대미지를 이기지 못하고 구석에서 흐느끼고 있었다.

"악마야…… 악마……. 나를 강제로…… 흐윽, 더럽혀졌어."

세연의 곁에 있을 때는 마법소녀 아로롱 그 자체가 되어 있어야 했다. 아로롱은 한층 더 귀여운 옷을 입고 있었는데, 군주로는 도저히 보이지 않았다.

"고생이 많다. 음, 물어보고 싶은 게 있는데."

"크흑……. 네……. 저같이 하찮은 존재에게……. 흐윽, 그냥 명령하시면 됩니다."

"중간계에 군주가 또 있다고 알고 있는데 아는 게 있나?"

아로롱이 고개를 끄덕였다. 군주에 기생하는 특성상 군주에 대해서 누구보다도 잘 알고 있었다.

"까다로운 군주입니다. 타락이 중간계를 먹어치우며 같이 소멸시킬 계획을 짰을 정도인데……. 그 특성 때문에 탐욕의 군주조차 피했을 정도입니다."

"음?"

아로롱은 심각한 표정이었지만 귀엽기만 했다. 세연이 스마트폰으로 진지한 표정의 아로롱을 촬영하고 있었다. 조금도 분위기가 나지 않았다.

아로롱에게 정보를 들을 수 있었다.

악몽의 군주. 12군주 중에서 가장 지랄 맞은 군주라고 한다. 공간 자체에 마신의 힘이 깃들어 군주가 된 케이스라고 하는데, 굉장히 꺼림칙한 존재였다. 사람들이 꾸는 악몽이 공간에 구현되어 출입한 이들을 녹여 먹는다고 한다. 침입자들의 고통이 공간 안에서 그에게 무한에 가까운 권능을 준다고 하는데, 가장 치명적인 권능이 있었다.

'랭크가 맞춰진다라……'

침입자의 랭크에 따라 악몽의 랭크가 맞춰진다고 한다. 그래서 탐욕의 군주가 침입하면 SSS+랭크의 악몽을 만나게 되니 피할 수밖에 없었다. 게다가 침입자가 고통을 느끼게 되면, 더 강해지기 시작해서 사실상 차원을 폭파해서 없애 버리는 것 말고는 해결 방법이 없었다.

다만, 권능이 워낙 커서 마음대로 움직일 수 없었다. 일정 주기가 되어야 움직일 수 있었는데, 그때마다 생명을 먹어치운다고 한다. 먼 과거, 천계가 중간계에 간섭하기 전에 한 번 움직였었고, 이제 그 시기가 곧 돌아왔다.

"그냥 무시하는 게 좋습니다. 성질도 고약하고……"

아로롱은 그냥 중간계를 뜯어먹게 놔두는 게 좋다고 말했다. 진우는 잠시 고민에 빠졌다.

'그냥 놔둬야 하나?'

그럴 수는 없었다. 그냥 놔두기에는 중간계는 이미 진우의 것이나 마찬가지였다. 몰랐다면 어쩔 수 없지만 알아버린 이상, 가만히 놔둘 수는 없었다.

'내일 스케줄이……'

아침부터 있었다. 하필 한창 바쁠 시기였다. 아무래도 지금 가서 보고 와야 할 것 같았다. 미룰 만한 사안도 아니었으니까.

진우는 중간계로 돌아왔다. 중간계는 예전보다 훨씬 활기가 넘쳤다. 상품을 만드는 족족 대량으로 팔리니 경제가 급속도로 발전하고 있었다. 아로롱의 정보를 바탕으로 악몽의 군주가 있는 위치를 바로 찾을 수 있었다.

침식의 협곡이라 불리는 곳이었다. 수많은 전설과 이야기들이 얽혀 있는 곳이었고, 현재는 누구도 들어가지 않는 곳이라고 한다. 신성 제국과 제법 거리가 있었고, 포탈도 설치되어 있지 않아 가는 데 조금 시간이 걸렸다. 신성룡까지 타고 가서야 침식의 협곡에 도착할 수 있었다.

협곡 근처로 오니 군주의 기운을 강하게 느낄 수 있었다.

'일단 설정만 해놓고 폐기처분한 군주 같은데⋯⋯.'

원작 작가가 공들여 설정한 군주도 군주답지 않은 이들이 많았다. 대표적으로 미궁과 아르카나가 있었다.

진우는 긍정적으로 생각했다. 대화하면 통하지 않을까?

얌전히만 있어준다면 협상을 할 생각이었다. 3단계 시련이 모든 군주를 지배나 흡수를 하는 것이었지만, 평화로운 게 최고였다.

진우는 망설임 없이 침식의 협곡 안으로 들어갔다. 어느 경계를 기점으로 공기가 확 달라졌다. 진우는 본능적으로 악몽의 군주 안에 들어왔음을 느꼈다.

주변의 모든 것이 완벽하게 달라져 있었다. 이곳은 하나의 작은 세계였다. 일그러진 대지와 숲은 마치 악몽을 보는 것 같았다. 보랏빛 하늘도 보였고, 숲 반대편에 넓은 지평선도 보였다. 진우가 감탄할 정도로 소름 끼쳤다. 역시 군주는 상식을 초월한 존재였다.

"거기 있나?"

이 공간 자체가 군주라고 했으니, 말을 걸어보았다.

[나는 악몽이자 고통이다. 그리고 신이다! 경배하라! 너의 고통이 이곳에 있다.]

"옆 동네 군주인데, 이야기 좀 하러 왔어."

[군주…… 크흐흐흐, 새로운 군주로군!]

악몽의 군주가 웃었다.

[겁도 없이 기어들어 왔군. 크, 크흐흐! 군주의 고통……. 얼마나 맛있을까?]

사방에서 목소리가 들렸다. 상당히 소름 끼치는 목소리였다. 아로롱의 말대로 정상이 아니었다.

[크크큭, 보인다……. 네놈의 고통이…… 네놈의 절망이……!]

굉장히 오만했다. 자신을 바라보는 시선이 느껴졌다. 악몽 같은 공간 자체가 진우를 바라보고 있었다. 진우의 영혼과 기억을 들여다보고 있었다.

[놀랍군. 놀라워! 암흑…… 암흑! 내가 원하던 모든 것이 있다!]

진우가 몇 번 말을 걸었지만 말이 통하지 않았다.

'아직 움직일 수 없는 게 다행이군.'

역시 대화보다는 다른 대비책을 찾아야 하는 걸까? 직접 보니 확실히 위험한 놈이었다. 진우는 등을 돌렸다.

"이야기할 마음이 없는 것 같으니 가볼게."

[너의 고통은 나를 만족시켜 줄 것 같군. 네놈에게 맛있어 보이는 것들이 참 많아. 크, 크흐흐……. 네놈 앞에서 모두 천천히 녹여주마.]

멈칫.

공간 밖으로 나가려던 진우가 멈칫했다.

[크흐, 유나, 최희연, 김세연……. 인간들은 맛있지. 살결이 야들야들한 게 참 맛있겠군. 엘프도 특식이야. 남편 앞에서 잡아먹는 게 내 취미이지. 어떤가? 괴로운가?]

"그만하는 게 좋을걸."

진우가 공간을 노려보았다. 그러나 공간은 웃음을 흘렸다.

[네 앞에서 하나씩 하나씩 아주 천천히 녹여주마. 네 고통이 나를 더욱 위대하게 만들어줄 것이다. 고통에 울부짖어라. 크, 크크크……. 고통에 몸부림쳐라.]

몬스터가 나타났다. 유나를 포함한 다른 이들의 환영까지 나타났다. 모두 고통스러운 표정을 지으며 비명을 지르고 있었다. 진우를 원망하면서 말이다. 확실히 이런 광경을 보는 것은 괴롭기는 했다. 그러나 그것보다 분노가 훨씬 컸다.

[분노가 고통이 될 것이다! 아무것도 하지 못하는 무기력함

을 맛보아라. 나에게 힘을 바쳐라!]

악몽과 진우의 랭크는 같았다. 작은 몬스터조차 진우와 랭크가 같았다. 악몽의 군주가 지닌 권능 때문이었다. 진우가 괴로움을 느껴 악몽의 군주가 조금 더 앞서게 되었다.

퍼엉!

진우가 모든 마력을 끌어올리는 순간, 진우의 몸이 공간 밖으로 튕겨 나갔다. 그대로 바닥을 몇 바퀴 굴렀다. 고급 정장에 흙먼지가 잔뜩 묻었다. 시계도 박살 나 있었다. 마음에 들어 했던 시계였다. 진우가 처음 이진우가 되었을 때 챙겨 나온 것들 중 하나였다.

[절대적 고통이 찾아갈 것이다! 그동안 고통을 기다리며 덜덜 떨어라. 악몽을 꾸어라! 흐, 흐하하하!]

미친놈이군.

긴 숨을 뱉었다. 진우의 숨에 흙먼지가 날렸다. 절로 인상이 구겨졌다. 천천히 몸을 일으켰다. 이런 굴욕은 이진우가 되고 나서 처음이었다.

진우의 모든 권능과 마력이 뿜어져 나오며 대지를 가루로 만들었다. 그러나 악몽의 군주는 멀쩡했다. 그를 비웃고 있었다. 진우는 아직 저 악몽의 군주가 자신을 주시하고 있는 것을 느낄 수 있었다. 먹잇감을 바라보는 시선이었다.

'원작에 왜 안 나왔는지 알 것 같군.'

나름대로 색다른 설정이라고 생각해서 저렇게 설정해 놓고서는, 물리칠 방도가 떠오르지 않아 폐기한 것 같았다.

탐욕의 군주라고 할지라도 그를 없앨 수 없었다. 작가가 설정 놀이를 하다가 누구도 이길 수 없는 군주를 만들어낸 셈이었다.

툭툭!

진우는 손으로 옷을 털었다. 황금의 군주가 눈을 뜨며 옷을 다시 깔끔하게 만들었다.

선전포고를 해왔다. 자신을 고통스럽게 하기 위해 자신에게 속한 이들을 먹겠다고 말하고 있었다. 자신의 눈앞에서 능욕하며 말이다. 원작 작가의 설정에서 벗어난 존재가 바로 진우였다.

"나는 운이 좋아."

기생의 군주를 발견한 것도 운이 좋았다고밖에 설명할 수 없었다.

"혹시 테마파크라고 알고 있나?"

진우의 입꼬리가 서서히 올라갔다. 고통은 모든 존재가 느꼈다. 악몽의 군주도 마찬가지였다.

그러나 예외가 있다면 어떨까? 그것도 아주 많이.

악몽의 군주는 분명 그 이름답게 악몽이었다. 같은 군주조차 그에게는 먹잇감일 뿐이었다. 악몽의 군주는 자신이 마신보다 위대한 신이라고 말하고 있었다. 진우의 모든 것을 먹어치우고 고통을 주겠다고 말했다.

그러나 잘못 건드렸다. 악몽의 군주는 선을 넘어도 한참 넘어버렸다. 진우가 어디까지 할 수 있는 군주인지 알지 못했다. 진우는 보통 군주가 아니었다.

진우는 중간계를 떠나 성소로 돌아왔다. 유나와 허영, 아리나 그리고 루나가 모여 차를 마시면서 이야기를 나누고 있었다. 아르카나가 차를 내왔는데, 진우를 발견하자 그대로 굳어버렸다. 서둘러 안대를 써서 다행히 기절하지는 않았다.

가끔씩 시간을 내서 이렇게 여성끼리 모인다고 한다. 벽에 '제4회 황금 여성 모임'이라고 써진 플래카드가 붙어 있었다.

이번 주 안건은 '최희연 가입 신청건'이었다. 찬성 측과 반대 측으로 나뉘어서 토론이라도 하는 모양이었다.

찬성 측은 '여성끼리 단합해야 공기화를 막을 수 있다', '비중 그렇게 많지 않아 합류해도 지장이 없다', '불쌍해', '생각해 보면 선배' 등등이었다.

반대 의견은 '지금이 적당하다', '우리도 힘들다'였다.

후다닥!

유나와 다른 여인들이 빠르게 움직이며 서류를 치웠다. 진우는 정보의 마안으로 이미 파악했지만 일단 모른 척했다.

'새벽에 이런 모임을 하다니……'

진우는 대단하다고 생각했다.

유나가 헛기침을 하면서 자리에서 일어났다. 그녀답지 않게 살짝 당황한 기색이 보였다. 지금까지 진우의 행동 패턴을 파악한 결과, 바로 저택으로 가거나 중앙 통제실로 향할 거라 생각했기 때문이다.

진우는 잠시 그녀들을 바라보았다. 모두의 얼굴을 보니 악몽의 군주가 했던 말들이 이해가 되었다.

'고통이라……'

진우는 피식 웃으면서 겉옷을 벗었다. 아르카나가 은밀히 다가와 진우의 겉옷을 받았다. 그리고 구석으로 가더니 고난이도의 마법을 일으키며 드라이클리닝을 했다.

"유나."

"네."

"스케줄 다 취소해."

유나는 의문이 가득한 눈으로 진우를 바라보았다. 상당히 중요한 스케줄도 잡혀 있었기 때문이다. 그러나 진우는 말없이 웃을 뿐이었다.

유나는 고개를 끄덕이고 바로 취소했다. 이진우가 스케줄을 하기 싫다는데 누가 뭐라고 할까?

바로 그때.

"나 부활함."

미궁이 방에서 나왔다. 엘리제가 뒤에 서 있었다.

미궁이 두 팔을 번쩍 올리며 부활을 과시했다. 많은 플레이어가 몬스터들을 치워주니, 정신을 차릴 정도가 된 모양이었다. 루나가 미궁을 껴안으며 엄청 기뻐했다.

미궁이 진우를 빤히 바라보았다. 진우는 고개를 설레 저으면서 입을 뗐다.

"음, 뭐 먹고 싶은 거라도 있어?"

"햄버거."

진우는 오랜만에 요리를 했다. 조금 힘을 준 덕분에 새벽부터 호화스러운 요리가 식탁에 올려졌다. 맛있게 먹는 모두를 바라보며 진우는 고개를 끄덕였다.

'진짜 고통이 무엇인지 알려줘야겠군.'

악몽은 결국 꿈에 불과할 뿐. 진짜 고통은 현실에 있었다.

진우는 지금까지 진심으로 무언가를 했던 적이 별로 없었다. 임기응변으로 어찌어찌하다 보니 여기까지 왔다. 화가 났을 때도 금방 본래의 모습으로 돌아왔다. 그러나 지금은 아니었다. 악몽의 군주를 영원히 고통받게 하지 않는 이상, 계속 유지될 것 같았다.

진우는 할 수 있는 모든 걸 동원할 생각이었다.

무력, 재력, 그리고 인맥. 진우는 할아버지와 이민우에게 연락했다. 처음으로 진우가 먼저 만나자고 한 것이었다.

셋은 일선 그룹 빌딩의 최상층에 다시 모였다.

이민우에게 모든 것을 맡기고 여유로운 생활을 해서인지 할아버지는 처음 보았을 때보다 인상이 좋아졌다. 게다가 뉴월드 : 미궁 덕분에 본래 성격을 찾아가는 것 같았다.

이제 엘라 사랑을 숨기지 않았다.

정원에 셋이 둘러앉았다.

"흐음, 네가 나를 먼저 보자고 하다니…… 무슨 일이냐."

"알려드릴 일이 있어서 왔습니다."

"부탁도 아니고, 알려준다고?"

진우는 고개를 끄덕였다. 살짝 웃고 있었지만 눈빛은 굉장히 차가웠다. 할아버지는 잠시 진우를 바라보다가 고개를 끄덕였다.

"말해보거라."

진우는 악몽의 군주에 대해 말했다. 악몽의 군주가 한 발언이 할아버지와 이민우의 귀에 들어간 순간 둘의 표정이 바뀌었다.

퍼석!

할아버지가 잡았던 찻잔이 부서졌다. 이민우의 눈에서는 살기가 감돌았다.

"감히…… 쓰레기 같은 놈이……."

"선전포고로군요."

괜히 가족이 아니었다. 분노가 머리끝까지 차오르자 오히려 평온한 표정이 되었다.

셋의 표정은 너무나 똑같았다. 할아버지는 전성기였던 시절의 모습으로 돌아왔다. 엘라뿐만 아니라 진우의 손자며느리 후보들까지 잔혹하게 죽이겠다고 하니 눈이 돌아갈 수밖에 없었다. 진우는 모르고 있었지만, 가끔씩 그녀들이 방문해서 이야기를 나누거나 선물을 주고 갔다.

할아버지가 진우를 바라보았다.

"계획이 있느냐."

"네."

할아버지와 이민우는 고개를 끄덕였다.

"해보거라. 세상이 너를 도울 것이다."

"감사합니다."

세상이 돕는다는 말은 허언이 아니었다. 지구를 주무르고 있는 일선 그룹이 진우를 전적으로 도울 것이기 때문이다.

"민우야."

"네, 회장님."

"애들 모아라. 빠지는 놈은 각오하라고 해라."

"알겠습니다. 제가 직접 죽이겠습니다."

할아버지와 이민우가 먼저 자리에서 일어났다. 살기가 엄청 나 주변에 있던 식물들이 죽어버릴 정도였다. 실내 공기마저 탁해진 것 같았다. 흉흉한 분위기가 이어질 때였다.

"할아버님?"

"오, 엘라 왔구나. 허허허! 그래, 검진 결과는 어떻더냐?"

"쌍둥이래요."

"오오!"

엘프이기 때문인지 임신 기간이 길었다. 종족이 달라서 걱 정을 많이 했는데, 정말 좋은 소식이었다. 엘라는 원대한 가족 계획을 세우고 있었다. 다정하게 엘라의 어깨를 감싸던 이민우 가 몸을 흠칫했다.

진우는 엘라가 이민우에게 한 말을 들을 수 있었다.

'대가족을 만들고 싶다니…….'

고개를 끄덕였다. 조카는 많을수록 좋다고 생각했다.

악몽의 군주는 침입자들과 같은 랭크의 몬스터들을 매우 많이 생산할 수 있었다. 침입자들이 고통을 받으면 몬스터들의 랭크가 올라갔다. 덕분에 일반적인 군대로는 절대 이길 수 없었다. 만약 소드 마스터가 참전이라도 하면, 몬스터 군대는 소드 마스터의 랭크로 맞춰지기 때문이었다.

진우의 계획은 간단했다. 많은 플레이어들을 싸울 수 있는 수준까지 만든다. 그리고 악몽에 투입해서 악몽을 작살내는 것이었다.

일반적인 군대라면 악몽을 감당할 수 없었지만 플레이어는 일반적인 군대가 아니었다. 고통을 느끼지 못하고, 쾌락과 재미를 위해 게임에 접속한 이들이었다. 그런 무시무시한 존재들이 수십만, 수백만을 너머 수천만이 쏟아진다면 어떨까? 그것이야말로 악몽이었다. 아니, 현실이 악몽을 깨버리는 순간일 것이다.

진우는 이벤트를 준비했다. 문화 센터에서 뉴월드 : 미궁 페스티벌을 열었다. 업데이트 발표회를 가질 예정이었는데, 대표인 진우가 직접 나온다고 하니 모든 관심이 집중되었다.

진우는 본래 이런 자리에 나서는 걸 싫어했다. 그가 얼마나

열이 받았는지 알려주는 대목이었다.

"언론 통제가 완료되었습니다."

"음, 비협조적인 언론사가 있나?"

"없습니다. 국내 방송국까지 모두 장악했습니다. 해외 주요 언론사, 방송국도 마찬가지입니다."

유나의 보고에 진우는 고개를 끄덕였다. G&P만의 힘이라면 이 정도까지 할 수 없었다. 진우는 일선 그룹을 도구처럼 이용하고 있었다. 한국에서는 여러 정치 문제, 연예계 사건들이 계속해서 터져 나갔다. 진우는 관심이 그쪽으로 쏠리는 걸 원치 않았다. 사건을 일으킨 당사자들은 빠르게 자숙을 해야 했고, 논란이 될 만한 일들은 일선 그룹이 나서서 아예 없애 버렸다.

최근 가장 화제였던 청소년들이 집단으로 군인을 구타한 사건은 법적으로, 그리고 법 이외의 힘으로 깔끔하게 해결되었다. 알고 보니 가해자 하나가 정치계 거물의 손자였는데, 둘 다 나락으로 떨어졌다.

진우는 억울한 이들이 없도록 미리 경고를 했었다.

'당분간 모두 조용히 지내라.'

친절함이 담긴 경고였다. 진우의 경고를 어긴 대가는 너무나 컸다. 정치계 거물과 얽혀 있는 추악한 카르텔까지 모두 까발려지고 폭파되었다. 저항조차 할 수 없었다. 엄지손가락으로 개미를 눌러 죽이는 것보다 쉬웠다.

해외에서 입을 놀리는 이들도 예외는 아니었다. 덕분에 현재 한국은 건국 이래로 가장 조용했다. 모두가 바짝 엎드렸다. 이쯤 되면 언론 통제가 아니라 지배였다.

진우는 현재 문화센터에 와 있었다. 문화센터는 확장을 거듭해서 세계에서 제일 큰 컨벤션 센터가 되었다. 문화센터에서는 축제가 한창이었다. 모든 관심을 문화센터에 집중시켰으니 사람들이 많은 건 당연했다.

미궁 : 뉴월드의 차림을 흉내 낸 사람들로 붐볐다. 엘프나 마족들은 오랜만에 본 모습으로 돌아다닐 수 있게 되었다. 그냥 돌아다니는 것뿐인데도 화제가 되어 SNS에 올라왔다.

'시작했군.'

진우는 대기실에서 나왔다. 문화센터 홀에 많은 사람들이 모여 있었다. 전 세계의 팬들이 다 찾아와 발 디딜 틈이 없었다. 이제 뉴월드 : 미궁은 단순한 게임이 아니었다. 누군가에게는 모험의 장소였고, 누군가에게는 도피처였다. 그리고 각박한 사회에서 벗어날 수 있는 쉼터이기도 했다.

진우가 대기실에서 나와 무대 뒤에 있을 때, 주변이 어두워졌다. 무대 위에 마련된 홀로그램 아티팩트에서 영상이 상영되기 시작했다.

와아아!

관객들이 환호했다. 그리고 곧 조용해졌다. 뉴월드 : 미궁이라는 문구가 떠올랐기 때문이다.

[3월 정식 오픈 이후, 우리의 여정이 시작되었다.]

천사가 나타나서 두 손을 펼치자, 화면이 바뀌며 어리둥절한 표정을 하고 있는 뉴비가 나타났다. 뉴비는 기본 조작법을 알려주는 던전에 떨어졌다.

"와, 저기…… 처음에 끔찍했는데."

"저건 튜토리얼도 아니었지."

우울한 음악이 흘러나왔다. 뉴비가 해골에게 쫓기며 여러 차례 죽었다. 관객들이 탄성을 내뱉었다. 이미 경험해 본 이들이 대다수였기 때문이다.

뉴비는 절망해 주저앉았다. 나아갈 희망이 없는 듯했다. 그의 주변에 점차 주변에 사람들이 많아지기 시작했다. 검을 들고 있는 이가 손을 뻗자 뉴비는 망설이다가 손을 잡았다.

[동료와 함께, 그리고 모두와 함께.]

우울한 분위기의 음악이 사라졌다. 비트가 빨라지고 리듬감이 살아났다. 뉴비는 동료들과 달리기 시작했다.

해골을 격파하고 태초의 마을에 왔다. 아름다운 상점 주인 세리아가 빙긋 웃으며 손을 흔들었다.

"오오!"

"와, 세리아 님이네."

세리아는 팬이 상당히 많았다. 현재 뉴비들의 선물 공세에 시달리고 있었다. 세리아와 여러 NPC들이 스쳐 지나갔다. 마지막에는 데구르론이 나왔다. 장내가 술렁였다.

"저 개새……!"

"아오, 진짜 쥐패고 싶다."

"강화 진짜…… 일부러 박살 내는 듯."

"내 무기 박살 내고 웃더라."

데구르론에 대한 여론은 좋지 않았다. 데구르론은 나름대로 억울한 면이 있었지만 어쩔 수 없었다. 피할 수 없으면 즐기라고 했던가. 최근에는 나름대로 즐기고 있었다. 그래서 더 악명이 커졌다.

비트는 더욱 빨라졌다. 뉴비가 두 손과 몸을 바라보자 빛이 터져 나오며 장비가 바뀌었다. 태초의 마을에서 파는 장비였다.

[위기의 순간…….]

화면이 전환되며 대규모 원정대와 함께 돌격했다. 최하층 중간 보스 전이었다. 감탄이 연이어 터져 나왔다. 뉴비가 타격을 입고 주춤거렸다. 그때, 바닥을 뚫고 거대한 해골이 치솟아 올랐다. 불타오르는 해골이었다.

뉴비가 무너진 바닥으로 떨어지려는 순간이었다. 누군가 그의 손을 잡았다.

"김군주!"

"크흐! 역시 네임드."

김군주가 뉴비를 뒤로 날려 버리더니 방패를 들고 불타는 해골과 함께 지하로 떨어졌다. 지하로 떨어져 내리는 도중에 김군주의 고개가 돌아갔다. 그리고 엄지손가락을 치켜들었다.

[영웅이 탄생한다.]

장면이 바뀌었다. 주저앉아 있던 뉴비가 눈물을 닦고는 거대한 해골을 향해 검을 휘둘렀다. 하얀빛이 터져 나왔다. 비트가 끊기며 조용한 음악이 흘러나왔다.

화면이 서서히 색다른 풍경을 비추었다. 하늘이 보였다. 바다가 있고 산이 있었다. 아주 짧은 등장이었지만 환호와 박수가 터져 나왔다.

[Coming soon…….]

"오오!"

"꺄아아악!"

"미쳤다!"

환호 소리에 건물이 울릴 지경이었다.

무대 뒤에 있던 진우는 고개를 끄덕였다. 저런 반응은 당연했다. 저 영상을 촬영하기 위해서 세계 최고의 전문가들을 초빙했으니 말이다. 감독과 스태프들은 지옥과도 같은 강행군을 소화하고 모두 탈진해 쓰러졌다.

무대 위에 조명이 커졌다. 진우는 무대 위로 올라갔다. 진우가 나타나자 더욱 큰 환호와 박수가 터져 나왔다.

"폐하!"

"행운의 신!"

"당신이 없었으면 제 10강 무기도 없었습니다."

앞줄에는 코스프레를 한 이들이 있었는데, 아예 절까지 올렸다. 강화 직전에 이진우에게 극진한 예를 올리는 게 어느새 문화가 되었다. 이것 또한 재미 요소였다.

진우는 여유롭게 인사했다.

"안녕하십니까? 이진우입니다. 오늘은 기사가 아닌 G&P의 대표로서 이 자리에 왔습니다."

진우는 캐주얼하게 차려입고 있었다. 대중들에게는 기사복을 입은 진우의 모습이 더 익숙했다. 인터넷은 물론 공중파에서도 현장 중계를 했다.

진우는 우선 가볍게 접속기 2세대에 대해 소개를 했다. 1세대가 나온 지 얼마 안 되는 시점이라 불만이 터져 나오고 있었다.

1세대와는 비교도 안 되는 성능이었다. 스마트폰 연동을 통한 AI 시스템까지 지원했다. 진우가 직접 시현을 해주니 감탄밖에 나오지 않았다. 자신에게 꼭 맞는 인공지능 비서가 생겼기 때문이다. 하드웨어를 업데이트할 필요 없이 앱만 다운받으면 가능했다.

-이상우: 와, 이제 여자친구도 만들 수 있을 듯.

-빅궁수맨: 진짜 외계인 갈아넣었네.

-남자는양손검: 2세대, 가격 엄청 비쌀 것 같은데. 300만 원 해도 산다.

-포고: 아, 괜히 1세대 샀네. 1세대는 역시 거르는 게 답인 듯.

인터넷 반응도 뜨거웠다.

"이렇게 빨리 나오니 짜증 나죠?"

2세대는 물량 문제도 해결되어서 인터넷으로도 빠르게 구입할 수 있었다. 진우는 웃었다.

"무료로 업그레이드를 해드리겠습니다. 그러니 또 구입하지 않으셔도 됩니다."

이곳에 있는 모두가 잠시 이진우가 어떤 인물인지 망각하고 있었다. 진우가 그렇게 말하자 잠시 정적이 일더니 모두가 환호했다.

드디어 본론을 말할 때가 왔다.

"지금까지 경험하신 뉴월드 : 미궁은 극히 일부에 지나지 않습니다. 방대한 컨텐츠가 여러분을 기다리고 있습니다."

진우가 손짓하자 홀로그램이 떠올랐다. 아름다운 산과 바다, 하얀 성, 늪지대가 떠올랐다. 당연히 가짜였다. 중간계를 촬영한 영상들이었다.

홀로그램 영상이 바뀌었다. 음산한 숲과 몬스터들이 나타났다.

[악몽의 땅 업데이트!]

"악몽의 땅이 그 시작입니다."

플레이어들은 던전에 만족하고 있었지만, 솔직히 답답한 기분이 들기도 했다. 던전이 아무리 커도, 갇혀 있다는 느낌을 지울 수 없었기 때문이다. 그러나 광활한 오픈 필드가 찾아온다고 한다. 당연히 난리가 날 수밖에 없었다.

"악몽의 땅은 힘겨운 곳입니다. 힘을 키워 대비하셔야 합니다."

공식 홈페이지에 악몽의 땅 오픈 이벤트에 대한 설명도 나왔다.

[빅 이벤트!]

악몽을 대비하라!

1. 고속 성장 이벤트!

악몽에 대비하여 자신을 단련하도록 하자.

*모든 구역 경험치 200% 증가!

2. 너도 나도 초보탈출!

뉴비를 도와 랭크업을 달성해서 인증샷과 사연을 남기면 추첨을 통해 5,000 차원 금화 지급! (500명)

3. 행운의 상점을 찾아라!

던전 속 안전지대에 있는 상점을 찾아라!

*일반 아이템 무료!

*차원 금화 아이템 50% 할인!

4. 이런! 손이 미끄러지지 않아!

악몽이 찾아온다는 이야기에 모든 대장장이들이 긴장을 했다!

*강화 확률 30% 증가!

*가격 할인 30%

뉴월드 : 미궁의 첫 이벤트였다. 진우가 무대 위에 올라온 시점부터 이미 이벤트는 시작이 되었다. 장내가 술렁였다. 빨리 돌아가 게임을 하고 싶어하는 분위기였다. 이보다 더 좋은 반응은 없었다.

진우의 발표가 있고 나서 페스티벌의 열기는 급격하게 식었다. 뉴월드 : 미궁에 관심이 끊긴 것이 아니었다. 모두 페스티벌 현장을 빠져나와 근처 숙박 시설로 들어가거나 집으로 돌아갔다. 게임에 접속하기 위함이었다.

이벤트는 순조롭게 진행되었고, 2세대 접속기가 보급되면서 접속자들은 계속해서 늘어났다. 미궁 내의 마을이 전부 붐빌 만한 정도가 되었다. 추가 마을이 지어지고 있으니 접속자를 감당하는 건 무리가 아니었다. 이벤트 효과로 도심의 거리마저 한산해졌다. 아예 휴업을 하는 회사도 나타나고 있었다.

진우는 침식의 협곡으로 왔다. 진우는 협곡 주변을 둘러보며 X자를 그렸다. 악몽의 군주가 있는 곳 바로 옆이었다.

악몽의 군주는 진우를 바라보며 이죽거렸다.

[공포를 이기지 못해 실성한 것이냐. 미리 재물을 바친다면 고통을 줄여주마. 흐흐흐!]

진우가 표시를 완료하자 포탈이 열리며 미궁이 등장했다.

"표시한 곳에 소환해."

"알았음."

미궁이 관자놀이에 손가락을 올리며 집중하기 시작했다.

[무, 무엇을 하려는 게냐!]

악몽의 군주가 당황했다. 전혀 예측이 되지 않아서였다. 미궁이 집중을 하자 공간이 일렁이며 거대한 구조물이 등장했다. 태양 빛을 가려 협곡에 커다란 그림자가 졌다. 하나하나가 거대한 던전이었다.

휘이이이! 쿵! 쿵! 쿵!

거대한 던전이 X자로 표시된 곳에 모두 떨어졌다. 협곡이 가볍게 부서져 내렸다. 거대한 던전들이 악몽의 군주 바로 옆에 바짝 붙었다.

"다 했음."

"가자."

"나도 참가해도 됨?"

"그건 생각해 봐야겠는데."

둘은 악몽의 군주를 가볍게 무시했다. 진우와 미궁은 아무런 말도 해주지 않고 바로 성소로 돌아갔다. 악몽의 군주는 진우가 설치한 것이 신경 쓰여 미칠 노릇이었다.

움직일 수 없으니 확인할 방도가 없었다. 다가올 고통을 기다리는 것은 진우가 아니었다.

　첫 이벤트 효과는 굉장했다. 타락이 남긴 구슬을 이용해서 경험치 200%를 만들었다. 경험치 200% 상승은 플레이어들을 과감하게 만들었다.

　죽어도 다시 빠르게 성장할 수 있으니, 던전 깊숙한 곳까지 돌아다녔다. 게다가 최근에 등장한 은행에서 장비를 보관해 주기도 했다. 공헌도, 랭크 기록에 따라 보관할 수 있는 장비의 개수가 늘어나다 보니, 목숨을 거는 플레이가 가능해졌다. 신규 유입도 엄청나게 증가했다. 일선 그룹을 통해 많은 물량을 생산하니 해외에도 순조롭게 접속기를 공급할 수 있었다.

　가상현실이다 보니 허가가 나려면 여러 가지 제약이 많았지만, 일선 그룹이 나서니 전혀 문제가 되지 않았다. 오히려 국가 자체에서 밀어준다는 느낌이 들 정도였다.

　진우는 태초의 마을을 바라보았다. 최하층 안전지대에 마을을 많이 만들었는데, 마을마다 플레이어들로 바글바글했다. 초보티를 벗어난 플레이어들도 굉장히 많았다.

　'때가 되었군.'

　드디어 악몽의 땅 오픈 날이 다가왔다. 진우는 침식의 협곡 앞으로 이동했다. 협곡의 가장 높은 곳에 이벤트 통제실이 설치되어 있었다. 세연이 안에서 미궁과 현장을 통제하고 있었고, 유나 역시 상황을 지켜봤다.

총지배인과 아르카나 그리고 메이드 군단도 자리했다. 진우를 보필하기 위함이었다.

오늘은 날씨가 무척이나 좋았다. 한국과는 다르게 이곳은 초여름이었다. 피크닉을 가기 딱 좋은 날씨였다. 진우를 위해 편안하고 푹신한 의자가 준비되었다. 의자에 앉자, 총지배인이 직접 파라솔을 펴주었다.

"좋군."

칵테일까지 손에 쥐고 있으니 놀러 온 기분이 물씬 풍겼다. 진우의 그런 여유로운 모습에 악몽의 군주는 당황했다. 지금까지 이런 반응을 보였던 존재는 없었기 때문이다.

준비가 완료되자 세연이 진우를 바라보았다.

"대표님, 모두 마을에서 대기 중입니다."

"숫자는 어느 정도 되지?"

"대기 인원만 400만 정도 됩니다. 시간이 지나면 더 늘어날 것 같습니다. 최고 랭크는 E랭크입니다."

천계의 모든 천족들이 달라붙어서 아바타 생성에 힘을 써주었다. 중간계에 있는 대장장이들이 대거 파견을 나오기도 했다.

"현장 화면을 띄워 드리겠습니다."

진우의 앞에 여러 화면이 떠올랐다. 미궁을 통해 중앙 통제실과 이어져 있어 편의 기능을 이용하는데 아무런 문제가 없었다.

태초의 마을에 커다란 던전 입구가 생겼다. 악몽의 군주 주위에 바짝 붙어 있는 던전들과 이어져 있었다. 마을의 광장마다 사람들이 빼곡하게 줄을 서고 있었다. 축제 같은 분위기였다. 전 세계가 지켜보는 최고의 이벤트였다.

"시작해."

"네! 1차 웨이브 시작하겠습니다!"

모두에게 퀘스트가 내려지며, 마을에 있는 거대한 문 위에 숫자가 떠올랐다. 오픈을 알리는 카운트다운이었다.

[5, 4, 3, 2, 1!]

"오픈합니다!"

세연이 버튼을 누르자 거대한 문이 모두 열렸다.

1차 웨이브, 전진 앞마당 던전 러쉬가 시작되었다.

'과연 어떨까?'

악몽의 권능에 대해서는 알고 있었지만 약점은 알려진 바가 없었다. 진우는 아주 느긋하게 정보를 얻을 생각이었다.

이재현은 프로게이머였다. 2군 하위권 소속되어 있었는데, 팀이 강등이 되는 바람에 이재현도 자연스럽게 은퇴를 해야 했다. 중학교 시절부터 그 게임에 인생을 바쳤다. 그러나 그에게 남은 건 아무것도 없었다.

그의 인생이 극적으로 변한 것은 '남자는양손검'이 쓴 게시글 때문이었다. 그 이후 뉴월드: 미궁을 접하고 삶이 180도 달라졌다.

"루나킹카킁카 고객님, 2,342만 원 입금되었습니다."

"감사합니다."

머리에 뿔이 달린 은행원이 웃으면서 환전을 해주었다. 마계 펀드라는 것도 소개시켜 줬는데 수익이 괜찮았다. 최근에 수익의 30% 정도를 마계 펀드에 투자하고 있었다.

VIP룸에서 나오자 은행에 빼곡하게 앉아 있는 플레이어들을 볼 수 있었다. 몇 달 전까지 삼각김밥조차 사 먹지 못한 자신이 지금은 부모님의 빚을 다 갚고, 그럭저럭 괜찮게 생활하고 있었다. 부모님께는 당당히 취직했다고 말했다. 뉴월드가 그의 직장이었다!

'빨리 가야겠군.'

루나킹카킁카, 줄여서 루카는 빠른 걸음으로 이동했다. 오늘은 뉴월드 최고의 이벤트, 악몽의 땅이 열리는 날이었다.

루카는 이미 여러 가지 분석 글들을 읽어본 상태였다.

지금까지 상상 이상의 컨텐츠를 보여준 G&P였다. 여러 전문가들이 던전의 제한된 시야, 공간이 아니었다면 가상현실을 구현하지 못했을 것이라고 주장했다.

막힌 하늘과 땅, 굽이굽이 있는 통로, 제한된 공간 덕분에 막대한 데이터의 연산처리를 순조롭게 할 수 있었다는 분석이었다. 또, 수백 만에 달하는 인원들이 오픈 필드에 등장하게 되면 과부하를 이기지 못해 치명적인 오류가 날 수도 있다고 경고했다. 물론 G&P는 들은 척도 하지 않았고, 전문가들은 소리 소문 없이 사라졌다가 사과문을 올렸다.

"언제 열리지?"

"대기가 좀 길어지는데? 설마 연기된 건가?"

"업데이트가 좀 빠르긴 했지."

주변에서 그런 우려가 터져 나올 때였다.

[이벤트 퀘스트!]

악몽의 땅은 악몽으로 이루어진 공간이다.

공포를 이겨내고 악몽을 물리치도록 하자. 기여도에 따라 보상을 획득할 수 있다.

*기본 보상: 경험치.

*공헌도 보상: 고급 장비 세트, 차원 금화.

퀘스트가 뜬 후 바로 카운트다운이 시작되었다.

우아아아아!

모두 소리를 질렀다. 루카가 있는 마을에 모인 인원수만 해도 30만 명이 넘었다.

루카도 살짝 걱정되었다. 다른 마을에는 이보다 많은 인원들이 대기하고 있다고 한다. 오픈 필드라고는 하지만 그만한 인원을 감당할 수 있을까?

"3! 2! 1!"

"가자!"

거대한 문이 열리자 30만이 넘는 플레이어가 안으로 들어 갔다. 은행 NPC가 마중 나와 있었다. 플래카드도 들고 있었는 데.

[루나쿵카쿵카 님 파이팅! 득템하세요!]

라고 적혀 있었다. 루카는 의욕에 불타올랐다!

많은 인원이 거대한 문 안으로 사라졌다. 모두 일제히 문 안 으로 들어갔음에도 전혀 정체되지 않았다. 다른 공간으로 이 동된 것처럼 사라졌다.

루카 역시 안으로 들어갔다.

"오오!"

그의 눈앞에 악몽의 땅이 펼쳐졌다. 환상적이었다. 보랏빛 으로 물들어 있는 하늘과 공포 영화에서 튀어나온 것 같은 주 변 광경은 그에게 짜릿함을 선사해 주었다. 그의 마을에서만 30만에 달하는 이들이 들어갔는데, 신기하게도 주변에는 사 람들이 많지 않았다.

"와, 여기 개쩐다. 소름 끼쳐."

"묘지 아냐? 으으, 이런 곳 제일 싫은데."

"나도."

루카 역시 그러했다. 그는 묘지를 제일 무서워했다. 스산한

안개가 뿜어져 나오며 시야를 가렸다. 플레이어들이 긴장하며 무기를 들었다. 마치 공포 영화에 들어온 것 같았다.

식은땀이 절로 맺혔다. 자연스럽게 플레이어들끼리 뭉치게 되었다. 오십 명 남짓했는데 분위기가 이래서인지 어색하지는 않았다.

"연출 죽이네."

"와…… 오줌 지릴 것 같아요."

어두운 하늘 아래 묘지가 끝도 없이 이어져 있었다. 그 광경은 악몽 그 자체였다.

[크흐흐흐! 고통에 물들어라!]

루카는 고개를 갸웃했다. 무슨 소리가 들린 것 같았다.

후두두득!

바닥을 뚫고 손들이 올라왔다. 주변을 가득 메울 정도로 많았다.

"조, 좀비?"

"꺄악!"

"으억! 징그러!"

수많은 좀비가 등장했다. 좀비를 보니 공포가 엄습했다. 치켜든 검이 덜덜 떨릴 정도였다. 좀비가 마치 그런 루카를 비웃는 듯했다.

[고통을 맛보아라. 어리석은 생명체들이여!]

키에에엑!

좀비들이 달려들었다. 루카와 플레이어들은 수많은 좀비를 피해 달리기 시작했다. 모두 비명을 지르며 달렸다. 그런데 극한에 상황에서 나오는 비명과는 조금 달랐다.

"꺄악!"

뒤처진 여자 플레이어가 좀비에게 잡혔다. 방패를 든 탱커였는데, 속도가 느려 잡혀 버렸다.

"꺄악!"

우적우적!

좀비들이 탱커를 물어뜯었다. 탱커다 보니 뜯어 먹는데 조금 오래 걸렸다. 탱커는 처음에는 공포를 느꼈다. 그러나 시간이 지나자 공포가 짜릿함으로 바뀌기 시작했다. 머리가 주뼛서고 오줌을 지릴 것 같은 공포가 사라지자, 온몸에 쾌감이 감돌았다. 엔도르핀이 팍팍 뿜어져 나왔다. 아바타이다 보니 그 효과는 더욱 강력했다.

"와! 저 먹히고 있어요! 엄청나네요! 이제 저도 좀비 되는 건가요?"

탱커의 말이 끝나기 무섭게 그녀는 좀비가 되었다.

[으, 으음? 뭐지?]

고통에 이성을 잃고 자아가 무너져야 했지만 탱커는 멀쩡했다. 오히려 즐기고 있었다.

"우어어, 저 좀비 되었어요! 우와!"

"진짜요?"

"님들도 물어줄까요?"

호기심이 생긴 플레이어들이 탱커에게 다가갔다. 탱커가 무니 잠시 후 좀비가 되었다. 그러자 주변에서 달려들던 좀비들이 오히려 당황했다. 좀비가 된 플레이어들이 좀비들을 학살하기 시작했다.

퍽퍽!

좀비가 터져 나갔다. 순식간에 입장이 반대가 되었다.

"님들, 저 팔 떨어짐. 이거 붙일 수 없나."

"아바타 재생성해야 할 것 같은데."

"캬! 손맛 죽이네. 어차피 이제 익숙해져서 하루면 F랭크 다 는데 걍 즐기죠."

[뭐, 뭐야, 이놈들은…….]

루카의 귀에 누군가 당황하는 목소리가 들린 것도 같았다. 플레이어들은 한술 더 떠서 좀비의 배를 갈라 뒤적였다.

"와, 왜 성인들만 이용할 수 있는지 알 것 같네. 진짜 리얼하다."

"우욱! 으, 구역질 나와. 뭐 있나요?"

"마석 같은 게 있는 것 같아요."

루카도 고개를 끄덕이고는 좀비들의 배를 갈랐다. 검은 마석 같은 게 나왔다. 가격이 조금 나갈 것 같았다.

탱커는 자신의 팔을 바라보다가 조금 떨어진 살점을 입에 넣고 우물우물거렸다.

"오, 딸기맛 나는데요? 이래서 먹는 거구나."

"허벅지 부위는 오렌지 맛이에요!"

"괜찮네. 육회 같고."

루카는 그녀의 옆에서 조금 떨어졌다. 입 냄새가 심하게 났기 때문이다. 좀비가 되지 않은 게 참 다행이라고 생각했다.

[미, 미친, 크흑, 그, 그만……!]

루카와 플레이어들이 보이는 족족 좀비를 잡았다. 랭크는 비슷했지만 무기 차이가 굉장히 심해 그렇게 어렵지는 않았다. 좀비 입장에서는 플레이어들이 더 좀비 같았다. 신체가 떨어져도 웃으면서 무기를 휘둘렀다.

"님들! 저기 공포의 집 같은 게 있어요!"

"와! 공동묘지 위의 저택! 영화에서 본 것 같은데."

"안에 들어가면 귀신 나오고 그럴 듯요."

"개무섭겠다."

"미튜브에 올리면 대박 날 것 같네요."

모든 플레이어들이 저택으로 향했다. 모두 이벤트를 충실하게 즐기고 싶어했다. 루카도 마찬가지였다.

저택의 안은 끔찍했다. 고어한 함정과 기괴한 크리처들이 출몰했다.

"억! 님들 저 고문당해요!"

칼날이 몸에 잔뜩 박힌 괴물이 플레이어 하나를 끌고 가더니 몸을 속박했다. 기괴한 웃음을 지으며 날붙이로 푹푹 쑤셨지만 플레이어는 신기한 듯 바라볼 뿐이었다.

플레이어가 자신의 팔을 자르고 몸을 비틀어 무기를 잡더니, 당황한 크리처의 목을 베었다. 품에서 포션을 꺼내 팔에 붓자 팔이 재생되었다.

"와, 엄청 무서웠네."

그렇게 말하며 태연하게 크리처의 몸을 갈라 검은 마석을 꺼냈다.

"예전에 일본에 있는 테마파크 가봤는데, 거기보다 여기가 훨씬 무서운 것 같네요."

"저택 다 뒤졌는데, 별건 없네."

루카는 저택을 둘러보았다. 바로 앞에 커다란 초상화가 있었는데, 피눈물을 흘리고 있는 여인이 그려져 있었다. 루카는 시선을 돌렸다가 다시 초상화를 바라보았다. 표정이 기괴하게 일그러져 있었다.

"윽! 깜짝이야."

진심으로 깜짝 놀랐다. 현실이었다면 이런 곳엔 들어오지도 않았을 것이다. 가짜인 걸 아니 공포보다는 짜릿함이 앞섰다. 그리고 파밍 욕구가 이성을 지배했다.

루카는 초상화를 바라보다가 초상화를 벽에서 뗐다.

'이런 취향인 사람들도 꽤 있겠지.'

볼 때마다 변하는 초상화! 레어템이었다.

요즘 안전지대에 집을 짓는 이들이 상당히 많아서 인테리어 물품도 수요가 꽤 있었다. 루카는 비싼 돈을 주고 구입한 아 공간에 초상화를 넣었다. 대부분 루카와 같은 생각을 하고 있었다.

"이거 좀 비싸 보이는데?"

"은그릇인가? 오오! 자동으로 피가 생성되네."

"피 분수? 개꿀이잖아. 역시 이벤트."

[그, 그만해! 미친놈들아!]

루카를 포함한 플레이어들은 목소리가 들려온 것 같아 고개를 들어 주변을 두리번거렸다. 귀신의 집이니 당연한 거겠지라고 생각하며 다시 하던 일에 열중했다. 비싸 보이는 걸 모두 털어버렸다. 이쯤 되면 도적 집단이었다.

"감탄만 하게 되네요. 자유도 미친 것 같아요."

미튜브를 하는 플레이어가 그렇게 말했다.

미튜브 제목은 정해졌다.

'좀비가 되어 귀신의 집을 털어보았다! 개꿀?'

플레이어들은 이대로 나가기 조금 아쉬워했다.

"불태워 볼까요?"

"밖에서는 불이 안 붙더라구요. 근데 안에서는 붙네요."

"아, 그럼 좀비인 제가 붙어볼게요."

루카와 플레이어들이 밖으로 나오자 좀비가 된 이들이 안에서 불을 붙였다.

화르르륵!

저택이 불에 휩싸였다. 장관이었다.

"오오! 나도 불붙었어요!"

"뭔가 영화같네!"

"파이어 좀비다!"

불이 붙은 좀비 플레이어들이 밖으로 나왔다. 저들은 파밍을 하거나 이벤투 공헌도를 올리기보다는 그저 순수하게 게임을 즐기고 있었다.

'이거…… 너무 재미있는데.'

루카는 짜릿함에 중독이 될 것 같았다. 공포가 주는 쾌감, 공포를 극복하는 통쾌함, 그리고 파밍까지!

그야말로 갓겜이었다. 그 말밖에 할 수 없었다.

자신이 푹 빠져서 프로게이머 생활을 하게 만들었던 게임은 이제 생각나지도 않았다.

"끝난 건가? 이대로 귀환하기 아까운데."

"오! 저기 다른 곳이랑 이어진 것 같아요."

"이대로 헤어지기 아쉬우니 같이 가죠."

저택을 불태우니 뒤쪽 공간이 일렁였다. 루카도 같이 가기로 했다. 공간을 넘자 전혀 다른 풍경이 펼쳐져 있었다.

"와! 여기는 필드 보스가 있네."

"오오! 거미줄로 옷을 만들 수 있나?"

"일단 잡고 보죠!"

수천의 사람들이 미친 듯이 웃으면서 거대한 거미에게 돌진하고 있었다. 루카와 좀비 플레이어들도 합류했다.

또 다른 컨텐츠의 시작이었다.

[크아악! 이게 뭐야!? 미친놈들이 너무 많아!]

모두가 즐길 때 누군가는 고통을 받고 있었다.

진우의 귀에 악몽의 목소리가 들렸지만 아바타들은 듣지 못했다. 그저 끔찍한 바람 소리 정도로 들릴 뿐이었다. A랭크 이상이 아니면 들을 수 없었다. 악몽의 군주가 당황하는 게 보였다. 수백만이 한꺼번에 쏟아져 내리니 그럴 만도 했다. 그러나 곧 정신을 수습하고 권능으로 대응했다. 시간이 지날수록 당황은 경악으로 바뀌었고, 경악은 비명이 되었다.

'역시 약점이 있군.'

악몽의 권능은 분명 대단했다. 기억을 읽어 들여 최고의 고통을 느낄 수 있는 환경을 재연했다. 가장 싫어하는 악몽을 만들어낸 것이다. 그러나 권능은 무한하지 않았다.

수백만에 이르는 플레이어들이 밀어닥치니, 권능이 쪼개지며 비슷한 악몽을 지닌 이들끼리 묶였다. 그것만으로도 대단했다.

일반 생명체였다면 고통을 느끼며 전멸을 했을 것이다. 그러나 아바타였다. 고통을 느끼기는커녕 짜릿한 쾌감을 느끼며 아예 대놓고 즐기고 있었다. 당연히 악몽의 랭크가 상승하지 않았다. 게다가 이벤트 덕분에 플레이어들은 고강화 장비를 가지고 있었다. 결과는 불 보듯 뻔했다.

[제, 제발 나가줘! 아, 안 돼! 그걸 만지면······!]

몬스터들 몸에 있는 검은 마석이나, 악몽 속에 있는 아이템들이 외부로 반출되자 악몽은 고통스러워했다. 수백만 마리의 개미가 위장으로 들어와 살점을 뜯어먹는 것이라 생각하면 편했다.

1차 웨이브의 성과는 만족스러웠다. 김세연이 빠르게 검은 마석을 분석했다.

"대표님! 검은 마석에는 공간을 변형하는 힘이 있는 것 같아요."

"그렇군."

진우는 유나를 바라보았다.

"검은 마석을 모두 사들이도록 해. 이벤트이니 가격도 좋게 쳐주고."

"네, 알겠습니다."

"음, 검은 마석의 수량에 따라서 보상을 주면 되겠군."

유나가 진우의 명령을 바로 수행했다.

악몽 속 공간이 워낙 많은 갈래로 쪼개졌기에, 상황을 전부 파악할 수는 없었다. 진우는 일단 인터넷 반응을 보기로 했다. 반응은 예상보다 훨씬 뜨거웠다.

[제목: 악몽의 땅 후기! 진짜 갓겜!]

[글쓴이: 핫팬티맨]

일단 이진우 대표님과 G&P의 모든 분들에게 감사의 인사 올립니다. 악몽의 땅에서 하루 동안 꼬박 있었습니다. 처음에는 별 기대 안 했습니다. 워낙 사람도 많아서 엄청 붐빌거라고 생각했거든요. 몬스터 구경도 힘들 줄 알았는데, 역시 G&P였습니다. 오픈 필드를 인던 형식으로 구현한 것 같더군요. 그냥 그 정도뿐이었다면 제가 이렇게 찬양하지 않습니다.

그 많은 사람들이 전부 다른 걸 경험했습니다.

다른 광경을 보았습니다. 다른 몬스터를 잡았습니다.

좀비, 곤충, 귀신, 괴물…… 모두 광활한 오픈 필드였고, 테마가 전부 달랐습니다. 게다가 대충 만든 게 아닙니다. 현실보다 더 현실 같게 느껴질 정도로 디테일이 엄청납니다.

저 같은 경우는 망망대해에 있는 커다란 배였습니다.

[유령선.jpg]

유령선이 나오더군요. 상어들과 커다란 크라켄, 말라비틀어진 해적들까지…… 정말 오싹했습니다. 제가 수영을 못 하거든요. 문어도 극혐하고. 게임이 아니었으면 졸도했을 겁니다.

[유령선 선장 레이드(미튜브 링크)]

저거 잡는데 다섯 시간 정도 걸렸네요. 검은 마석이랑 보석 같은 걸 파밍했는데, 수입이 정말 짭짤합니다.

귀환 후 다시 가보니 또 다른 풍경이 펼쳐져 있더군요.

진짜 개발자들을 갈아 넣은 것 같습니다.

[댓글 3,120]

-남자의향기: 나는 옥수수밭에 메뚜기떼였음. 메뚜기가 몸을 갉아 먹는데 진심 소름…… 근데 옥수수랑 같이 구워 먹으니까 고소하니 괜찮더라. 혹시 소금 남는 거 있는 분?

└치즈맛집: 억ㅋㅋ 옥수수밭 불낸 거 님이었음? 메뚜기 다 타던뎈. 보스 메뚜기도 타버렸자너ㅋㅋ.

-스스디: 우리 파티는 놀이공원이던데. 전기톱 살인마가 쫓아왔음.

장르를 초월한 갓겜임ㅋㅋ

　-안양햄주먹: 우린 사막이었음. 미라 개꿀ㅋㅋ. 잡혀서 미라 됐었는데, 존잼임ㅋ. 초기화 당할 가치가 있다.

　진우는 고개를 끄덕였다. 악몽의 군주는 정말 좋은 게임 컨텐츠였다. 절대 고갈되지 않는 개인 맞춤형 컨텐츠.

　'이벤트 기간을 더 늘려야겠어.'

　모두에게 이런 꿀 컨텐츠를 누리게 해주고 싶었다. 진우는 고개를 끄덕이며 눈을 감았다. 악몽이 내지르는 비명을 들으니 잠이 솔솔 왔다. 잠을 푹 잘 수 있을 것 같았다.

　이벤트는 계속해서 이어졌다. 보통 이 정도 시간이 지나면, 컨텐츠가 모두 소모되어 반응이 시들시들해져야 했다. 그러나 악몽의 땅은 달랐다. 중복이 하나도 없어 질리지 않았고, 하면 할수록 더욱 빠져들었다.

　'이쯤 되면 개발자 갈아 넣은 거 아니냐?'

　'개발자 곡소리 들린다.'

　'이진우 당신은 대체……'

　개발자의 생사가 걱정될 정도로 엄청난 분량의 컨텐츠들이 계속해서 쏟아져 나왔다. 공포 요소를 극복할 때쯤이면 새로운 재미 요소가 찾아왔다. 바로 파밍이었다. 공포 테마는 매번 달라졌다. 그러니 파밍할 수 있는 아이템들도 자연스럽게 달라지게 되었다. 일반적인 장식물들뿐만 아니라 괴물 가면, 전기

톱, 움직이는 동상부터 시작해서 거대 상어지느러미, 해적 선장의 금니 등등 그 종류가 다양했다.

플레이어들은 옮길 수 있는 물건이라면 모두 들고 왔다. 거의 철거업체 수준이었다. 덕분에 진우는 중간계와 마계의 감정사들까지 파견해 주었다. 경매 시장에도 활기가 돌았다. 최근에는 말하는 허수아비가 1,700 차원 금화에 팔리기도 했다.

그리고 진우가 예상하지 못한 것도 하나 있었다. 트라우마를 극복한 사례들이었다. 정신 질환은 포션으로도 해결할 수 없는 문제였다. 커뮤니티 사이트에서 트라우마가 극복되었다는 글들이 많이 올라왔다. 공황장애뿐만 아니라, 외상 후 스트레스 장애에도 큰 치료 효과가 나타나고 있었다.

[제목: 신기하네.]

[글쓴이: 소주병]

나 어린 시절에 물에 빠져 죽을 뻔해서, 수영은 꿈도 못 꿨는데, 요즘 수영 배우고 있음. 재능있다더라.

악몽의 땅에서 해적 때려잡아서 그런 듯.

[댓글 1,423]

-김밥지옥: 나도 고소공포증 심했는데, 요즘 괜찮아졌음. 하피들 때려잡아서 그런 것 같아.ㅋㅋ 번지점프도 해볼려곡ㅋㅋ

-수분충전: 신경쇠약있었는데 많이 나아졌어. 의사도 놀라더라.

-전직기사: PTSD심했는데 이제 생각도 안 난다. 악몽의 땅이 워낙

충격적이어서 그런가? 그냥 별거 아닌 것 같아.

국제 대전을 치렀던 기사들, 그리고 게이트 이상현상 때문에 심각한 트라우마를 앓고 있던 기사들도 치료 효과를 보았다고 한다. 공포를 극복하니 사람들의 정신은 건강해졌고, 삶은 윤택해졌다. 악몽의 순기능이었다.

검은 마석도 제법 많이 모여서 김세연뿐만 아니라 두 박사까지 달라붙어 연구에 매진했다. 분석을 하면서도 계속 감탄했다. 검은 마석은 일정 이상의 수량이 모이면 하나가 되는 성질을 지니고 있었다.

진우는 중앙 통제실에서 정신없이 연구를 하고 있는 세연을 바라보았다. 요즘 잠을 거의 자지 않고 있었다. 거의 광기마저 느껴질 정도로 연구에 매달렸다.

세연은 웃음을 흘리면서 검은 마석을 만지작거리고 있었다.

"앗! 대표님! 안녕하세요? 좋은 아침입니다."

"지금 저녁이야. 아무튼, 어때?"

"대단해요. 공간 자체를 만들어내고, 그 안을 통제할 수 있는 힘이 있어요."

"활용할 수 있겠어?"

"이론상으로는 가능해요. 검은 마석이 더 필요하고 거대한 연산장치가 필요해요. 하지만……."

세연의 표정이 어두워졌다.

"실체화까지는 할 수 없어요. 검은 마석을 통해 이미지를 실체화시키고, 통제할 수 있는 시스템을 구축하려면…… 현재의 기술로는 불가능해요. 엄청난 에너지가 들 거예요."

"그렇군."

"죄송해요. 제가 부족해서……."

진우는 웃으며 고개를 저었다. 세연이 할 수 없는 일은 누구도 할 수 없었다. 이미 게임에 대한 기대가 엄청나게 올라간 상황이었다. 중간 보스, 그리고 아로롱을 통한 보스 연출도 끝내주었지만 이번 이벤트에 대한 반응은 상상 이상이었다. 앞으로 나올 컨텐츠는 이것보다 더 멋지지 않으면 곤란했다.

진우는 아로롱을 바라보았다. 아로롱은 진우의 시선에 움찔했다. 이벤트 덕분에 간만에 휴식을 취하고 있었다. 가만히 앉아 있던 아로롱이 진우의 시선을 받자 움찔거리며 일어나 일하는 척했다. 아로롱은 기대 이상의 성과를 보여주었다. 보스 연출은 큰 호평을 받았으니까.

해결 방법은 간단했다.

'군주를 갈아 넣어야겠군.'

악몽의 군주를 이용하면 오픈 필드뿐만 아니라 그 안에 들어갈 물건들도 실체화가 가능했다. 물건들을 밖으로 가져나오면 광장한 고통을 느끼는 모양이었으니, 딱 좋았다.

"시스템은 구하면 되니까 괜찮아."

"네?"

세연이 의아한 눈으로 진우를 바라보았다.

"저기에 전부 있잖아."

진우는 화면 너머로 이벤트를 즐기고 있는 플레이어들을 바라보았다. 자연스럽게 웃음이 지어졌다. 너무나도 사악해 보이는 웃음이었다.

아로롱은 진우의 미소를 바라본 순간 몸이 절로 떨렸다. 악몽의 최후가 어떨지 뻔히 보였다. 자신은 어쩌면 나은 처지인지도 몰랐다.

'알아서 기어서 다행이야. 정말 다행이야. 내 인생 최고의 선택이었어.'

알아서 바짝 엎드렸기 때문에 그나마 이 정도에서 끝날 수 있었다. 아로롱은 중앙 통제실 밖으로 나가는 진우를 바라보며 빠르게 고개를 숙였다.

"안녕히 가세요! 마법소녀 아로롱! 열심히 일하겠습니다!"

이것이 아로롱이 새로 터득한 살아가는 방법이었다.

진우는 침식의 계곡으로 돌아왔다. 협곡의 가장 좋은 자리에서 느긋하게 여유를 즐겼다. 악몽의 시선이 느껴졌다. 전과는 달리 오만하게 느껴지지 않았다.

[이보시게. 그…… 저, 전에는 미안하게 되었네.]

"먹을 게 좀 있나?"

"네, 준비해 드리겠습니다."

진우가 그렇게 말하자 총지배인이 손짓했다. 그러자 아르카나가 나타나더니 즉석에서 요리를 하기 시작했다.

불판 위에 큼직한 고기를 올리고 호흡을 가다듬었다.

푸우우!

그녀의 입에서 드래곤 브레스가 뿜어져 나갔다.

드래곤 브레스로 구운 고기는 굉장한 풍미를 자랑했다. 이 세상의 누구도 먹지 못하는 최고급 요리였다.

악몽의 군주는 잠시 말을 잊었다. 그도 소문만 들어봤던 질병의 군주를 메이드로 쓰고 있었다.

[저기, 저…… 그 오해가 있었던 모양입니다.]

"총지배인."

"네."

총지배인이 진우의 앞에 부복했다.

"내가 오해를 했다고 하는군."

"그런 망발을! 주인님께서는 오해를 하지 않으십니다. 주인님의 심기를 어지럽힌 죄는 심히 무겁습니다. 죽음으로도 그 죄를 씻지 못할 것입니다. 영원한 고통 속에서 울부짖으며 오로지 주인님만을 찬양해야 할 것입니다."

총지배인의 말을 듣고 있으니 약간 오그라들긴 했다. 음료수를 만들고 있던 아르카나도 총지배인의 말에 동의하며 고개를 격하게 끄덕였다. 진우가 느긋하게 고기를 썰고 있을 때 미궁이 나타났다.

"나 왔음. 시작함?"

진우가 고개를 끄덕이자 악몽의 군주 주변 공간이 크게 일렁였다.

쿵! 쿵!

1차 웨이브 때 나타났던 던전과는 비교도 안 될 만큼 커다란 던전들이 악몽의 군주 바로 옆으로 마구 떨어져 내렸다. 악몽의 군주가 크다고는 하나, 공간 안이 큰 것이지 밖은 협곡의 일부 정도에 지나지 않았다. 아공간과 비슷하다고 생각하면 이해하기 편할 것이다. 악몽의 군주 주변이 모두 던전으로 채워졌다.

[어, 어어…….]

악몽의 군주는 공포를 느꼈다. 주변에 있는 조그마한 던전들에서도 수백만의 미치광이들이 쏟아져 나왔다.

보통 미친놈들이 아니었다. 고통을 전혀 느끼지 못하는 괴물들이었다. 수천의 미치광이들이 불길에 휩싸인 채로 광소를 내뱉으며 질주했다. 흡혈귀를 발견하자 오히려 피를 뽑아갔다. 거대한 식인 꽃에 매콤한 양념을 비벼 무침으로 만들어 먹기도 했다.

악몽 같은 광경이었다. 악몽의 군주는 그 광경들을 도저히 잊을 수 없었다. 던전이 공간을 가르며 계속 나타났다. 악몽의 군주는 하늘을 가득 메운 던전의 모습에 말을 잊었다. 많은 던전이 빠르게 떨어져 내리며 차곡차곡 쌓이기 시작했다.

[자, 잠깐……!]

악몽의 군주는 다시는 중간계의 하늘을 볼 수 없게 되었다. 태양 빛이 점점 가려지더니 완전히 던전 안에 갇혀 버렸다. 비명을 내질렀지만 진우에게 닿지 않았다. 다가올 고통을 상상하며 덜덜 떠는 일밖에 할 수 없었다. 폐쇄공포증마저 생겨나고 있었다.

"후우! 완성!"

미궁이 이마에 흐르는 땀을 닦고는 진우를 바라보았다.

"수고했어."

"나 가도 됨?"

"그래."

미궁은 손을 흔들고는 사라졌다. 진우는 미궁에게 맛있는 거라도 만들어줘야겠다고 생각했다.

"이제 좀 볼만하군."

진우는 그렇게 생각하며 고개를 끄덕였다. 운치 있는 곳에서 좋은 광경을 바라보며 다시 여유롭게 점심 식사를 했다.

2차 웨이브에는 더욱 많은 플레이어들이 쏟아졌다. 추가 이벤트를 통해 더 강해진 플레이어들이었다.

플레이어들은 제대로 즐겼다. 공포도 즐겼고, 그 공포를 파괴하는 쾌감도 즐겼다. 그러다 보니 악몽의 군주는 날이 갈수록 약해지고 있었다. 검은 마석에는 그의 권능이 담겨 있었는데, 워낙 막대한 물량이 빠져나가니 약해질 수밖에 없었다. 이벤트 기간은 플레이어들이 충분히 즐길 수 있을 만큼 꽤 길었다.

'이제 끝내야겠군.'

악몽의 군주가 악몽을 제대로 유지하지 못하는 게 보이자 진우는 이벤트를 끝내기로 했다. 중앙 통제실을 통해 이벤트 완료를 알렸다.

[이벤트가 마무리되었습니다. 악몽의 땅이 닫히기 전에 귀환하시길 바랍니다. 악몽의 땅에 남아 있게 되면 아바타가 파괴됩니다. 공헌도에 따라 보상이 지급됩니다.]

"앗! 끝났네."

"꿀잼이었는데, 아쉽구만."

"다음 업데이트는 언제려나…… 일단 던전으로 가죠!"

이벤트가 성공리에 마무리되었다. 악몽의 땅으로 향하던 플레이어들이 발걸음을 돌렸다. 귀환하지 않고 버티던 플레이어들은 중앙 통제실에서 강제로 접속을 끊어버렸다.

플레이어들이 전부 빠져도 상관없었다.

3차 웨이브. 마지막 웨이브가 남아 있었기 때문이다.

진우는 몸을 풀어보았다. 신체가 어색하게 느껴지지는 않았다.

"괜찮나요?"

"좋은데?"

루나의 물음에 진우는 고개를 끄덕였다.

진우는 아바타에 들어와 있었다. 루나가 직접 만들어준 아바타는 훌륭했다. 키도 상당히 컸고, 온몸이 잘 짜인 근육이었다. 얼굴은 남자다운 호쾌한 인상의 미남이었다. 전형적인 게임 속 주인공 같은 모습이었다. 닉네임은 김군주였다.

만들어놓으면 언젠가는 쓸 일이 있지 않을까?

'조금 답답하기는 하지만…….'

아바타는 E랭크여서 움직임이 답답하기는 했다.

"시작해 볼까."

진우는 던전을 통해 악몽의 군주로 들어갔다. 이벤트가 끝나 간신히 숨을 돌리고 있던 악몽이 화들짝 놀라며 진우를 맞이했다. 진우가 혼자 나타나니 간신히 안도의 한숨을 내쉬었다.

[화, 황금의 군주? 마, 맞군요.]

악몽은 많이 약해져 있었다. 예전 같은 기세는 찾아볼 수 없었다. 통제가 안 되는지 주위 풍경은 정상이 아니었다. 지금까지 나왔던 모든 테마가 뒤죽박죽으로 섞여 있었다. 몬스터들도 통제에서 벗어나 마구 날뛰고 있었다. 너덜너덜해진 종이 박스를 보는 것 같은 느낌이었다.

[자, 잠시만 기다려주세요! 사과드리겠습니다. 제가 경솔했습니다.]

무슨 소리가 들린 것도 같았다. 아바타에 들어왔기 때문인지 악몽의 군주가 내뱉는 말이 잘 들리지 않았다. 어차피 상관없었다. 대화는 필요 없었으니까.

세연이 중앙 통제실을 통해 명령을 기다리고 있었다.

"3차 웨이브, 시작해."

진우가 명령을 내리자 주변의 분위기가 조용해졌다. 뒤섞인 악몽도, 날뛰고 있던 몬스터들도 마치 시간이 멈춘 것처럼 일시 정지되었다.

기기기긱!

무언가 찢겨 나가는 소리가 들렸다. 세상이 무너지는 것 같은 소음이었다.

쩌저적!

보랏빛으로 일렁이는 하늘에 금이 가기 시작했다. 도자기가 깨져나가는 것처럼 금이 가더니 하늘의 파편이 바닥으로 떨어졌다. 하늘뿐만이 아니었다. 악몽의 군주가 있는 모든 공간이 찢겨 나가기 시작했다.

[크, 크아악!]

악몽의 군주는 비명을 질렀다. 누군가 칼날로 피부를 갈기갈기 찢어발기는 것 같았다. 그 칼날은 하나가 아니었다. 감히 짐작도 할 수 없을 정도로 많았다. 무수하다라는 말이 어울릴 정도였다.

쨍그랑!

하늘이 부서졌다. 하늘에 커다란 검은 구멍이 뚫렸다. 그 광경은 악몽 따위와 비교할 수 없었다. 세상의 파멸, 그 자체였으니까.

스르륵!

부서진 하늘에서 검은 것들이 기어 나왔다. 악몽이기는 하지만 하늘이 워낙 높아 작은 점처럼 보였다. 작은 점들이 점차 퍼져 나가며 하늘을 뒤덮기 시작했다.

[뭐, 뭐야! 저, 저건…….]

하늘이 검게 물들어갔다. 그러다가 검은 구멍에서 검은 점들이 폭발하듯 뿜어져 나왔다. 바닥에 마구 떨어졌다. 바닥에 떨어진 검은 점들은 천천히 몸을 일으키며 진우의 주변으로 몰려들었다.

그것은 검은 점이 아니었다. 1차, 2차 웨이브와는 비교도 되지 않는 거대한 군세였다. 악몽의 군주를 둘러싼 던전에서 쏟아져 나온 미궁의 몬스터였다.

미궁은 이벤트 기간 동안 계속해서 몬스터를 모았다. 미궁은 던전을 이동시킬 수는 있었으나 몬스터들을 조종할 수는 없었다. 이 정도로 숫자를 불리고 진우의 말을 따르게 할 수 있었던 것은 아로롱 덕분이었다. 아로롱이 악몽의 군주 주변에 있던 던전을 모두 장악해서 몬스터를 생성했고, 진우를 따르게 했다.

'생각보다 많은데?'

진우는 조금 당황했지만 티를 내지 않았다. 플레이어 숫자보다 조금 더 많게 하라고 주문했는데, 이건 수십 배를 넘어선 규모였다.

진우가 쏟아부은 막대한 차원 금화가 크게 작용했다. 아로롱이 차원 금화를 바탕으로 몬스터를 마구 생산했다. 아로롱은 밤낮없이 필사적으로 일했다.

[으, 으아……]

악몽의 군주는 덜덜 떨었다. 지금 자신의 권능으로 구현할 수 있는 몬스터들보다 훨씬 많았다. 따지고 보면 저 몬스터들이 강한 편은 아니었다. 모두 E랭크였기 때문이다.

일반적인 군주라면 저런 E랭크 몬스터가 아무리 덤벼도 생채기조차 나지 않았을 것이다. 하지만 악몽의 군주는 달랐다. 악몽의 권능은 항상 작용하고 있었다. 덕분에 그의 랭크 역시 E랭크로 맞춰진 상태였다.

진우는 주변을 살펴보았다. 지금까지 플레이어들이 겪었던 여러 환경들이 뒤죽박죽 섞여 있었다.

'본체나 약점이 있을 텐데.'

타락과 기생도 그러했다. 악몽의 군주도 비슷할 것 같았다. 그러나 어디에 있는지 알 수 없었다. 아바타 상태라 대화도 통하지 않으니 물어볼 수도 없었다.

아무래도 뒤져봐야 했다. 다행히 일꾼은 많았다. 엄청나게 많았다. 워낙 많다 보니 진우의 주변이 검은 대지로 보일 정도였다.

"그럴듯한 건 가져오고 나머지는 다 먹어치워."

진우의 명령이 떨어지는 순간 몬스터들이 사방으로 뿜어져 나갔다. 악몽의 군주가 허겁지겁 몬스터를 움직여 막으려 했지만.

키에에엑! 우걱우걱!

검은 몬스터가 악몽의 몬스터뿐만 아니라 보이는 모든 것들을 뜯어먹기 시작했다. 진우가 명령만 내리면 쉬지 않고 일할 기계들이었다.

[끄아아악! 커억!]

땅과 건물, 움직이는 모든 것들이 사라져 갔다. 악몽의 군주는 비명을 질렀다. 지금까지 견뎌온 고통은 아무것도 아니었다. 피부와 근육, 뼈 장기가 동시에 잘근잘근 씹어 먹히는 것 같은 고통이었다.

어렴풋이 비명이 들리는 것 같자 진우는 고개를 끄덕였다.

"계속 생산해서 넣어."

진우의 말에 아로롱은 또다시 일을 시작했다. 악몽의 군주를 둘러싸고 있는 수많은 던전에서 몬스터들이 끊임없이 흘러나왔다. 그렇게 조금 기다리자 몬스터들이 여러 가지를 들고 왔다.

[T]악몽의 눈
외부 세계를 볼 수 있는 눈.
악몽의 군주와 연결되어 있다.

진우가 옆으로 던지며 고개를 젓자 몬스터가 눈알을 먹어치웠다.

[끄악, 내, 내 눈……!]

여러 가지 부속물들이 진우의 앞에 쌓였다. 다양한 형상을 가지고 있는 아티팩트였다.

[그, 그, 그것만은……! 끄아아악!]

퍼석!

무언가 터지는 소리가 났다. 악몽의 군주는 생식 능력도 있었던 모양이다. 지금은 없지만.

그 기점부터 악몽의 군주가 만든 공간이 급속도로 수축하기 시작했다.

"……약점이 맞긴 하네."

여러 가지 공포가 뒤섞여 있던 공간이 하얗게 물들었다. 현재 악몽의 기분을 표현해 주는 것 같았다. 몬스터들이 무언가를 발견했는지 진우를 안내해 줬다. 그곳으로 가니 땅이 깊숙하게 파여 있었다.

진우의 눈에 검은 돌이 보였다. 검은 돌에는 눈코입이 전부 붙어 있었는데, 진우와 눈이 마주치자 부르르 떨렸다. 진우를 협박했던 것 치고는 굉장히 초라한 모습이었다.

[T]악몽의 실체
악몽은 허무하게 깨는 경우가 많다.
악몽의 실체도 허무할 따름이다.

싱긋!

진우는 악몽의 실체를 바라보며 환한 미소를 지었다. 그리고 주먹을 쥐었다.

퍼억!

진우의 주먹이 악몽에게 꽂혀 들어갔다. 악몽의 코에서 피가 뿜어져 나왔고 이빨이 우수수 떨어졌다. 악몽이 만든 공간이 깔끔하게 사라졌다.

진우는 피투성이가 된 악몽의 실체를 아공간에 넣었다.

'게임이 더욱 풍부해지겠군.'

마치 좋은 그래픽 카드를 산 것 같은 기분이 들었다.

악몽이 깨지자 현실이 찾아왔다. 진우가 몬스터들에게 돌아가라고 명령하자 모두 던전으로 돌아갔다. 워낙 물량이 많아 미궁이 배가 더부룩하게 느껴질 정도였는데, 아로롱이 열심히 몬스터들을 분해했다. 만드는 것만큼 분해하는 것도 까다로웠다.

결국, 아로롱은 쉬지 않고 계속 일해야만 했다. 침식의 협곡에 있는 던전들도 천천히 회수될 예정이었다.

진우는 중앙 통제실로 돌아왔다. 진우가 오자 세연이 벌떡 일어나며 진우를 맞이했다. 그녀의 눈은 반쯤 돌아가 있었다. 그녀는 중앙 통제실에서 모든 상황을 지켜봤는데, 진우가 아공간에 악몽의 군주를 넣는 것도 보았기 때문이다. 연구 욕구가 이성을 지배하고 있었다. 흡사 좀비를 보는 것 같기도 했다.

"대표님…… 어서…… 어서……."

물론, 다른 이유도 있었다.

"이, 이번에는 하루링으로…… 하악……."

세연의 손에는 마법소녀 하루링이 들려 있었다. 하루링은 아로롱과 한 팀을 이루어서 활동한다고 한다. 아로롱이 핑크 빛이었다면 하루링은 푸른빛이었다.

세연은 음침한 웃음을 흘렸다. 조금 무서울 정도였다. 지켜보던 유나가 그녀를 조용히 잠재웠다.

"……일단 재웠습니다."

"잘했어."

유나가 그녀의 몸에 살짝 마력을 주입해 잠을 유도했는데, 바로 잠들어버렸다. 아로롱의 피로회복 마법이 있다고는 하지만 만능은 아니었다. 세연은 무슨 꿈을 꾸는지 실실 웃으면서 잠을 자고 있었다.

"대표님…… 후, 후후……."

진우는 그녀가 무슨 꿈을 꾸는지 전혀 궁금하지 않았다.

유나가 세연을 방에 눕혔다. 그녀는 방 안에 붙어 있는 진우의 포스터를 보고 감탄했다. 프리미엄 한정판으로 발매된 브로마이드였는데, 그녀는 발매된 모든 화보집을 가지고 있었다.

"도련님의 피규어도 있더군요."

"아…… 그런 것도 있었지."

"네, 새로 도색까지 한 것 같습니다. 굉장한 정성입니다. 저도 하나 갖고 싶군요."

유나는 진지한 표정으로 그렇게 말했다. 슬쩍 가서 보니, 기사복을 입고 있는 자신의 모습이 보였다. 굉장히 잘 만들기는 했다.

진우는 아공간에서 악몽의 군주를 꺼냈다. 얼굴의 형태였는데, 형편없이 부어 있었다.

"으, 으어어……."

제대로 말을 하지도 못했다. 악몽의 실체는 굉장한 악골이었다. 진우가 황금의 권능을 일으켰다. 아로롱 때와 비슷했다. 황금의 군주는 추한 모습을 굉장히 싫어했다.

[황금의 권능이 악몽의 실체에 깃듭니다.]
[황금의 권능은 추한 모습을 용납하지 않습니다.]

"끄아아악!"

악몽의 실체에 황금빛 불꽃이 일더니 완전히 녹아버렸다. 아로롱 때와 같이 영혼이 되었다. 이제 본체를 정할 시간이 되었다. 세연에게 맡길 생각이니 그녀의 뜻대로 해주는 게 좋을 것 같았다. 진우가 마법소녀 하루링의 피규어로 악몽의 영혼을 가져다 대었다.

[그, 그건……? 서, 설마……!]

간신히 정신을 차린 악몽이 하루링을 보자 앞으로 자신이 어떻게 될지 바로 알아차렸다.

[어, 어억! 제, 제발 부탁드립니다! 그, 그것만은……! 제, 제가 그, 그래도 악몽인데…… 악몽인데……!]

아로롱보다 훨씬 타격이 컸다. 그의 본질이 악몽이었기 때문이다. 모든 존재들에게 고통과 공포를 선사하는 것이 바로 악몽이었다. 그러나 하루링은 그런 악몽과는 완전히 정반대에 있었다.

[안 돼! 끄아아악!]

악몽은 고통을 받을 때보다 훨씬 괴로워했다. 하루링에게 가까이 다가갈수록 비명이 더욱 격렬해졌다.

정신적인 대미지가 엄청난 것 같았지만 진우가 알 바 아니었다.

[악몽의 군주가 황금의 권능에 의해 변형됩니다. 악몽의 군주가 마법군주 하루링이 되었습니다.]

[SS]마법군주 하루링

꿈과 미래를 지키는 마법군주 하루링.

악몽의 군주가 마법소녀 하루링과 결합한 형태. 고통을 먹고 강해지는 특성이 사라지고 차원 금화로 대체되었다. 마법군주 하루링은 차원 금화와 검은 마석을 사용하여 공간을 자유롭게 생성하고 그 안의 모든 것들을 실체화할 수 있는 힘을 가졌다. 앞으로 꿈과 미래를 수호하는 마법군주 하루링의 활약을 기대해 보도록 하자.

하루링이 눈을 떴다. 아로롱 때와 마찬가지로 마법봉을 휘두르며 포즈를 잡았다.

"꿈과 미래를 수호하는 하루링 등장! 따, 딱히 당신을 위해서 온 건 아니거든?"

만화 캐릭터다운 성격이었다. 하루링은 화려한 포즈와 함께 그런 대사를 내뱉고는 그대로 좌절모드에 들어갔다. 악몽은 이제 하루링의 행동 패턴과 습관, 성격을 따라가게 될 것이다.

"아, 악몽인 내가……"

그래도 악몽의 특성에 맞게 꿈을 수호하는 마법소녀가 되기는 했다.

하루링은 대성통곡을 하기 시작했다. 도저히 현실을 믿을 수 없어서였다. 그에게는 이 현실이 악몽보다 더 큰 절망이었다.

[일곱 군주(탐욕, 허영, 미궁, 질병, 타락, 기생, 악몽)를 지배하게 되었습니다.]

[위대한 업적에 의해 랭크가 상승합니다. 새로운 칭호가 생성되었습니다!]

[SS]대군주

진우의 랭크도 SS가 되었다. 그리고 이제 일곱 명의 군주를 지배하게 되었다.

'이제 절반이 넘었군.'

다행히 여기까지 오는 동안 세계는 멸망하지 않았다.

진우는 시선을 돌렸다. 열심히 일을 하고 있던 아로롱이 하루링을 바라보고 있었다. 아로롱은 그래도 이번 일에 잘 해줬으니 조금은 인정해 주기로 했다.

"아로롱."

"네! 위대하신 대군주님! 사랑과 희망의 마법소녀 아로롱입니다!"

아로롱이 진우의 앞에 재빨리 다가왔다.

"네가 선배니 기강을 잘 잡도록."

"제, 제가 선배입니까?"

"그래."

마법소녀로 먼저 데뷔했으니 아로롱이 선배가 맞았다. 아로롱은 몸을 부르르 떨었다. 그녀의 표정에서는 희열을 읽을 수 있었다. 악몽의 군주 덕분에 쉬지도 못하고 일을 했던 아로롱이었다. 아직도 일이 산더미처럼 남아 있었다.

아로롱은 절망에 빠져 있는 하루링에게 다가갔다. 선배 권한을 주었으니 하루링은 그녀의 말에 따라야 했다.

"야."

"흐윽……. 응?"

"미쳤냐?"

"네?"

아로롱이 싸늘한 눈빛으로 하루링을 바라보았다. 그녀의 눈빛에는 오로지 혐오감밖에 담겨 있지 않았다.

"빠져 가지고 쳐 울고 있어? 여기 놀러 왔냐?"

"아, 아니요."

"아니요? 니요? 요?"

"아닙니다!"

하루링이 벌떡 일어나며 차렷 자세가 되었다.

아로롱은 고개를 설레 저었다. 어이없다는 표정이 되었다.

"야."

"네!"

"네? 네에? 너 뭐야?"

"네! 마법소녀 하루링입니다!"

"대군주님께서 지켜보고 계시는데 빠져 가지고 말이야. 그래가지고 일 제대로 하겠어?"

하루링의 얼굴에서 땀이 비 오듯이 흘렀다. 얼굴이 창백해졌다. 압박감이 대단했다. 처음 느껴보는 종류의 공포였다.

"엎드려."

"네? 어, 엎드리겠습니다!"

"동작 봐라. 일어나. 엎드려."

하루링이 엎드렸다 일어나기를 반복했다. 하지만 아로롱의 마음에 들지 않았다. 하루링이 엎드리자 아로롱은 마법봉을 양손으로 잡았다.

뾰로롱. 마법봉 끝에 있는 하트가 분홍빛으로 물들더니 길어지고 두꺼워졌다.

아로롱이 하루링의 엉덩이를 마법봉으로 후려쳤다.

"꺄악!"

"언니가 다 너 잘되라고 때리는 거야. 알지?"

"네? 아……."

퍽퍽! 통쾌한 타격음이었다. 보고 있는 진우도 시원해질 정도였다.

"알지?"

"네! 알고 있습니다!"

"모르는 것 같은데……."

"아닙니다! 때려주셔서 감사합니다!"

"그래? 다행이네. 그러니 더 맞아."

퍽퍽퍽!

아로롱은 기강을 확실하게 잡고 있었다. 딱히 말리고 싶은 생각은 없었다. 유나가 그 모습을 지켜보다가 고개를 끄덕였다.

"……마법소녀의 세계는 냉정하군요."

"지구를 지켜야 하니까 당연한 거겠지."

"그것도 그렇군요."

아로롱은 사랑과 희망의 힘으로 얼차려를 주고 있었다. 하루링은 절망할 틈도 없이 정신없이 굴렀다. 어린이 친구들이 봤다면 동심이 깨져 버렸을 것이다.

진우는 중앙 통제실에 머물며 앞으로 나올 컨텐츠들을 살펴보았다. 루나가 작성한 것들이었는데, 꽤 그럴듯했다. 인터넷 반응도 살피다 보니 시간이 꽤 흘렀다. 하루링은 아직도 얼차려를 받고 있었다. 하루링의 몸에서 땀이 비 오듯 쏟아졌지만 가차 없었다. 어디서 봤는지 유격훈련과 비슷한 것도 시켰다.

"으, 으으……."

세연이 잠에서 깨어났다. 오랫동안 푹 잘 줄 알았는데, 연구에 대한 의지가 그녀를 일어나게 만들었다. 그녀는 힘겹게 일어나 방 밖으로 나왔다.

"대표님……?"

세연이 진우를 바라보다가 테이블 위에 있는 아로롱과 하루링을 발견했다. 아로롱이 마법봉으로 하루링을 후려치고 있었는데, 그걸 보자마자 그녀는 넋이 나갔다.

"꿈인가…… 아, 아로롱이 하루링을 팰 리가 없지."

그 자리에 무너져 잠이 들었다.

김세연은 다음 날 저녁이 되어서야 일어났다고 한다.

진우는 세연에게 하루링도 건네주었다. 세연은 흥분 상태에 빠져 밤을 잊으며 연구에 매진했다. 그 결과는 놀라웠다. 하루링을 통해 던전에 커다란 공간을 생성할 수 있게 되었다. 아로롱과의 궁합도 잘 맞아서 공간 속에 들어가는 몬스터뿐만 아니라 환경, 건물 또한 조종이 가능했다.

물론, 만능은 아니었다. 제약도 있고 유지비로 막대한 차원금화가 들었다. 게다가 던전 안에서만 생성이 가능했고, 악몽처럼 타인의 고통이 발현되는 것이 아니었기에 처음부터 전부 설계를 해야 했다.

하루링은 피나는 노력을 하는 중이었다. 아로롱도 미친 듯이 일했기에, 그것보다 더 열심히 일하지 않으면 끝나지 않는

갈굼이 시작되었다. 마법소녀보다는 노동소녀라고 불러야 할 지경이었다.

어느 정도 적응과 설계가 끝나서 시험 가동을 해보기로 했다. 루나는 뉴월드 : 미궁의 기획팀장이었다. 기획팀장이라는 직함은 천계의 여신이라는 이름보다 훨씬 무거웠다.

뉴월드 : 미궁이 잘 되면 천계도 알아서 잘 되기 때문이었다. 천계에 쏟아지는 많은 차원 금화 덕분에 천계는 지금 전성기를 맞이했다. 신성력이 많아져 모두 풍요롭게 살아가고 있었다.

루나와 단짝인 미궁 역시 기획팀원이 되었다. 미궁은 아바타를 흉내 내서 몸을 생성했다. 그리고 루나와 같이 다시 방송을 시작했다. 루나의 파티에 가입해서 재미있는 장면을 많이 만든 모양이었다.

'드라마로 제작된다고 했던가?'

룬달프의 계획이었다. '룬달프의 던전모험'이라는 제목으로 편집되어 웹드라마로 방영될 예정이었다. 광마의 분량은 굉장히 많이 편집되었다고 하는데, 그 외에는 진우도 자세히 알지는 못했다.

아무튼, 진우는 다음에 업데이트할 컨텐츠를 확정하기 위해 중앙 통제실로 향했다. 루나와 총지배인, 유나, 미궁, 그리고 세연이 자리했다. 루나와 세연만 있더라도 뉴월드 : 미궁은 알아서 잘 굴러갔다.

루나가 다음 컨텐츠를 야심 차게 준비했다고 한다. 그녀가 들고 온 서류의 양도 굉장히 많았다.

"다음 컨셉은 힐링으로 하지요!"

"힐링?"

루나의 말에 진우가 그녀를 바라보았다. 생각해 보니 그럴듯했다. 악몽으로 다양한 공포를 체험하게 했으니, 다음 주제가 완전히 반대인 힐링이라면 대비 효과를 누릴 수 있을 것 같았다.

"김세연 개발팀장의 말에 따르면 오픈 필드를 운영하는데 차원 금화가 많이 든다고 해요. 그래서 힐링랜드를 기획하게 되었습니다."

"힐링이랑 차원 금화랑 무슨 상관이 있지?"

진우의 물음에 루나가 씨익 웃었다. 세연은 안경을 쓰고 있었는데, 안경에 빛이 반사되었다.

루나는 설명을 해주기 시작했다.

"뉴월드 : 미궁은 19세 게임입니다! 그리고 아바타들은 다들 멋지고 예쁘죠."

"그렇지. 아바타 생성에 과금을 많이 하더군."

"하지만…… 던전에서는 방어구로 몸을 꼭꼭 숨겨야 합니다. 그래서 보여줄 기회가 많이 없지요. 게다가 던전에는 미세한 먼지들이 엄청 많습니다. 씻어도 계속 묻어나와서 꼬질꼬질해집니다! 하지만 힐링랜드에서라면……!"

루나가 직접 그린 배경 원화를 진우에게 보여줬다. 루나는 그림을 상당히 못 그렸는데, 미궁의 도움으로 완성했다고 한다. 진우는 그림을 살펴보았다. 해변이 있고, 나무로 지어진 여러 별장이 있는 섬이었다. 그림으로만 봐도 시원한 기분이 들었다. 휴양지 느낌이 확실해서 힐링이 될 것 같기는 했다.

"과금은 역시 스킨이지요! 스킨의 꽃은 수영복입니다! 힐링랜드에서 수영복을 판매하는 겁니다! 방어구나 무기를 파는 것보다 이윤이 훨씬 많이 남을 거예요!"

루나의 목적은 스킨 판매였다.

'이익은 많이 남긴 하겠군.'

방어구나 무기는 제작을 하려면 시간이 꽤 걸렸고, 재료도 많이 들었다. 그러나 수영복은 달랐다. 그냥 방수재질의 천쪼가리를 잘라서 팔면 되는 것이다! 물론, 디자인을 해야 하기는 했다. 루나는 이미 여러 가지 디자인 샘플을 가지고 있었다.

"그것뿐만 아닙니다. 강화를 하면 할수록 더욱 노출이 심해지는 시스템을 넣고, 아바타 부분 변경권을 판다면 그야말로 대박! 음식들도 비싸게 파는 겁니다!"

루나는 이제 여신의 지위 따위는 생각도 나지 않는 모양이었다.

'던전이 워낙 끔찍한 것들 투성이니…… 힐링할 공간이 필요하긴 하지.'

진우가 승낙하자 바로 작업에 들어갔다. 상당한 차원 금화를 소모하자 던전 안에 공간이 형성되었다. 설계한 대로 만들어지는 걸 보니 만족할 수 있었다.

하루링은 아주 좋은 부품이었다. 던전 안에 공간이 만들어졌다. 진우가 그곳으로 향하려고 뒤를 돌아보았다. 루나와 미궁은 어느새 허리에 튜브를 끼고 있었고, 유나도 미리 챙겨온 가방을 들고 있었다. 세연은 눈치를 보다가 방으로 들어가려 했다.

"다녀오세요! 저는 여기서 통제를……"

"가끔은 햇빛을 쐬어야 합니다."

유나가 강제로 그녀를 붙잡았다. 진우는 모두와 함께 던전 안으로 들어갔다.

"오……."

새하얀 백사장이 펼쳐져 있었고, 광활한 에메랄드빛 바다가 보였다. 수평선이 보여 가슴이 탁 트이는 기분이었다. 푸른 하늘에는 구름이 한 점도 없었다. 던전의 미세먼지 따위는 생각도 나지 않았다.

"으, 으으윽! 비, 빛이……."

세연은 태양 빛을 쐬자 비틀거리며 쓰러졌다. 그늘을 찾아 헤맸는데, 결국 쓰러졌다. 그녀는 유나가 그늘로 끌고 가자 간신히 정신을 차렸다. 악몽의 땅만큼이나 모든 것들이 자연스러웠다.

"오! 시원함!"

"바다를 직접 보는 건 처음이에요! 정말 예쁘네요."

미궁과 루나는 어느새 루나&미궁TV라고 적혀 있는 로고가 새겨진 수영복을 입고 있었다. 유나는 여러 수영복을 꺼내 놓고 한참 동안 고심했다. 총지배인은 흐트러짐 없는 모습으로 진우의 옆에 섰다.

"모두 데려오는 것은 어떻습니까?"

"그것도 괜찮겠군."

여기서 휴가를 보내는 것도 괜찮을 것 같았다.

진우의 허락이 떨어지자, 허영과 아리나, 아르카나뿐만 아니라 룬달프, 광마, 최희연도 모였다. 그리고 엘라와 이민우, 엘프들도 나타났다. 사라 브리악과 마족들, 아르엘과 천족들도 모습을 드러냈다.

'이렇게 모아보니 굉장히 많네.'

서큐버스 릴리스가 커다란 가방을 들고 왔는데, 그곳에 그녀가 디자인한 수영복이 있었다. 마게도 힐링랜드에서 한몫 챙기기 위해 준비 중이었다.

"룬달프! 이거 보셈."

"오, 멋지구나."

미궁이 거대한 소라게를 룬달프에게 자랑했다. 룬달프는 미궁을 흐뭇한 눈으로 바라보았다.

"이거 보셈."

"음! 상어로군."

"이거 보셈!"

"그건 고래인가?"

미궁이 집채만 한 고래를 두 손으로 들고 있었다. 바다의 생명체들도 충실하게 구현되어 있었다. 유나와 최희연, 세연도 수영복으로 갈아입었는데, 굉장했다. 정말 흐뭇한 광경이었다.

'이런 것도 괜찮네.'

그런 생각은 오래가지 않았다. 어느새 차원별로 팀을 나눠서 공놀이를 하고 있었다. 해변이 박살 나고, 바다에서 커다란 해일이 밀려왔다.

"샤이닝 블러드 버스터!"

"크훗! 데스빔!"

"앗! 브레스 피해용!"

콰가가!

뜨거운 화염이 진우를 스쳐 지나갔다.

흐뭇은 개뿔…… 진우는 이곳이 차원이 아닌, 던전 안이라 정말 다행이라고 생각했다.

악몽의 땅 이야기가 가라앉을 시점에 힐링랜드가 오픈되었다. 악몽이 사라졌기에 진우는 관여하지 않고 루나에게 맡겼다. 스킨의 꽃은 역시 수영복이었다.

힐링랜드 오픈!

지친 마음을 힐링하세요!

1. 오픈 특가!

[F+]엘프 수영복(남/여)

*태초의 인류처럼 나뭇잎으로 가려보아요!

*뭐? 수영복을 입기만 했는데 엘프 귀가?!

가격: 15G→12G

[-E]서큐버스 수영복(여성 전용)

*아슬아슬한 매력!

*우왓! 수영복을 입으니 악마의 꼬리가?! 게다가 뿔도 생겼다고?

가격: 20G→17G

[-E]야성의 수영복(남성 전용)

*야성적인 남자의 향기!

*헐!? 수영복을 입으니 오크 같은 근육이 빵빵?! 게다가 털도 조절이 가능하다고?!

가격: 20G→17G

[E]랜덤 수영복 상자

*히든 수영복이 들어 있는 랜덤 상자!

*앗!? 너 그거 어디서 구했어? 뭐? 랜덤 수영복 상자? 너무 부럽잖아?!

[히든 수영복 리스트]

여신 수영복(여성 전용, 상·하의 일체형)

은밀한 여신 수영복(여성 전용, 상·하의 분리형)

인큐버스의 천 조각(남성 전용)

전신 해골 수영복(공용)

푸른 미역(식용)

소라 껍질(인테리어 소품)

1,000 코인.

가격: 3G→2G

남은 기간: 6일 23시간 32분.

2. 랜덤 박스 60개 이상 구매 고객 한정!

특수의 돌 지급!

[E]특수의 돌

*최고의 인싸가 되어보자!

성별과 관계없이 특정 수영복을 입게 해준다.

　공지가 올라가고 바로 힐링랜드가 열렸다. 당연히 반응은 뜨거웠다.

[제목: 혼돈의 힐링랜드]

　힐링랜드 가봤다.

　첫인상은 제대로 휴가 온 느낌임.

　해외 유명한 휴양지보다 훨씬 낫다. 입장권은 만 원 정도인데 그 정도면 굉장히 싼 가격이다. 한 번 사면 일주일 동안 이용할 수 있음. 동네 수영장보다 저렴하다.

　음식도 맛있고, 텐트도 칠 수 있게 공간도 넓다. VIP 서비스 이용하면 오두막도 빌릴 수 있는데 좀 비싼 편.

　그냥 느긋하게 힐링하고 갈 생각이었다.

　근데, 역시 뉴월드 플레이어 아닐까 봐 정상적인 놈들이 없다. 워

터파크 만든다고 절벽에 미끄럼틀 설치하다가 죽은 놈도 있고, 고래 잡는다고 뗏목 만들어서 가다가 상어 밥 된 파티도 있다. 내가 본 가장 미친놈은 야성의 수영복 사서 온몸에 털을 도배한 다음에 불 지른 놈이었다.

오래 타더라. 남녀 할 것 없이 전부 미쳤다.

이것이 어쩌면 인간의 본성인지도 모른다.

[댓글 4,212개]

-이거슨퍼거슨: 모두 힐링하러 왔다가 광기에 물들었음.

-고급양말: 휴양지 느낌으로 헌팅이라도 할 줄 알았는데, 진짜 사람을 잡더락ㅋㅋ

-진지잡쑤셔: 원시인 흉내 내면서 사람을 납치하는 놈들도 있었어. 시발, 뭔 영화를 본 거야.

-뉴비에오: 야, 니들 -E랭크 던전 가봤냐? 고인물들 수영복만 입고 돌아다닌다. 미쳤엌ㅋㅋ

힐링랜드. 루나는 지구인들을 너무 얕보고 있었다. 그녀가 생각했던 것과는 전혀 다른 방향으로 가고 있었다.

아주 멀리.

◆ **Chapter3** ◆
별자리

　이벤트는 미처 날뛰는 플레이어들과 수영복만을 남긴 채 종료되었다. 힐링랜드가 아니라 킬링랜드였다. 본래 의도와는 완전히 다른 방향으로 나갔지만, 다행히 수익은 예상했던 것보다 훨씬 많았다. 만족스러운 이벤트였다는 평가가 대부분이었다.

　진우는 다시 백수로 돌아갈 채비를 마쳤다. 서랍을 열어 깊숙한 곳을 뒤졌다. 트레이닝복이 나왔다. 저번에 입었던 트레이닝복이었는데, 구석에 방치되어 있어 구겨진 상태였다.

　'완벽하군.'

　더할 나위 없이 완벽했다. 진우는 바로 트레이닝복으로 갈아입었다. 커튼을 치고 컴퓨터를 켰다. 행운이 워낙 높아 게임은 싱거웠지만, 그래도 오랜만에 하고 싶었다. 그나마 AOS 같은 게임이라면 행운이 높아도 괜찮게 할 수 있을 것 같았다. 그러나 과거에 즐겼던 게임들은 접속 자체가 되지 않았다.

[서비스 종료] 그동안 리그 오브 스톰을 이용해 주셔서 감사합니다.
[서비스 종료] 디아제블4 PC 및 모바일 서비스 종료 안내.

모두 서비스 종료 공지가 떠올라 있었다. 절대 서비스 종료
가 될 것 같지 않았던 게임들이었다. 국제적으로 굉장히 인기
가 많았고, 대회도 있었다. 진우는 쉽게 원인을 짐작할 수 있
었다.

'뉴월드 때문이로군.'

뉴월드 : 미궁이 나온 이후에 매출이 급감했다. 사람들의 관
심이 완전히 증발해 버린 게 가장 치명적으로 작용했다. 워낙
강력해서 경쟁이 성립되지 않았다. 누가 G&P와 같은 가상현
실을 만들 수 있단 말인가.

얼마 전까지 굉장히 비싸게 팔리던 리얼 게임사의 유니크
엔진은 이미 구시대의 유물이 되었다. 게임 회사들이 줄도산
할 기미가 보이니 양심이 조금 찔렸다.

"어쩔 수 없지."

어쩔 수 없었다. 다 사들이는 수밖에.

유나에게 연락해서 지시를 내렸다. 변화에 따라오지 못해
서 도태되는 건 어쩔 수 없었지만, 이건 변화가 아니라 진우가
치트키를 친 것에 가까웠다.

'상생하는 방법도 찾아봐야겠어.'

세계 평화를 위해서 한 일이지만 파급력이 어마어마했다. 물론, 방법을 찾으려 진우가 고민할 필요 없었다. 유나를 포함해 유능한 부하들이 넘쳐나고 있으니까.

일단 명령을 해놓도록 하자.

진우는 그렇게 명령하고 할 일 없이 빈둥거렸다.

'심심하기는 하지만 너무 좋은데?'

할 일이 없어 심심한 느낌! 딱 좋았다. 이렇게 가만히 있으니 힐링이 되는 기분이 들었다. 진우는 그냥 목적 없이 인터넷 사이트를 돌아다녔다. 무료 운세 사이트를 발견해서 타로점도 쳐보았다. 진우가 그렇게 시간을 죽이고 있을 때였다.

똑똑!

진우가 들어오라고 말하자 유나가 방문을 열고 들어왔다. 명령을 내린 지 반나절도 지나지 않은 시점이었다.

"지시하신 내용 모두 시행하였습니다."

"그래? 빠르구만."

"김세연 연구팀장이 개발 키트 연구에 들어갔습니다. 개발 키트가 나오게 되면 일반 게임개발자들도 뉴월드에 참여할 수 있을 것 같다고 합니다."

진우는 고개를 끄덕였다. 그렇게 된다면 뉴월드 : 미궁은 더욱 풍성해지고 루나에게 집중된 짐도 많이 줄어들 것이다. 루나가 게임 마니아기는 하지만 현역 개발자보다 뛰어나지는 않았다. 여신의 능력으로 커버하고 있는 중이었다.

"그리고……."

"음?"

유나가 말끝을 흐렸다. 진우는 불길함을 예측했다. 진우가 손을 들어 말하지 말라는 제스처를 취하자 유나가 고개를 끄덕였다. 하지만 곧 한숨을 내쉴 수밖에 없었다.

"또 무슨 일인데?"

"저번 힐링랜드 테스트 이후의 일입니다."

하루링을 이용해 공간을 처음 만들고 부하들을 초대한 적이 있었다. 힐링을 하러 갔다가 해변이 반파되고 절벽이 무너지는 꼴을 봐야 했다. 열기가 너무 뜨거워 말리기도 뭐했다. 그래서 진우는 몰래 빠져나왔었다.

"그 일을 계기로 차원 간에 경쟁이 심해지고 있습니다. 도련님의 휘하에 있으니 무력 분쟁은 생기지는 않겠지만, 분위기가 과열되어 있어 게임 개발에 지장이 생길 것 같습니다."

"음……."

처음 모였을 때는 심각한 주제를 나누었기 때문에 티가 나지 않았다. 그러나, 두 번째 모였을 때는 그런 모습이 보이기는 했다. 서로 각각 완전히 다른 차원이었다. 같은 소속이 되었다는 이유만으로 천족과 마족 보고 서로 사이좋게 잘 지내라는 건 현실적으로 힘들었다. 수많은 세월을 원수처럼 지낸 이들이었다.

뉴월드 : 미궁 안의 NPC들은 적응해서 그럭저럭 잘 지내고 있지만, 차원의 수뇌부들은 그렇지 않았다. 뭔가 경쟁해서 이기고 싶은데, 진우 덕분에 티를 내지 못하고 있다가 저번 힐링

랜드 테스트 때 터져 버린 것이다.

모두 진우에게 인정받고 싶은 욕구도 굉장했다. 그들의 서열을 정리해 주지 않은 이유도 컸다.

"그렇군. 여러 차원이 모였으니 그럴 만도 하지."

소속 차원만 해도 지구, 중간계, 엘론티, 마계, 천계였다. 자신의 차원에 자부심을 느끼는 건 좋은 일이었다. 전쟁만 나지 않는다면 경쟁도 나쁘다고 볼 수는 없었다.

'말릴 수 없다면 이용할 수 없을까?'

경쟁 욕구를 만족시켜 주면서 기왕이면 뉴월드 : 미궁에도 좋은 영향을 미치는 방향으로 이용하고 싶었다. 뭔가 떠오를 듯 떠오르지 않았다.

"쉬시는데 죄송합니다."

"아니야. 더 늦기 전에 알아서 다행이군."

진우는 멍하니 컴퓨터 화면을 바라보며 고민에 빠졌다. 유나도 트레이닝복으로 갈아입고 진우의 옆에 앉았다.

"이런 걸 보고 계셨습니까?"

"시간 때우기로 좋더군."

"별자리 궁합이라……. 옛날 생각이 나는군요."

유나가 미소를 지으며 모니터 화면에 떠오른 운세 사이트를 바라보았다. 그러다가 진지한 표정이 되었다.

"도련님은 사자자리군요. 저는 사수자리입니다."

"그래?"

유나는 결과를 보고 만족한 듯했다.

'별자리?'

별자리를 보자 갑자기 떠오른 생각이 있었다. 원작 외전에서 나온 내용이었다. 다른 판타지 소설에서도 무수히 등장했던 소재이기도 했다. 이거라면 좋은 경쟁을 유도하면서 뉴월드에도 이득이 될 것 같았다.

진우는 고개를 끄덕였다.

"중앙 통제실로 가야겠어."

"네, 알겠습니다."

아무래도 휴식은 뒤로 미루어야 할 것 같았다.

진우는 중앙 통제실에서 루나 그리고 세연과 이야기를 나눴다. 진우의 아이디어를 바탕으로 바로 연구에 들어갔다. 얼마 후 성과가 나왔다. 대규모 투자를 해서 큰 문제 없이 테스트 단계까지 올 수 있었다.

진우는 바로 모두를 소집했다. 각 차원을 대표하는 이들이 성소에 있는 넓은 회의실에 모였다. 차원별로 나눠서 앉아 있었다.

지구 대표는 총지배인, 고위심문관과 허영이었다. 허영은 지구가 마음에 드는지 지구 쪽으로 붙었다. 천계는 루나, 대천사장과 천족이었고, 마계는 사라 브리악과 갈로드, 릴리스 등의 고위 마족들이었다. 엘론티는 엘라와 델루였는데, 갈록이 엘론티 쪽으로 붙었다.

중간계는 아르카나, 아르엘 그리고 골든 엔젤들이 나와 있

었다. 기타 세력으로는 데구르론, 아리나, 미궁, 세연과 마법소
녀들이 있었다.

　모두 진우를 보고 긴장했다. 자신들 때문에 휴가가 끝나버
렸기 때문이었다. 진우가 화를 내면 어떤 결과가 나타나는지
모두 잘 알고 있었다.

　진우는 모인 이들을 바라보다가 입을 뗐다.

　"그럼, 이야기를 해보자고."

　당연히 화를 내지 않았다. 지금까지 자신을 위해서 큰 노력
을 한 부하들이었다. 그들의 이야기를 들어주었다.

　요약하자면 어느 차원이 우위에 있는지 서열 정리를 하고 싶
다는 이야기였다. 서로의 무력이 대단해서 충돌하게 된다면
힐링랜드 같은 사태가 발생하니 현재 신경전만 벌이고 있었다.
해소가 되지 않아 점점 쌓이고 있는 상태였다.

　"그럼, 내가 제안을 하나 하지."

　모두의 시선이 진우에게 집중되었다.

　운세 사이트에서 별자리를 보고 떠올랐다.

　"바로 성좌 시스템이다."

　성좌 시스템. 플레이어를 이용한 차원 경쟁 시스템이었다.
각 차원의 고위 존재들이 플레이어들을 골라 지원을 해준다.
그들은 어느 차원에 속할지 고를 수 있으며, 해당 플레이어가
미궁을 돌파하거나 업적을 세우면 점수가 쌓이는 방식이었다.
그리고 분기별로 점수를 종합해 그 성적을 바탕으로 서열이
정해진다.

천계의 계시 시스템을 융합한 방식이었다. 루나는 계시 시스템을 통해 중간계에 축복이나 스킬 등을 주기도 했는데, 그걸 중앙 통제실로 가지고 와서 복사했다. 인터넷 방송을 생각하면 이해하기 편했다. 초월적인 존재들이 플레이어를 지켜보다가 마음에 들면 지원을 해주는 것이었으니까.

"후훗! 권속을 통한 대리전이군! 본인을 위한 무대다!"

"천계의 교리를 전할 수 있겠군요."

사라 브리악과 대천사장이 고개를 끄덕이며 그렇게 말했다. 모두 굉장한 흥미를 느끼고 있었다.

권속, 대리인을 세워 대리전쟁을 벌인다! 신념과 의지가 부딪히는 전쟁!

본인의 능력을 부여하여 객관적으로 시험할 수도 있고, 관찰을 통해 대리만족을 느낄 수 있었다. 진우가 유나를 바라보자 그녀는 미리 준비한 책을 하나씩 나눠주었다. 진우의 의견이 들어간 '성좌 기본수칙'이라는 제목의 가이드북이었다. 모두 진지하게 가이드북을 읽기 시작했다. 루나와 총지배인도 마찬가지였다. 모두가 참여해야 하는 일이었다.

릴리스가 가이드북을 읽다가 손을 들었다.

"군주 님, 닉네임은 본인이 정하는 건가요?"

"아니, 정해줄 거야."

진우가 세연을 바라보자 그녀는 가방에서 팔찌를 꺼냈다. 플레이어의 아바타와 연결을 할 수 있는 아티팩트였다. 자신이 고른 플레이어들을 실시간으로 관찰할 수 있었고, 퀘스트와 보상을 보낼 수 있는 기능도 있었는데 차원 금화가 소모되었다. 이름을 등록하면 정보를 분석하여 닉네임이 자동으로 정해졌다. 이 부분은 황금의 권능이 들어갔다.

"아직 테스트용이라 개선할 사항이 있긴 해요. 곧 완성품을 보실 수 있을 거예요."

김세연이 팔찌를 나눠주며 그렇게 말했다. 엘라는 바로 팔찌를 찼다. 팔찌 위에 있는 버튼을 누르자 홀로그램이 떠올랐다. 가장 먼저 이름을 입력했다.

[신규 성좌님의 정보를 분석합니다. 분석이 완료되었습니다. 뉴월드 : 미궁에 새로운 성좌가 등장하였습니다!]
[흡정하는 숲의 주인(엘론티, 엘라).]

"니, 닉네임이 조금 이상한 것 같아요."

모두의 팔찌에 엘라의 닉네임이 떠올랐다. 모두 고개를 돌려 엘라를 바라보았다. 그녀는 크게 당황했지만 다들 이해하며 고개를 끄덕였다. 정말 잘 어울리는 닉네임이었기 때문.

모두 이름을 등록했다. 총지배인은 '충성의 그림자'였고 릴리스는 '몽환과 회귀의 악마'였다. 아르엘은 '황금의 거인'이었다. 한 번 정해진 닉네임은 바꿀 수 없었다. 그리고 진명은 가려져 있어 플레이어들이 읽을 수 없었다.

"훗훗훗! 빨리 쓸 만한 놈들을 골라야겠군. 본인과 어울리는 무적의 종자를 만들 것이다!"

"우리 천족은 오래전부터 용사를 선별해 왔다. 서열은 이미 정해졌군."

"와! 무조건 키가 큰 애들로 골라야지."

반응은 굉장히 좋았다. 성좌들은 의욕을 불태우고 있었다. 벌써 작전 회의에 들어간 이들도 많았다.

진우는 미소를 지으며 고개를 끄덕였다. 급조한 계획이었지만 자신이 생각해도 그럴듯했기 때문이다.

세연이 진우를 바라보았다.

"대표님, 테스트를 진행할까요?"

"음, 기왕 다 모였으니 해보자."

시스템은 구축하고 세연이 직접 점검을 하기는 했지만 실제로 테스트를 한 적은 없었다. 김군주를 이용해 테스트를 해보기로 했다.

진우는 바로 김군주로 들어왔다. 아바타가 조금 어색하게 느껴졌지만, 곧 적응되었다. 문득, 지구나 다른 차원으로 가지고 가도 재미있겠다는 생각이 들었다.

'생각해 보니 게임이지만 현실이었지.'

현실이니 당연히 아바타를 지구로 가져갈 수도 있었다.

부하들은 각자의 차원으로 돌아갔다. 미궁을 배치해서 통신을 구축했기 때문에 문제없이 실시간으로 연결할 수 있었다.

테스트는 중앙 통제실에서 이루어졌다.

"대표님, 그럼 연결할게요!"

세연이 버튼을 누르자 화면에 성좌 시스템이라는 문구가 떠올랐다. 몇몇 수정 사항을 업데이트하니 완벽하게 작동되었다.

테스트 단계였지만 이미 훌륭한 완성도였다. 당장 적용해도 무리가 없을 정도였다.

"천계, 마계, 중간계, 엘론티 그리고 JW 게이트와 황금의 성소, 모두 연결되었습니다!"

"좋아, 그럼 아바타에 어떻게 적용되는지 보자고."

[몽환과 회귀의 악마(릴리스, 마계)가 당신을 숭배합니다. 당신에게 몽환의 권능을 부여하고 아이템 '고통의 채찍'을 선물합니다.]

[충성의 그림자(총지배인, 지구)가 당신에게 고개를 숙입니다. 스킬 '한계돌파'를 부여합니다.]

[피를 흘리는 용(아르카나, 중간계)이 수줍어합니다. 스킬 '사랑의 춤'을 부여합니다. 아이템 '꽃다발'을 당신에게 선물합니다. 사랑을 속삭이고 싶어 하지만 피를 토하고 말았습니다.]

[허물의 제왕(사라 브리악, 마계)이 은근슬쩍 등장합니다. 스킬 '엉터리 암흑 마법'을 부여합니다. 마계 최고의 마법이라고 구라를 칩니다.]

[균형의 빛(대천사장, 천계)이 당신을 존경합니다. 스킬 '신성 마법'을 부여합니다. 허물의 제왕에게 경고합니다. 허물의 제왕이

가볍게 무시합니다.]

[황금의 거인(아르엘, 중간계)가 눈을 반짝이며 당신을 바라봅니다. 스킬 '성장의 힘'을 부여합니다.]

[허영의 연기자(안허영, 지구)가 당신에게 인사합니다. 스킬 '연기력'을 부여합니다.]

　　……

떠오른 문자들이 선명하게 보였다. 성좌의 특색을 나타내는 것처럼 모두 색깔이 달랐고, 글자들이 살아 있는 것처럼 꿈틀거렸다. 닉네임과 소속은 볼 수 있었지만 역시 진명은 보이지 않았다.

모든 성좌가 진우의 아바타에게 권능을 부여해 줬다. 이처럼 능력이나 아이템을 주는 것에는 제한이 없었다. 소속을 정하게 되면 계약을 통해 제약을 걸 수 있지만, 그전까지는 자유로웠다. 성좌끼리 서로 협력하거나 배신을 할 수도 있었다. 그게 성좌 시스템의 묘미였다.

'아바타에 좋은 점이 있기는 하네.'

황금의 군주가 여전히 작동하고 있었지만 스킬을 변형하거나 하지는 않았다. 아바타이다 보니 간섭할 가치를 느끼지 못하는 모양이었다. 몸을 바라보니 성좌를 나타내는 문신이 새겨져 있었다. 많은 문신이 새겨졌지만 난잡해 보이지 않았다. 조화롭게 잘 새겨져 있어 제법 괜찮게 보였다.

스킬은 문신, 성흔에서 발현되었다. 덕분에 기술의 원리를 이해하지 못해도 쓸 수 있었다. 진우는 부여받은 스킬이 제대로 구현이 되는지 알아보기로 했다. 흡정하는 숲의 주인(엘라, 엘론티)이 부여해 준 권능을 써보았다.

빛의 정령 마법이었다.

휘이이이!

진우의 앞에 소환진이 떠오르더니 작은 빛덩어리가 뿜어져 나왔다.

"오……."

너무나 평범한 정령 마법이었다! 진우는 감동했다. 황금의 군주 덕분에 쓰지 못했던 평범한 정령 마법을 쓸 수 있었다.

다른 스킬도 정상적으로 작동했다.

"이거 괜찮은데?"

"다행히 잘 작동되네요. 아바타와의 연결도 정상입니다. 성혼을 회수하지 않는 이상 계속 쓸 수 있을 거예요."

뉴월드 : 미궁에는 이런 판타지 같은 스킬들이 부족하기는 했다. 교관들이 가르치고 있기는 하지만 몸으로 습득해야 랭크가 떴기 때문이다. 성좌 덕분에 게임이 더욱 풍성해졌다.

플레이어가 많은 만큼 성좌의 숫자도 꽤 늘릴 생각이었다. 고위 마족 중 급이 떨어지는 이들 같은 경우에는 성좌에 속한 하수인으로서 간섭할 수 있게 만들 예정이었다.

"악몽의 땅이나 킬링랜…… 아, 아니, 힐링랜드처럼 이벤트를 하실 건가요?"

"아니, 그냥 진행해도 될 것 같아."

성좌는 은밀한 존재였다. 이벤트와는 어울리지 않았다. 뉴
월드 : 미궁에 이미 있던 요소로서 다가가는 것이 더 괜찮을
것 같았다.

성좌 시스템이 조용히 업데이트되었다. 성좌들은 눈을 부
릅뜨며 자신에게 적합한 인재를 찾기 시작했다. 바로 성좌의
스카우트를 받은 이들이 생겨나기 시작했다. 커뮤니티 사이트
는 난리가 났다. 성좌에 대한 정보가 퍼져 나갔다.

[제목: 와, 대박!]

[글쓴이: 친구하장]

님들, 저 바람의 하수인에게 선택받았어요.

성좌는 아닌 것 같은데, 권능은 좀 좋은 듯. 하급 바람의 정령을 소
환할 수 있어요. 엄청 예쁨.

[하급 바람의 정령.jpg]

위력 개쩜. F+랭크 몹 그냥 녹아요.

저는 엘론티 소속입니다.

엘론티 엔터테인먼트에서 이름 따온 듯.

이름도 되게 예뻐요.

[댓글 1,231]

-삽질맨: 촌스러운 숲쟁이 놈. 천박한 냄새가 나는군.

└친구하장(글쓴이): 왜 시비임.

└삽질맨: 갈로드 님의 명령에 따라 너를 죽일 것이다.

└친구하장(글쓴이): 미친놈.

-궁술술: 엘론티 만세! 삽질맨 저놈 음침한 게 마계 소속인 것 같음. 보이면 정의구현 ㄱㄱ

└삽질맨: 왜 시비임?

-롤러블두뇌: 중간계가 최고아님? 존나 하찮네 정령마법.

└친구하장(글쓴이): 어디 마을이냐?

-루나님하악: 싸우지 마세요. 뉴월드의 균형을 지키자구요.

└삽질맨: 이 음탕한 냄새…… 멍청한 비둘기 냄새가 난다. 너를 찾아 죽일 것이다.

플레이어들은 역할 몰입을 너무나 잘했다. 상상 이상으로.

뉴월드 : 미궁이 혼돈으로 물들고 있었다.

성좌. 뉴월드 : 미궁에 등장한 초월적인 존재를 지칭하는 말이었다. 소리소문없이 등장한 성좌는 뉴월드 : 미궁의 분위기를 완전히 바꿔놓았다. 선택을 받은 이들은 초월적인 힘을 얻게 되었고, 던전을 무난하게 클리어할 수 있었다.

성좌는 자신에게 충성할수록, 즐거움을 줄수록 많은 보상을 해주었다. 덕분에 플레이어들은 숨겨진 욕구와 감정을 마음껏 발산하게 되었다.

더 높은 업적을 세울수록, 아무도 하지 않은 일을 할수록 성좌에게 선택받을 확률이 높아졌다. 그리고 성좌와 관계를 잘 다져놓으면 죽음 이후에도 재선택을 받을 확률이 높아지니, 플레이어들은 성좌의 비위를 잘 맞춰주었다.

뉴월드 : 미궁의 대형 커뮤니티 사이트, 미궁넷은 단숨에 접속률 1위를 자랑하게 되었다. 국내뿐만 아니라 세계의 모든 플레이어들이 몰려들었기 때문이다. G&P에서 서버 관리를 했기에 사람이 몰려도 전혀 느려지거나 하지 않았다.

게다가 최근에 발표한 G&P 실시간 번역 시스템이 적용되어 있어 자유롭게 대화를 나눌 수 있었다. 뉴월드 : 미궁은 언어의 장벽이 하나도 없었다. 아바타끼리는 모두 말이 통했기 때문이다. 억양에 어색함은 존재하긴 했지만, 크게 거슬리지 않을 정도였다.

미궁넷에서는 당연히 성좌 이야기로 뜨거웠다.

[제목: 역겨운 마계놈들 좀 뒤져라.]
[글쓴이: 곳수]
이 개같은 마계놈들아.
시발, 내 머리카락 돌려내라. 개같은거 다 죽여 버린다.

[내머리카락사라짐.jpg]

진심 개역겹네.

머리카락 없애려면 다 없애던가 구렛나루만 남겨놨어.

무슨 권능이 이지랄이냐?

오늘부터 마계놈들 보이면 뒤질준비해라.

화살 대가리에 박히면 난 줄 알아라.

-하얀날개: ㅋㅋㅋㅋㅋ미친ㅋㅋ개웃기네. 머리를 구렛나루에 다 옮겨 심었네ㅋㅋ 나름 장발이자너.

-존시너지: 님 천계쪽임? 애도함.

└곳수(글쓴이): ㄴㄴ엘론티임.

└존시너지: 애도 취소. 역겨운 숲쟁이놈. 잘 됐네.ㅋㅋ

└곳수(글쓴이): 시발…… 왜 엘론티만 가지고 그러냐.

└존시너지: 역겨우니 조용히 해.

-파멸의데스사이드: 마계 만세. 역겨운 숲쟁이놈.

-흑태자임: ㅋㅋㅋ님 다시 키워요. 그거 아마 성좌 스킬이라 머리 안 자람.

뉴월드 : 미궁의 자유도는 현실과 똑같았다. 당연히 PK도 자유로웠다. 던전을 제외하면 플레이어들이 만들어가는 세계라고 해도 과언이 아니었다. 성좌에 속한 플레이어들이 많아지자 매일 전쟁이 일어났다. 성좌는 던전을 점령하여 자신들의 영토로 삼길 원했다. 덕분에 현재 최하층은 진영별로 세력이 극명하게 나뉘어 있었다.

[제목: 님들, 저 어제 시작했는데…….]

기본조작 마쳤는데요?

던전은 어디로 가는 게 좋나요?

-환영합니다: 포탈석 지원받아서 검은 마을로 오세요.

-뉴비에오: 검은 마을 별거 없음. 초록 마을이 좋음.

-중독자: 더러운 까마귀새끼들이랑 숲쟁이놈들 말 믿지 마세요. 중간 마을에 오세요. 우리 성좌님들 친절함.

-지구만세: 이완용같은 새끼들, 사람이라면 당연히 지구 아니냐? 진심 역겹다.

성좌들은 눈에 불을 켜고 인재를 찾아다녔다. 그 때문에 소속이 없는 플레이어를 죽이는 걸 극도로 싫어했다. 소속이 없는 이들은 오히려 보호를 받았다.

진우는 성좌 시스템을 조금 더 보완했다. 성좌들에게서 여러 요청이 들어와 세연은 쉴 틈이 없었다. 부하들이 직접 관련되어 있으니 진우도 검토를 해야 했다. 간섭 범위를 조금 더 늘리고, 요구한 기능을 넣어주었다.

최신 버전의 성좌의 팔찌가 진우에게 배달되었다.

'시험해 봐야겠군.'

아바타로는 시험을 해봤으니, 직접 성좌가 되어보기로 했다. 모든 기능을 사용해 보고 이상이 없다면 바로 모든 성좌에게 지원을 해줄 생각이었다. 팔찌를 착용하고 이름을 입력하자 자동으로 닉네임이 정해졌다.

[성좌의 주인, 황금의 대군주(차원의 지배자)가 뉴월드 : 미궁에 등록되었습니다. 모든 기능을 이용하실 수 있습니다.]

뉴월드 : 미궁 안의 상황을 볼 수 있었다. 방송을 보듯이 볼 수 있었는데, 시점을 자유롭게 바꿀 수도 있었다. 굉장히 생생한 화질로 볼 수 있어 관찰할 맛이 났다.

관심이 있는 플레이어에게 다가가면 성좌의 의사가 자동으로 전달되었다. 게다가 성좌가 직접 플레이어의 방송에도 참여할 수 있었다. 세연이 의견을 낸 것인데, 현재 굉장한 시너지 효과가 나오고 있다고 한다.

진우는 방송목록을 보다가 '잼식TV'를 발견했다. 시청자 숫자 3만 명을 돌파하고 있었는데, 저조한 편이었다. 잦은 죽음 때문에 충성 시청자들만 남아 있는 상황이었다. 성좌 목록도 볼 수 있었다.

여러 성좌와 하수인이 잼식의 방송을 지켜보고 있었다. 진우도 들어가 보았다. 그가 들어가니 채팅방에 커다란 문구가 떠올랐다.

[황금의 대군주(차원의 지배자), 성좌의 주인께서 놀랍도록 미천한 방에 직접 행차하셨습니다. 모두 경배하시기 바랍니다.]

역시 황금의 권능이 제대로 작동하고 있었다.

-밥막자: 헐.
-단단이: 성좌의 주인이라는데?
-멜론밥: 억ㅋㅋ대박! 성좌의 주인이라니!
-초코보이: 초코보이라고 합니다. 대군주님! 사랑합니다! 축복해 주세요! 잼시기보다 제가 더 잘합니다.

채팅방은 폭발했다. 잼식은 크게 당황했다. 성좌가 지켜보는 것만으로도 긴장이 되는데, 성좌의 주인이라는 존재가 나타났기 때문이다.

'대박이다!'

잼식은 침을 꿀꺽 삼켰다.

[황금의 거인(중간계, 아르엘)이 황금의 대군주를 경배합니다. 잼식에게 무릎을 꿇으라 다그칩니다.]

[황금의 하수인들이 황금의 대군주(차원의 지배자)께 고개를 조아립니다. 건방지게 고개를 들고 있는 잼식이에게 저주를 내릴까 고민합니다.]

"억!"

잼식은 빠르게 그대로 무릎을 꿇었다. 아니, 그 이상을 했다. 머리를 박고 물구나무를 섰다.

"인사 오지게 박습니다! 황금의 대군주님! 소소하게 방송하고 있는 잼식이라고 합니다!"

-그레이트: 억! 예의를 아는 친구구만.
-중간계조아: 헐…… 차원의 지배자. 클라스 미쳤네.
-잼식아잼먹자: ㅋㅋㅋ과연 대군주님께서 마음에 드셨을까?
-왕만두: ㅋㅋ잼식이ㅋㅋ눈치 하나는 오지게 빠름.

진우는 과하게 예를 갖추는 잼식을 바라보았다. 그럭저럭 기분이 흐뭇하기는 했다. 요즘 성좌들은 뉴월드에 거의 미쳐 있었다. 방송에도 자주 출입했다. 그 마음이 이해가 되었다.

[황금의 대군주께서 만족하십니다. 예의를 아는 인간이라 생각합니다.]

"네! 감사합니다! 예의 하면 바로 저 잼식입니다!"

잼식이 굽신거렸다. 평소라면 부담스러워했겠지만, 화면 너머로 보니 그렇게 부담스럽게 느껴지지 않았다.

'후원 기능도 있었지.'

팔찌를 통해 바로 지급이 가능했다. 진우는 E+랭크 아이템 하나와 차원 금화를 화면에 넣어보았다.

[황금의 대군주께서 잼식에게 아이템과 차원 금화를 하사합니다.]

[E+]빛나는 건틀렛

중간계에서 제작된 건틀렛. 힘 랭크를 두 단계 올려준다.

100G(차원 금화)

잼식의 앞에 황금빛이 일더니 건틀렛과 차원 금화가 담긴 주머니가 나타났다.

-촐랑: 와, 대군주님 통 엄청 크네.

-탱커궁수: 차원 금화 지원은 처음 아님? 100만 원을 그냥 주넼ㅋㅋ 대군주님 클라스 ㄷㄷ

-검과방패: 힘 랭크가 두 단계나 오른다고? 와, 사기템인데.

-착한치킨: 대군주님! 저 착한치킨이라고 합니다! 잘 모실 자신이 있습니다!

후원 기능은 아주 잘 작동했다.

"어어어억! 황금의 대군주님 아, 아이템 지원! 그리고 차원 금화 지원 너무나 감사드립니다. 정말 제가 열심히 해서 꼭! 꼭! 대군주님을 만족시켜 드리겠습니다! 다시 한번 감사합니다! 아! 그리고 제 방에서 자기 아이디 홍보하시는 분들, 밴 합니다."

잼식은 몇 번이고 감사의 인사를 했다. 과연, 성좌들이 중독

될 만했다. 아예 처음부터 공들여 자신의 입맛대로 키우는 성좌도 존재했다. 진우는 팔찌의 기능을 시험하는 겸 잼식의 방송을 지켜보기로 했다.

[황금의 군주께서 흥미를 느끼고 계십니다. 더 분발하십시오.]
[피를 흘리는 용(아르카나, 중간계)이 황금의 대군주님께 인사를 올리러 왔습니다. 대군주님을 만족시켜 드리지 못하면 저주를 내릴지도 모릅니다.]

-프랑스라면불어: 피를 흘리는 용님이라면 지금까지 나온 중간계 성좌들 중에서 거의 탑 아님?
-나민수: 맞음. 와, 대군주님께 인사하러 오다니…….
-쿠키칩: ㅋㅋ 잼식이 컨텐츠 떨어졌는데 큰일이네.

"그, 그럼 오늘은 중립지대 던전을 탐험해 보기로 하겠습니다! 덤비는 놈들 모두 참교육시키겠습니다!"
잼식은 무리수를 뒀다.
'보여줘야 해!'
이건 기회였다! 얼마 전 성좌의 선택을 받아 간신히 시청자 수 3만 명을 회복했다.
만약에 대군주까지 함께한다면?
'100만도 문제없을 거야.'
잼식은 그렇게 생각했다.

E랭크 층계는 현재 던전을 놓고 분쟁이 한참이었다. 특히 오픈 필드가 가미된 던전을 놓고 경쟁이 심했다. 경쟁 중인 던전을 분쟁 던전, 또는 중립지대라 불렀다.

잼식은 중간계에 속한 플레이어였다. 천계와의 관계는 비교적 괜찮았고, 마계와는 사이가 좋지 않았다. 지구와는 묘하게 자주 부딪혔다. 엘론티는 논외로 쳐야 했다.

진우는 흥미가 생겼다. 성좌에게 선택받은 플레이어들이 어떤 식으로 싸우는지 궁금했다.

잼식은 중립지대에 속한 E랭크 오픈 필드 던전으로 향했다. 좋은 재료 아이템들이 나와, 세력 다툼이 자주 일어나는 곳이라고 한다.

진우는 던전으로 이동하는 잼식을 바라보았다. 현재 E랭크 던전까지 뚫린 상태였다. 마법소녀들이 열일을 해서 던전, 오픈 필드, 연출은 계속해서 호평을 받았다고 한다. 진우는 그런 것까지 일일이 찾아보지는 않았다.

잼식은 조심스럽게 E랭크 던전 안으로 들어갔다. 던전 안 오픈 필드는 봐줄 만했다. 넓은 초원이었는데, 몬스터는 그리 강한 편은 아니었다.

'풍경이 꽤 괜찮군.'

풍경은 진우가 보기에도 아름다웠다. 하루링이 열심히 일한 덕분이었다.

잼식은 조심스럽게 이동했다. 중립지대에서 방심을 해서는 안 된다. 한순간에 죽을 수가 있었다.

"여러분 여기가 중립지대입니다. 초보분들은 함부로 오지 마세요. 끔살당합니다."

-쿠키칩: 잼식이 개쫄았네.
-미니언: 이번에 죽으면 21번째거든. 게임에 재능 없음.
-잼이식음: 대군주님도 보고 계시는데 추하다. 잼식아.

잼식처럼 혼자 중립지대에 들어오는 건 자살행위나 마찬가지였다. 미쳐 날뛰는 플레이어들이 많았기 때문이다.
"어? 저, 저기 더러운 까마귀 놈들이 보입니다. 아, 앗! 드, 들켰습니다."

-마인드맵: 역시 잼식이네.ㅋㅋ
-갈아넣은배: 운도 없고 실력도 없음.

잼식이 주변을 돌아다니던 마계 추종자 플레이어들에게 들키고 말았다. 그들은 잼식을 발견하자마자 그를 향해 미친 듯이 달려왔다. 지켜보는 진우의 입장에서는 흥미진진했다.
'퀘스트도 시험해 봐야겠군.'
성좌는 성좌의 팔찌를 통해 퀘스트를 진행할 수 있었다. 방송에 접속해 있으면 채팅창에도 퀘스트 내용이 나왔다. 훌륭한 연동기능이었다.

[황금의 대군주가 흥미진진해 합니다. 어떻게든 살아남으십시오. 훌륭한 보상이 기다리고 있을지도 모릅니다.]

[성좌 퀘스트] 살아남아라.
보상: 차원 금화 및 고급 아이템.

-도마뱀: 오오! 대군주님 인자하신 거 보소.
-하얀천사: 잼식아 이건 기회다!
-콜라사이다: ㅋ도망쳐!

잼식도 주먹을 불끈 쥐었다. 대군주님의 흥미를 이끌어내는 것에 성공한 것이다. 다만, 미친 듯이 달려오는 저 까마귀 놈들이 문제였다.

"키아호우!"

"키, 키키킥!"

"쿠쿠쿡. 약해빠진 중간계 놈의 냄새가 나는구나."

"후, 후훗. 내 블러디 핑거의 먹잇감으로 만들어주지."

진우는 마계 쪽에 속한 플레이어들을 보며 잠시 말을 잊었다. 추종자 역할을 아주 충실하게 소화하고 있었다.

성좌들이 저런 모습을 보고 좋아하니 자연스럽게 저렇게 행동하다가 몸에 익어버린 것이다. 물론, 재미도 있었다.

모두 검은 로브를 두르고 개성있는 화장을 하고 있었다. 플레이어가 아니라 몬스터로 보일 정도였다. 무엇보다 중2병 자세가 환상적이었다.

'음······.'

솔직히 마족들보다 한 수 위였다.

진우는 팔찌를 통해 자연스럽게 상대 성좌의 개입을 확인할 수 있었다. 다른 성좌도 마찬가지였다.

[음침한 어둠(갈로드, 마계)이 잼식을 바라봅니다. 앗!? 대군주님? 이런 누추한 곳에 어인 일로? 음침한 어둠이 깜짝 놀라며 주춤합니다. 다른 성좌들도 긴장합니다.]

[황금의 대군주는 즐기는 중이니 신경 쓰지 말고 공격하라고 합니다.]

-성좌님상사님: 어억ㅋㅋ 성좌가 쫄았어.

-하늘끝에검: 대박ㅋㅋ

-죽향: 즐기시게 공격해.

모든 성좌가 그런 건 아니지만 대부분 오만하고 제멋대로인 존재였다. 그런 성좌가 아주 겸손하게 굽신거리니 화제가 될 수밖에 없었다. 잼식의 상황이 미궁넷에 소개되면서 시청자 숫자가 급속도로 상승하고 있었다.

"흐흐흐! 죽여주마!"

"오늘 점심은 지옥에서 먹게 해주지!"

"끼얏호우!"

마계 추종자들이 암흑 마법을 날렸다. 거대한 낫을 꺼내고는 혀를 날름거리는 여성 플레이어도 있었다. 성별과 무관하게 모두 굉장한 몰입도를 자랑했다. 아니, 이 정도면 진짜 현실에서 사회생활이 걱정될 정도였다.

"더러운 까마귀 놈들!"

잼식은 이를 악물고 달렸다. 쏟아지는 암흑 마법을 피하고 커다란 바위 뒤에 숨으며 숨을 돌렸다.

-넌아니야: 도망치는데 성공했나?

-훈수매니아: 잼식아! 권능을 써라!

-웃는얼굴: ㅋㅋ또 죽겠네. 때려쳐라.

"아! 님들 제 권능 아시잖아요."

잼식이 황금의 거인에게 받은 권능. 그것은 30분 동안 키가 조금 크고 내구력 랭크가 한 단계 올라가는 권능이었다.

"후르릅! 여기 있었군."

흠칫!

잼식이 위를 올려다보았다. 낫을 든 여인이 바위의 위에서 잼식을 바라보고 있었다. 뱀처럼 혓바닥을 낼름거리면서 군침을 흘렸다.

"으아아아!"

보랏빛이 터지더니 바위가 두 조각으로 갈라졌다. 잼식은 비명을 지르며 앞으로 굴렀다. 있던 자리가 움푹 파였다.

"키헤헤헤! 절망을 연주하라!"

"오이오이, 파멸의 데스사이드 저 녀석, 꽤 무리를 하는데?"

"후후훗! 피가 그녀를 흥분시켰군."

마계 추종자들은 각자 포즈를 잡으며 그렇게 말했다.

-쿠키칩: ㅋㅋ역시 마계 놈들 정상이 아님ㅋ

-미궁조아: 근데 개재밌겠다.

-천사짜응: ㅇㅇ. 해보면 재밌음ㅋㅋ. 마계 쪽으로 넘어가면 다 저렇게 변해. 어쩔 수 없다.

진우는 그 광경을 바라보며 고개를 끄덕였다. 힐링랜드를 킬링랜드로 만들어 버렸는데, 저 정도면 정상 범주였다. 잼식의 등에 상처가 생기며 피가 흘렀다.

푹!

잼식이 바닥을 기며 도망치려 했지만 낫이 그의 어깨를 찍었다.

"으윽!"

차르륵!

날을 뽑자 피가 흘러나왔다. 파멸의 데스사이드가 날에 묻은 피를 혀로 핥으며 음침한 웃음을 흘렸다.

"후훗, 내 몫도 남겨놓으라구! 파멸의 데스사이드!"

"이런, 이런. 흥분한 그녀를 막을 수는 없지."

"피 맛을 보겠군."

마계 추종자들은 찰진 대사를 날렸다. 잼식의 표정이 절망으로 물들었다. 거대한 날이 잼식의 목에 닿았다.

"후, 후후. 이 몸은 자비롭다. 중간계를 배신하면 살려주도록 하지. 자! 목숨을 구걸하거라!"

"크흑…… 죽어라."

[황금의 거인이 잼식의 용기에 감탄합니다. 장례비로 300C을 챙겨줍니다.]

-평화의상징: 억ㅋㅋ300코인ㅋㅋ
-사스가: 포션 하나도 못살듯ㅋㅋㅋ아, 뒤졌으니 살필요 없겠구나.
-지구탈출: 중간계 존나 약하네. 역시 최약쳌ㅋㅋ

[황금의 대군주가 실망합니다. 하지만 그럭저럭 좋은 구경이었다고 생각합니다. 부조금으로 20G(차원 금화)를 지급하였습니다.]

진우가 차원 금화를 주니 채팅방에서는 황금의 대군주에 대한 찬양이 이어졌다. 파멸의 데스사이드가 음침하게 웃으며 낫으로 목을 베려는 순간이었다.

뿌우우우!

흠칫!

갑자기 뿔피리 소리가 울렸다. 파멸의 데스사이드는 흠칫하며 뒤를 바라보았다. 다른 마계 추종자들도 마찬가지였다.

"이 소리는……?"

"역겨운 숲쟁이 놈들……."

"크홋! 감히 이 몸의 살육을 방해하다니……."

휘이익!

창이 공기를 가르며 엄청난 속도로 날아왔다. 파멸의 데스 사이드는 바닥을 구르며 간신히 피했다. 언덕 위로 그림자가 생겼다. 태양 빛을 역광으로 받아 검게 일렁였다.

잼식은 간신히 몸을 돌려 언덕을 바라보았다.

"어, 억! 미친!"

잼식이 크게 당황했다. 마계 추종자에게 당했을 때보다 훨씬 더 절박해 보였다. 언덕 위에서 목소리가 들려왔다.

"숲을 모독한 자들이여. 천벌을 받아라."

서서히 그들의 모습이 드러났다. 스물이 넘어 보였다. 모두 검은 수영복만 걸친 채, 몸을 드러내고 있었다. 급소를 가리는 부분 갑옷이 있기는 하지만 아주 작은 면적이었다.

초록 망토가 인상적이었다.

'뭐지?'

진우도 그들을 바라보았다.

[숲의 송곳니(갈록, 엘론티)가 곧 있을 전투에 흥분합니다. 모두 죽이십시오.]

[음침한 그림자(델루, 엘론티)가 더러운 까마귀 놈들을 바라보며 웃습니다. 엘론티 전사의 힘을 보여주십시오.]

'엘론티?'

저들은 엘론티에 속한 자들이었다.

마계 추종자들이 인상을 잔뜩 찡그리며 무기를 들었다.

"역겨운 숲쟁이 놈들!"

"크흣!"

엘론티 전사들이 창을 치켜들었다.

"더러운 까마귀 놈들과 나약한 중간계 놈이로군. 숲의 제물로 바치자! 숲을 거스르는 자들에게!"

"죽음을! 잔인한 죽음을!"

"우오오! 놈들을 갈아 거름으로 쓰자!"

"숲을 위하여!"

잼식이 다급하게 일어났다.

"여, 여러분 큰일입니다. 역겨운 숲쟁이 놈들입니다!"

-워드맨: 억ㅋㅋ 잼식이 곱게 죽긴 글렀네.

-오리지랄: 역겨운 숲쟁이놈들. 진심 개역겹다.

-나의뇌세포: 가슴에 털 봐락ㅋㅋ정글이네.

-별빛창: 저놈들은 말도 안 통함. 나무 심는데 미친놈들임.

-육회도시락: 와, 시발 개무섭다. 저게 사람이냐.

파멸의 데스사이드가 아공간에서 포션을 꺼내 잼식이에게 건넸다. 잼식은 포션을 받고 상처 부위에 발랐다.

"어이, 네놈, 할 수 있겠나?"

"역겨운 숲쟁이 놈들에게 치욕을 당할 수는 없지."

"훗, 나약한 중간계 놈이 말은 잘하는군."

저 상황이 잘 이해가 되지 않았다. 갑자기 잼식과 마계 추종자들이 같은 편이 되었다. 진우는 고개를 갸웃하며 엘론티 전사들의 정보를 바라보았다.

[E+]야성의 힘

'진정한 숲의 전사는 갑옷을 입지 않는다.'

'전략전술은 나약한 놈들이나 쓰는 것이다.'

성좌 숲의 송곳니가 하사한 권능. 노출 부위가 많을수록 피부가 질겨져 내구력이 증가한다. 단순 돌격을 하면 공격 랭크가 상승한다. 적의 피를 몸에 적실수록 상처가 회복된다.

[E+]음침한 숲의 힘

성좌 음침한 어둠이 하사한 권능. 상대 아바타를 땅에 묻어 나무를 심으면 많은 경험치를 얻을 수 있다.

'음……'

팬티만 입고 무차별적으로 상대를 도륙하는 전사들. 아바타를 거름으로 삼는 학살자들이 이곳에 등장했다.

진우의 정신이 멍해졌다가 겨우 돌아왔다. 자신이 무엇을 보고 있는 것인지 이해가 되지 않았다. 엘론티라면 분명 엘프와 오크 쪽인데, 어째서 저렇게 되어버린 걸까?

설마 엘론티에 속한 자들이 저런 모습을 보일 줄은 상상조차 못 했다. 오크야 그렇기는 하지만, 엘프는 어쨌든 요정이었기 때문이다.

'일단 자연에 가까운 모습이긴 한데……'

너무 자연인 같은 게 문제였다. 다른 의미로 굉장히 무서웠다. 진우의 눈에 마계 추종자들과 잼식이 긴장한 게 보였다. 그가 보기에도 엘론티 전사들은 말이 통할 것 같지 않았다. 저들의 눈에는 오로지 광기만이 가득 차 있었다.

"피를 뿌려 숲을 이루자! 저들의 피와 살이 숲의 양분이 될지니!"

"우아아아! 엘론티를 위하여!"

"돌격!"

-안해옹: 미친, 개무섭네ㅋㅋ

-이장님: 어서 도망쳐ㅋ

-댕구르: 와 토나온다. 괜히 역겹다고 하는 게 아니었어……

-체크팩: 저거 다 고인물들임. 사실 팬티만 입고 싶어서 저 지랄난거임. 아, 극혐.

엘론티 전사들이 언덕 위에서 돌격하기 시작했다. 모두 랭크가 상당히 높았고, 육체 능력은 힘에 집중되어 있었다.

듬성듬성 솟아 있는 작은 바위들이 앞을 가로막았지만.

펑펑! 콰앙!

엘론티 전사들은 절대 돌아가지 않았다. 눈앞을 가로막는 모든 걸 분쇄하며 돌격했다. 그것이 바로 숲의 의지였다!

그들의 돌격 속도가 워낙 빨라 도망칠 수도 없었다.

-월급폐인: 어? 남자는양손검님 아님? 왜 저렇게 됨?
-검은신발: 한때는 점잖은 선비였으나 지금은 팬티단의 수장일 뿐…… 숲뽕이 그를 미치게 했다.

엘론티 전사중 가장 유명한 플레이어를 꼽자면 지금 제일 앞에서 돌격하는 전사였다.

양손검을 든 전사. '남자는양손검'이었다. 가장 먼저 뉴월드 : 미궁으로 돈을 벌기 시작한 인물이었고, 많은 공략을 남긴 네임드였다. 지금은 다른 의미로 유명했다.

파멸의 데스사이드의 얼굴이 사색이 되었다. 그녀가 내뿜었던 광기는 엘론티 전사들에 비하면 너무나 평범했다.

-한영타: 파멸 누나, 이제 보니 엄청난 미인이었네.
-트롯트롯: 뇌의 신비임.

기괴한 화장을 했지만 이제는 예뻐 보일 정도였다.

그녀는 빠르게 모든 마력을 모았다.

"흐읍!"

낮에 보랏빛 기운이 폭발할 듯 일렁거렸다. 파멸의 데스사이드는 남자는양손검을 향해 낫을 휘둘렀다. 보랏빛 기운이 뿜어져 나가며 그의 육체에 부딪혔다.

성좌에게서 받은 절망의 초승달이라는 스킬이었다.

콰앙!

폭발음과 함께 정면을 가리는 자욱한 연기가 치솟았다. 마계 추종자들은 그 연기를 바라보았다.

"과연 파멸의 데스사이드…… 저 공격을 정면으로 맞고 살아남은 자는 없지."

"훗, 해치웠나?"

마지막 말이 저주가 되었을까? 남자는양손검이 자욱한 보랏빛 연기를 뚫고 등장했다. 상체에 상처가 나 있기는 하지만 돌격을 멈추게 할 수는 없었다. 전신의 근육이 꿈틀거리며 핏줄이 기괴하게 돌출되었다.

"누구도 숲을 막을 수는 없다! 엘론티를 위하여!"

"미, 미친……!"

초원에 우렁찬 목소리가 울려 퍼졌다. 파멸의 데스사이드가 남자는양손검의 몸에 부딪혔다.

퍼억!

"크헉!"

그대로 몸이 반으로 접히더니 위로 크게 튕겨 나갔다. 마계 추종자들이 마법을 날리거나 무기로 공격을 했지만 그들의 진격을 멈출 수 없었다. 피부에 박힌 날붙이를 웃으며 뽑고는 몸과 얼굴에 피를 발랐다.

"마력만 충분했어도 이런 놈들쯤은……!"

"크흣! 분하다. 보름달만 떴어도……!"

살아남은 마계 추종자들이 도망치려 했지만 소용없었다. 그런 와중에도 끝까지 컨셉을 잃지 않았다.

진우가 감탄할 정도였다. 공중을 가르며 창이 날아오더니 마계 추종자의 허리에 꽂혔다.

"어억!"

마계 추종자의 몸이 앞으로 고꾸라졌다. 엘론티 전사가 성큼성큼 다가와 마계 추종자의 다리를 잡았다. 그리고 질질 끌고 갔다. 마계 추종자는 두 손으로 바닥을 잡고 버티려 했지만 소용없었다. 바닥에 긴 자국이 생겼다. 마계 추종자가 굳어 있는 잼식과 눈이 마주쳤다.

살려달라는 듯 손을 뻗었지만 잼식은 잡을 수 없었다.

"으, 으아!"

잼식은 주춤거리며 물러나다가 뒤로 넘어졌다.

-야성시대: 잼하다 추식아.

-방광약함: 오줌 지리것네.

-겟또: 역겨운 숲쟁이들. 역시 자비가 없음.

-종말론자: 이것이 진정 게임인가. 이진우, 그는 지구인의 광기를 풀어버렸다.

마계 추종자들이 사로잡혔다. 심각한 부상을 입어 움직일 수 없었지만 아직까지 살아 있었다. 진격을 멈춘 엘론티 전사들이 두 손을 치켜들며 승리를 울부짖었다.

"우리가 바로 엘론티다!"

"우오오!"

"자연을 거스르는 자들이여! 똑똑히 보아라!"

저게 진짜 엘론티일까? 진우는 심각하게 고민했다.

-안하이: 잼식아 도망쳐!

-석양맨: 잡히면 너 죽음.

-라인예술: 이미 뒤진 듯.

잼식은 도망치려 했다. 파멸의 데스사이드조차 감당하지 못했던 잼식이었다. 저런 미친 숲쟁이들을 상대할 수 있을 리 없었다. 도망치려 했지만 소용없었다. 엘론티 전사가 순식간에 밧줄을 던져 그의 몸을 옭아매었다.

[황금의 거인(아르엘, 중간계)이 애도를 표합니다. 다음에 다시 만나자고 합니다.]

-석양맨: 성좌도 손절했네.ㅋㅋ

-야성시대: 망함. 근데, 존나 무섭다. 깡패도 저렇지는 않을 듯.

마계 추종자와 잼식이 포박당해 무릎이 꿇려졌다.

엘론티 전사들이 그들의 주위를 둘러쌌다. 몇몇 전사들이 삽을 꺼내 능숙하게 땅을 파기 시작했다. 남자는양손검이 무기를 내리며 경건하게 두 손을 하늘 위로 올렸다.

"숲의 송곳니시여. 제물을 바칩니다. 저 더러운 자들을 땅으로 받아들여 주시고, 숲의 힘을 내려주시옵소서!"

엘론티 전사들이 피를 얼굴과 몸에 발랐다.

그리고 몸에 새겨진 성혼을 따라 그렸다.

[숲의 송곳니(갈록, 엘론티)가 제물에 만족해합니다. 음침한 그림자(델루, 엘론티)가 그들의 전사다운 모습에 흡족해합니다. 황금의 대군주(차원의 지배자)가 한숨을 내쉽니다. 많은 의미가 담겨 있습니다.]

-하지멘: 와, 근데 진짜 몰입 미쳤네. 진짜 다른 게임 같음. 지네들끼리만 다른 게임하고 있어ㅋㅋ

-라면은불어: 야만인 코스프레보소ㅋㅋ. 개역겹네.

-고급시계: 눈 돌아간 거 봐. 무섭다. 일상생활 가능?

남자는양손검이 조용히 품에서 단검을 꺼냈다. 나뭇가지가 날을 붙잡고 있는 모습이었다. 차례대로 처형하고 땅에 묻혔다. 남자는양손검이 덜덜 떨고 있는 잼식을 바라보았다.

덜덜!

잼식은 게임이라는 걸 알고 있었지만 굉장히 무서웠다. 꿈틀거리는 근육과 상처에서 흘러나오는 피, 그리고 온몸에 붉게 새겨진 문양까지. 마계 추종자들이 차라리 귀엽게 보였다.

"저, 저기 마, 말로 하지요? 저, 잼식입니다. 잼식TV의 잼식! 저 아시죠? 저, 저 나름 유명한데."

남자는 양손검이 잼식을 바라보았다.

"나약한 중간계 놈…… 목숨을 구걸하다니, 전사의 수치로군."

"지금 너무 과몰입하신 것 같은데…… 한국인 맞죠? 같은 한국인이잖아요? 네?"

"나는 엘론티의 전사다. 피를 뿌리고 숲을 가꾸지."

잼식은 엘론티 전사들을 바라보았다. 대화가 통하지 않았다. 확실히 재미있어 보이기는 했는데, 당하는 입장에서는 지옥이었다.

[숲의 송곳니가 당황하며 대군주께 인사를 올립니다.]
[음침한 그림자 역시 예를 갖춥니다. 대군주님께 가호를 받은 인간이냐고 묻습니다.]

진우는 화면을 바라보다가 고개를 저었다.

[황금의 대군주님께서는 즐기시는 중입니다. 신경 쓰지 말고 알아서 하라고 하십니다.]

[음침한 그림자가 남자는양손검에게 결정을 맡깁니다. 대군주께서 기뻐하실 만한 일을 하길 바랍니다.]

[숲의 송곳니가 기대를 합니다.]

남자는양손검이 잠시 생각에 빠졌다가 고개를 끄덕였다.

"살려주겠다."

"가, 감사합니다. 잼식TV로 오시면 구독권 선물로 드리겠습니다!"

"음……."

"리액션 보여 드릴까요? 다, 당신은 오늘부터……."

남자는양손검이 엘론티 전사를 바라보자 엘론티 전사가 잼식을 끌고 가더니 구덩이 속에 넣었다.

"억! 왜, 왜 이러세요? 살려주신다고 했잖아요!"

"땅에 묻지 않는다고 말하지는 않았다."

"허억, 그, 그게 무슨……!"

잼식은 황당한 감정을 감출 수 없었다.

멍하니 입을 벌리며 그를 바라보았다.

"야, 이 역겨운 놈들아! 니들이 그러고도 사람이냐! 코스프레도 적당히 해야지!"

"우리는 사람이 아니다."

남자는양손검의 표정은 진지했다.

"숲의 전사다."

"우오오!"

엘론티 전사가 남자는양손검의 말에 소리쳤다.

"에라이……."

잼식은 반항을 포기했다.

-쿠키칩: 역겨운 놈들, 악랄하네 ㅋㅋ

-란토: 생매장이라니…….

-감자맛사탕: 미친놈들이야. 저거 진짜. 역겨운 숲쟁이 놈들. 상종 안 하는 데는 이유가 있음.

진우는 잼식이 산채로 묻히는 걸 바라보았다. 아바타라 고 통은 없겠지만, 그 광경은 굉장히 살벌했다.

잼식은 그래도 프로 방송인이었다.

'잼식? 생매장 당하다?! 대위기!'

어느덧 방제가 바뀌어 있었다. 반응도 상당히 좋았다. 지켜 보는 자들은 재미있어 죽으려고 했다. 하긴, 누가 생매장당하 는 걸 중계한단 말인가.

진우는 고개를 끄덕였다. 조금 도와주는 것도 나쁘지 않을 것 같았다. 주위를 바라보다가 접시 위에 올려진 티스푼을 발 견했다.

[황금의 대군주께서 탈출용 도구를 하사합니다. 자비에 고개 를 조아리십시오.]

티스푼이 잼식의 입에 물려졌다.

-아이슬: 억ㅋㅋ

- 류: 대군주님 센스보솤ㅋ

- 블버블: 정말 너무하자너. 수저도 아니고 티스푼ㅋㅋ

- 무찌: 열심히 하면 살 수 있을 듯ㅋㅋ

엘론티 전사들이 아바타를 묻고 그 위에 씨앗을 심기 시작했다. 그러자 빠른 속도로 새싹이 피어올랐다. 그들이 점령한 던전에는 나무들이 가득했다. 장소와 상관없이 몬스터들도 묻어버리고 나무를 심었기 때문이다.

"읍읍!"

잼식의 위로 흙이 차올랐다. 티스푼을 이리저리 휘둘렀지만 탈출을 할 수 있을 리 없었다. 잼식의 처절한 모습은 바로 화제 동영상에 올랐다. 잼식이 완전히 묻히자 잠시 침묵이 감돌았다.

스윽!

엘론티 전사들은 천을 꺼내 얼굴을 닦았다.

"오늘도 수고하셨습니다."

"다음 장소로 가죠."

"아까 저 괜찮지 않았나요?"

"네, 대사만 조금 더 맞추면 될 듯하네요. 아! 아내가 부르는데…… 저는 이만 가볼게요."

갑자기 정상인이 되었다. 그렇게 담소를 나누고는 다음 장소로 이동했다.

'음……'

진우는 조용히 화면을 껐다.

부작용이라고 봐야 할까? 그래도 성좌가 개입하면서 던전 공략에 가속도가 붙었으니 놔두어도 상관없을 것 같았다.

대군주의 등장은 당연히 굉장한 화제가 되었다. 미궁넷에 성좌 분석 글이 있었는데, 나름대로 작성한 성좌와 하수인의 정보가 있었다. 잼식 방송에 등장한 황금의 대군주는 범접할 수 없는 존재라는 설명이 붙었다.

[황금의 대군주(차원의 지배자)]

차원의 지배자, 성좌의 주인.

오만한 성좌들이 모두 기겁하거나 예의를 갖춰 대하는 걸 보면 뉴월드 : 미궁 세계관의 끝판왕 같은 존재.

플레이어에게 흥미를 느끼고 있는 듯하다. 극진하게 대하면 보상을 내려주는 비교적 신사다운 성격. 차원 금화와 고급 아이템을 아무렇지도 않게 뿌릴 정도로 통이 크다.

평가: 측정 불가.

'무조건 숭배하라!'

[황금의 거인(중간계)]

이 성좌가 관심을 보이면 도망쳐라.

키 3cm 정도 자라고 내구력이 조금 강화되는 권능만 준다. 게다가 권능을 미끼로 차원 금화도 뜯어간다.

잼식이 40만 원 뜯길 정도.

악의가 느껴지지 않아 더욱 위험하다.

평가: 1/5점

'무조건 피해라. 그럴듯한 멘트로 현혹시키니 주의할 것!'

[허물의 제왕(마계)]

단순한 성격이라 대하기 쉽고 대단한 암흑 마법을 얻을 수 있다. '엉터리 암흑 마법'은 엉터리가 아니다.

정신을 완전히 파괴해 버리는 고도의 마법이다. 상대의 모근을 파괴시켜 버리는 저주, 입냄새와 암내를 극심하게 나게 하는 저주, 콧물이 계속 흐르는 저주 등등, 모두 사악함 그 자체이다. 협박용으로도 아주 훌륭하다.

*평가: 4.3/5점

'최고의 저주마법. 이보다 더 강력할 수 없다. 다만, 까다롭게 플레이어를 고르는 스타일이라 상당히 유니크하다.'

여러 성좌들의 정보가 계속 적히고 있었다.

그리고 이번 '잼식 사건'은 미궁넷을 뜨겁게 달구었다. 대머리 사건 이후로 서로 덩치를 불려가며 견제를 하고 있었는데, 잼식 사건을 계기로 폭발했다.

게시판에서 설전이 오갔다.

[제목: 역겨운 숲쟁이 놈들 보아라]

[글쓴이: 발바닥간지러]

우리 마계인의 마음은 검다. 그러나 눈물은 뜨겁다.

역겨운 숲쟁이, 너희는 그런 눈물을 흘린 적이 있는가? 우리의 눈물은 태양조차 식어버릴 차가운 복수의 눈물이다.

전쟁을 선포한다. 자비란 없다.

우리의 마력은 불꽃이 되고 우리의 힘은 혜성이 되어 피의 숲을 짓밟을 것이다.

피는 피로, 살육은 살육으로 갚아주마.

나무는 타고나면 재가 된다. 그러나 마계인의 불꽃은 재조차 남기지 않는다. 진정한 파괴가 무엇인지 똑똑히 보아라.

항복은 하지 마라. 너무 슬퍼질 테니까.

[댓글: 783,450개]

-쿤쿤: 이 오글거리는 느낌! 역시 이게 마계지! 이 맛에 마계합니다!

-검은날개: 마계 만세! 숲쟁이 새끼들 정도가 지나침. 참교육 ㄱㄱ

-지구력인간: 힐링 포션 팝니다. 어디든 배달합니다.

└한피디: ㅅㅂ지구 새끼들이 제일 나쁜놈들임. 사기꾼 같은 놈들. 던전에서 3배나 받아쳐 먹음.

└검은날개: ㅇㅈ. 연기는 겁나게 잘함. 사기꾼놈들. 숲쟁이 다음에
는 너희들이다.

-혜화역입구: 비둘기놈들은 그냥 중간에서 꿀만 빠네.

└힐러할래: 천계 약캐요.

마계에서 먼저 선전포고를 했다. 마계 추종자, 마계인으로
불리는 모든 플레이어들이 하나둘씩 동조하더니 점차 거대해
졌다. 말릴 수 없는 지경까지 이르렀다.

가만히 할 일을 하던 엘론티도 답장을 보냈다.

[제목: 더러운 까마귀 놈들.]

[글쓴이: 남자는양손검]

까마귀가 날뛰어봤자 새에 불과할 뿐.

어차피 대지에 뿌려질 거름에 불과하다.

오거라. 숲은 언제나 그 자리에 있다.

[댓글: 644,332개]

-근육조아: 엘론티를 위하여!

-넌내거름: 피의 전쟁이다!

-평화주의자: 와, 진짜 전쟁하나? 벌써 마계는 벌써 10만 명 모였다
는데. 꿀잼각임.

엘론티에서도 동조하는 이들이 많아졌다. 상황이 그렇다 보

니 중간에서 눈치를 보고 있던 다른 소속의 플레이어들도 이익을 위해 붙기 시작했다. 지금까지 뉴월드 : 미궁 측에서 이벤트를 준비했다면 이번에는 달랐다. 플레이어들이 만든 전쟁이었다.

중간계에서 잠시 일을 처리하고 온 진우는 휴식에 들어갈 타이밍을 노리고 있었다. 트레이닝복을 입고 방에 들어가기만 하면 일이 생기니 방을 봉인했다. 유나에게 세계가 멸망할 정도의 사태가 아니면 방해를 하지 말라고 전하기까지 했다.

"좋군."

오랜만에 한가한 날이었다. 진우는 소파에 누워서 TV를 켰다. 멍한 표정으로 TV를 바라보았다.

"뉴스 하네."

마침 뉴스가 하고 있었다. 채널을 돌리려던 순간이었다.

[요즘 뉴월드 : 미궁 이야기로 뜨겁습니다. 게임을 넘어선, 세계를 이끌 문화로 평가받는 자랑스러운 국산 게임입니다. 그런데, 온라인, 그리고 오프라인에서의 분위기가 심상치 않다고 합니다. 김장운 기자가 보도해 드립니다.]

누워 있던 진우가 아나운서의 멘트에 몸을 일으켰다.

뉴월드 : 미궁을 언급해서였다.

[한가한 날의 오후, 서울에 있는 모 중학교의 분위기가 사뭇 진지합니다. 모두 스마트폰을 보며 무언가에 집중하고 있습니다.]

기자의 약간은 딱딱한 목소리가 들렸다. 화면은 중학교를 비췄는데, 점심시간임을 알려주기 위해 시계를 비추었고, 가만히 앉아서 스마트폰을 보고 있는 학생들을 비추었다.

[무엇을 보고 있나요?]
[방송이요. 지금 전쟁이 터지려고 해서요.]
[전쟁이요? 참여하시나요?]
[19세 이용가라 못해요. 응원이라도 하려고요.]

학생의 목소리가 나왔다.

[바로 뉴월드 : 미궁에서 화제인 대규모 전쟁 때문입니다. 이 학교에서는 아예 토론 수업까지 진행할 정도로 분위기가 뜨겁습니다.]

토론 현장이 나왔다. 전쟁에 대해서 심각하게 토론을 하고 있었고, 정의가 누구에게 있는지, 명분이 무엇인지까지 이야기를 했다. 그냥 이야기만 들어보면 나름대로 교훈이 있기는 한 것 같은데, 뉴월드 : 미궁이라는 것이 문제였다.

나이가 지긋한 교사의 모습이 나왔다.

[교육적으로 아주 좋구요. 문명과 문명이 충돌하는 과정, 전쟁은 아주 사소한 것에서부터 출발한다는 교훈을…….]

화면이 바뀌었다. 공항이었다.

[외국인 관광객들도 언제 터질지 모르는 전쟁을 생생한 홀로그램 라이브로 즐기기 위해 입국하고 있습니다. 관광객 숫자는 매월 최고 기록을 경신하고 있다고 합니다.]

뉴월드 : 미궁라고 적힌 티셔츠를 입고 있는 단체 관광객이 보였다. 굉장히 많은 숫자였다. 화면이 바뀌며 서울의 거리를 비추었다. 뉴월드 : 미궁 복장을 한 사람들이 플래카드를 들고 종이를 나눠주고 있었다.

[온라인상에 감도는 전운은 오프라인에까지 영향을 미치고 있습니다. 서로 신경전을 벌이기도 합니다.]
[더러운 까마귀 놈들…….]
[역겨운 숲쟁이가…….]

진우는 저 대목에서 얼굴을 감싸 쥐었다.

[최소 수십만이 충돌할 것이라 예상되는 이번 제1차 숲마전
쟁은 국내외 많은 이들의 관심을 끌면서 하나의 축제가 되어
가고 있습니다. 서울시에서는 전쟁 당일 광화문 광장에 홀로
그램 TV를 대여하여 시민들께 즐거운 관람을 제공할 방침이라
고 합니다. SBC 뉴스 김장운입니다.]

잘못 들은 건 아닌 것 같았다. 진우는 멍하니 TV를 바라볼
수밖에 없었다.

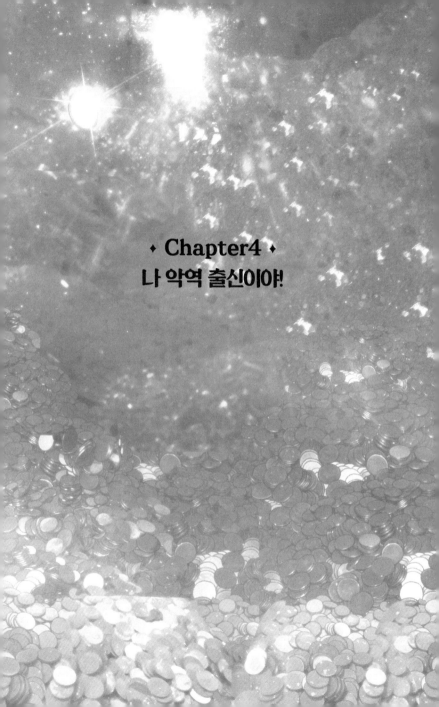

✦ **Chapter4** ✦
나 악역 출신이야!

진우는 잠시 중간계에 갔다 온 사이에 '잼식 사건'이 이렇게 굴러갈 줄은 예상하지 못했다. 처음에는 그저 컨셉을 잡고 재미로 치고받고 하는 걸로 보였기 때문이다. 커진다고 해도 길드전 같은 소규모 전투 양상을 보일 것이라 생각했다. 그러나 진우는 지구인의 몰입을 너무 만만하게 보았다.

일상을 벗어나고 싶은 욕구! 색다른, 새로운 삶을 살고 싶은 마음!

그것들이 하나로 합쳐지니 엄청난 과몰입이 탄생하였다.

마계 추종자가 엘론티 전사의 머리카락을 없앤 사건, 그 이후 잼식 사건을 시작으로 점차 스노우볼이 굴러가더니 눈덩이, 아니, 눈사태가 되어버렸다. 참가 인원만 수십만에 달할 정도였다. 지금도 규모가 불어나고 있다고 한다.

'그 정도 규모의 전쟁이 벌어진다면……'

미궁 공략에도 차질이 생길지 몰랐다. 미궁은 현재 안정기이기는 하지만, 공략이 늦어지면 무슨 일이 생길 수도 있었다. 미궁이 스스로 컨트롤하는 방법을 찾을 때까지는 지속적으로 던전을 청소해 줘야 했다.

똑똑!

유나가 노크를 하고 들어왔다. 지금은 휴가 기간이었다. 그녀가 진우을 찾아왔다는 말은 이번 사태가 걱정할 정도라는 의미였다.

진우는 작게 한숨을 내쉬었다. 유나에게는 그런 진우의 모습이 무척이나 익숙했다. 일상과 다름없었다.

"이미 보셨군요. 그렇게 되었습니다."

"음, 상황은 어떻지?"

"예측 결과 제1차 숲마대전, 혹은 임마대전이라 불리는 이번 전쟁은 허용 범위 안입니다. 미궁 클리어에 영향이 있기는 하지만, 크게 우려할 정도는 아닙니다."

"그건 다행이네."

"하지만……."

유나는 진우를 바라보았다.

"전쟁은 한 번만 일어나지 않지요. 잼식 사건이 이 정도까지 왔습니다. 2차, 3차는 더 큰 규모가 될지도 모릅니다. 그렇게 된다면 큰 문제가 될 것 같습니다. 제동이 필요합니다."

"그렇군. 성좌들은?"

"반성하고 있습니다. 소집할까요?"

진우에게 속한 초월적인 존재들의 명칭은 앞으로도 성좌로 부르기로 했다. 고개를 저었다. 그들을 탓할 생각은 전혀 없었다. 경쟁을 부추기기는 했지만 설마 이 정도까지 올 줄은 몰랐다고 한다. 말리기도 애매한 상황이었다.

'그렇다고 가만히 놔둘 수도 없고.'

무작정 전쟁을 하지 말라고 통제를 하기도 그러했다. 뉴월드 : 미궁의 방향성을 해치는 일이었다. 게다가 이미 취소할 수 없는 이벤트가 되어 있었다. 공중파 뉴스에까지 나올 정도였으니 말이다. 한국뿐만 아니라 해외 뉴스 채널, 심지어 저명한 학자들까지 집중하고 있었다. 연구 가치가 있는 모양이었다.

'음……'

진우는 고민에 빠졌다. 뭔가 자연스러운 방법이 없을까?

유나가 그런 진우를 바라보다가 입을 뗐다.

"이희진 회장님은 엘론티이고, 검선은 마계 쪽이라고 하더군요."

"그래?"

"네, 이희진 회장님 쪽은 엘라가 각별히 신경을 써준 것 같습니다."

엘라는 할아버지에게 아낌없는 지원을 해주었다. 검선은 그걸 보다가 지나가던 성좌의 시선을 알아차리고 바로 협박해서 권능을 받았다고 한다. 진우가 피식 웃으며 고개를 설레 젓자 유나 역시 살짝 웃었다.

"전문가의 도움을 받는 것이 어떻습니까?"

"전문가?"

"네, 유명한 게임 개발자들이 모두 도련님의 밑에 있습니다. 그들의 의견이라면 도움이 될 것 같습니다."

진우는 거대 게임 회사들을 모조리 인수했다. 공식적으로는 뉴월드 : 미궁 개발진에 포함된 상태였는데, 세연이 개발키트를 전해준 이후 열심히 아이디어를 내고 개발을 하고 있었다. 현재 세연이 그들이 개발한 것들을 검토하고 미궁에 적용시키는 단계까지 와 있었다. 여러 메이저 게임 회사들이 하나로 통합되어 관할 지역으로 이전했다고 한다.

핵심 개발자들만 온 상황이고 다른 직원들은 아직 해외에 있지만 전부 이전해 올 계획이었다. 관할 지역에 있는 편이 훨씬 자유로웠다. 국가의 힘이 미치지 않는 곳이라는 설정이었으니까.

"그게 좋겠군. 준비해."

"네, 알겠습니다. 바로 가실 겁니까?"

"그래야지."

아무래도 쉴 팔자가 아닌 것 같았다.

'그래, 쉬면 뭐하나. 일해야지.'

포기하니 쉬웠다. 조금 슬프기는 했지만.

진우는 관할 지역으로 향했다. 관할 지역도 전쟁에 대한 소식으로 뜨거운 분위기였다. 문화센터 부근에 대규모 게임방이 차려졌는데, 게임 마니아들에게는 이미 성지로 통하고 있었다. 컴퓨터나 모니터 없이도 그저 접속기 하나만 있으면 장사를 할 수 있다 보니, 전국에 이미 여러 가맹점이 들어서 있었고 해외에도 마찬가지였다. PC방은 구시대의 유물이 되어가고 있었다. 그래도 완전히 사라진 건 아니었다.

주 고객층은 청소년이었다. 기존 게임사들은 청소년 위주의 게임을 만들며 활로를 찾았다. 뉴월드 : 미궁이 성인용 게임이었기 때문이다.

G&P 뉴월드 게임사. 공식적으로 뉴월드 : 미궁을 개발 운영하는 게임 회사였다. 다들 이곳에서 뉴월드 : 미궁이 운영되고 있다고 믿었지만 알다시피 그럴싸한 껍데기만 있을 뿐이었다. 현재 세계 최대 규모의 게임 회사였지만 말이다.

뉴월드 게임의 본사는 새롭게 지은 빌딩에 있었다. 입구로 가니 게임에 나왔던 여러 아이템들이 진열되어 있었다. 모형이 아니라 실제 제품들이었다. 그리고 파트너쉽을 맺은 방송인의 사진들도 있었다. 김군주의 모습도 찾을 수 있었다. 사진들 가운데에 있었는데, 그 크기가 가장 컸다.

직원들이 마중 나와 있었다. 여러 개발자들이 초조한 기색으로 진우를 기다리고 있었고, G&P 부사장의 모습도 보였다. 진우는 개발자들과 인사를 나눴다. 모두 잔뜩 긴장한 모습이었다. 그들의 앞에 서 있는 자가 이진우이니 당연했다.

G&P에서 직접 관리해서 체계가 잘 잡힌 편이었다. 진우는 먼저 회사를 둘러보기로 했다. 일부러 G&P 쪽이 아닌, 얼마 전에 새롭게 합류한 개발자들과 함께했다.

게임 팬이라면 이름을 들면 알 만한 이들이었다. 자존심이 대단해 다른 사람 밑으로 들어갈 바에는 차라리 은퇴를 할 법했지만, 그들에게 뉴월드 : 미궁은 너무나 충격적이었다. 자진해서 찾아올 정도였다.

"음, 일하시는데 부족한 것은 없습니까?"

"어, 없습니다! 오히려 너무 잘 해주셔서 문제입니다. 아직도 배우는 단계인데……."

개발자 중 한 명인 스티브가 그렇게 말했다. G&P는 그의 직원들도 모조리 데려왔다. 굉장한 수준의 복지까지 제공했다. 그뿐만 아니라 가족들까지 케어해 줬으니 회사에 대한 충성도가 높아질 수밖에 없었다. 분위기가 풀어지기 시작하자 개발자들도 말을 많이 하기 시작했다.

"AH 엔진은 그야말로 혁명입니다!"

"맞습니다! 상상했던 모든 것들이 가능합니다! 어떻게 지금 이 시대에 이런 수준의 기술이……. 저, 저는 타임머신을 타고 미래로 온 줄 알았습니다!"

찬양이 이어졌다. 진심이 담긴 찬양이었다.

'AH엔진'은 아로롱과 하루링의 이니셜을 딴 이름이었다. 정보를 입력하면 아로롱과 하루링을 통해 구현이 되었다. 개발키트와 연동되어 실시간으로 구현이 가능했다.

그 정보들을 루나와 세연이 참고하여 미궁에 적용시키고 있는 것이다. 따지고 들어가면 더욱 복잡한 과정이 있었지만, 간단히 설명하면 이러했다.

가장 인상적인 건 아트팀이었다. 뉴월드 : 미궁의 분위기와 어울리는 다양한 몬스터들의 원화를 볼 수 있었다. 황금의 군주가 반응을 할 정도였다.

'생각했던 것보다 잘하고 있네.'

회사를 다 둘러본 진우는 회의실로 들어갔다.

각 분야의 개발자들이 모두 자리했다. 진우는 모두의 아이디어를 들어보기로 했다. 핵심은 전쟁에 대한 내용이었다.

"뉴월드는 메인 시나리오라고 할 것들이 없습니다. 던전마다 끝내주는 연출이 있기는 하지만, 일회성 이벤트에 그치고 있습니다. 악몽의 땅, 힐링랜드를 보면 잘 융화되지 않는 느낌이 들지요. 물론, 지금 이대로도 충분히 괜찮지만 메인 시나리오라는 커다란 줄기를 만들어 중심을 잡으며 개발을 하는 것이 더 좋을 것 같습니다."

많은 대작을 기획하고 개발한 제프가 의견을 냈다.

"가상현실이니만큼 완전한 몰입이 가능하니, 더욱 강력한 동기를 부여해 줄 것입니다. 플레이어들의 마음을 건드릴 만한 약간의 비극을 섞는 것도 괜찮겠지요."

"전쟁을 이용하는 방법은 어떨까요? 공공의 적을 데뷔시키는 방법도……."

"도저히 막을 수 없는 적을 미리 맛보기로 보여준다면?"

"저희 팀이 만들어놓은 보스 디자인이 있기는 합니다. 그리고……."

"이런 건 어떻습니까? 전쟁이 벌어지면……."

회의의 열기는 뜨거웠다. 진우는 여러 의견과 아이디어를 들으며 고개를 끄덕였다. 지금까지는 방향성 없이 그저 던전을 정복하라는 것이 다였다.

아바타 생성 때 천족들이 미궁을 클리어하지 않으면 세계가 멸망한다고 말해주는 정도였다. 가짜 회귀자들의 이야기는 던전에 반영되었을 뿐, 아직까지 제대로 녹여내지 못했다. 성좌를 통해 경쟁을 유도했지만 그것도 던전 공략보다는 다른 쪽으로 관심이 기울었다. 플레이어들에게 영향을 줄 만한 메인 시나리오가 필요했다. 퀘스트로는 한계가 있었다.

'괜찮겠는데?'

뉴월드 : 미궁의 플레이어들은 누구보다 몰입을 잘했다. 가공할 만한 공공의 적이 등장하고, 던전을 클리어하지 않았을 때 닥치는 비극을 보여준다면 어떨까?

"좋습니다. 지금 나온 의견 모두 정리해서 보내주세요."

개발자들의 얼굴이 밝아졌다. 그들은 드디어 본격적으로 뉴월드 : 미궁 개발에 합류하게 되었다.

전쟁은 -E랭크 오픈 필드에서 있을 예정이라고 한다.

F층계와 E층계의 사이에 있는 광활한 오픈 필드였다. 층계의 주인은 이미 잡혀서 한 달 동안은 젠이 되지 않았다. 층계의 주인이 부활하기 전에 전쟁이 발발할 확률이 매우 높았다. 이미 엘론티와 마계의 세력이 진출해서 자리를 잡고 있는 상황

이었다. 연일 신경전을 벌이고 있었다.

개발자들이 정리한 자료가 중앙 통제실에 도착하자, 진우는 바로 중앙 통제실로 왔다.

"군주 님, 오셨군요."

"대표님! 안녕하세요?"

루나와 세연이 자료를 살펴보고 있었다. 성좌들에게는 미리 언질을 줘서 불안한 분위기를 조성했다. 대놓고 말리지 않았지만, 전쟁이 일어나면 무슨 일이 발생할지도 모른다는 복선을 깔아놓은 것이다. 마을 NPC들에게도 은근슬쩍 그런 분위기를 만들라고 말해두었다. 통찰력이 있는 플레이어들은 이미 그런 분위기를 파악해 미궁넷에 글을 올린 상태였다.

[제목: 이번 전쟁, 뭔가 불안하다.]

[글쓴이: 평화로운비둘기]

요즘은 성좌들도 조용함. 무언가 눈치를 보는 것 같음.

마을 사람들도 걱정하더라. 최하층 던전을 다 같이 클리어한 게 어제 같은데, 우리끼리 막 싸워도 되는 거임?

뭔가 일어날 것 같아. 불안하다.

이번 전쟁, 다시 한번 생각해 볼 수 없을까?

[댓글 1,321개]

-콩콩이나물: 뭔 개소리야. 멍청한 비둘기 뇨속.

-벽지사장: ㅋㅋ음물론 돈네.

-면도날: 아이템 팔면서 꿀빨고 있는데 이런 개소리 좀 하지 마라.

당연히 큰 호응을 얻지 못했다. 무시하는 분위기였다.

"어때?"

"좋은 생각인 것 같아요. 뭔가 부족하다고 생각했었는데 이것이었군요! 메인 시나리오! 세계를 악으로 물들일 포스 넘치는 악역!"

루나는 잔뜩 흥분하며 진우를 바라보았다. 세연도 마찬가지였다.

"디자인도 굉장히 멋있어요. 미궁의 분위기에도 어울리면서 개성이 넘쳐요! 두 진영 간에 전쟁! 그리고 그것으로 인해 잠에서 깬 거대한 악! 벌써부터 흥분되네요!"

둘의 반응은 생각보다 훨씬 좋았다. 세연은 개발자들이 모델링한 몬스터를 화면에 띄웠다. AH엔진을 통해 바로 구현이 가능했다. 다만, 높은 랭크의 몬스터 경우에는 구현하는데 막대한 차원 금화와 재료가 있어야 했다.

"이거 어때요?"

"저도 그게 좋을 것 같아요."

루나와 세연이 가장 마음에 드는 디자인을 뽑았다. 진우가 보기에도 상당히 멋지긴 했다.

검은 전신 갑옷을 입고 있는 기사였다. 갑옷의 표면에는 마그마가 흐르는 듯한 느낌이 있었고, 투구에는 거대한 뿔이 달려 있었다. 갑옷 뒤에 망토는 불로 이루어져 있었고, 아름다운

곡선을 지닌 검을 들고 있었다. 전신 갑옷이지만 둔하다는 느낌은 들지 않았다. 날카롭고 세련되게 잘 디자인이 되어 있었다. 악마를 형상화한 것 같았다. 사악한 모습이었지만 상당히 멋졌고, 최종보스 같은 포스를 느낄 수 있었다.

"좋은데? 음, 그리고 이 거대 몬스터도 괜찮네."

몬스터는 아로롱과 하루링에게 맡기고, 갑옷은 데구르론에게 제작을 의뢰하는 것이 좋을 것 같았다. AH엔진이라 할지라도 높은 랭크의 아이템을 구현하는 데에는 한계가 있었다. 루나가 진우를 반짝이는 눈으로 바라보았다. 세연도 마찬가지였다.

"군주 님이 직접 악역 역할을 해주시면 좋을 것 같아요. 이 연출에 어울리는 존재는 군주 님뿐이에요!"

"시나리오상 굉장히 중요한데, 첫 등장이니만큼 부디 대표님께서 해주시면…… 제 컬렉션도 늘어날……."

진우는 고민하지 않고 고개를 끄덕였다. 휴가를 망친 이들을 합법적으로 박살 낼 수 있는 기회였기 때문이다.

'악역은 내 전문이지.'

진우는 이 세상 누구보다 악역에 어울리는 존재였다. 이참에 스트레스를 푸는 것도 나쁘지 않을 것 같았다. 아주 사악하게.

시간이 흘러 전쟁이 다가왔다. 뉴월드 : 미궁만 다루는 채널 NMC에서는 각 진영의 분위기를 전했다. 심지어 초대석까지 마련해서 양측 대표자들의 신경전을 그대로 방송했다. 룬달프와 광마도 대표자 자격으로 참여했다.

같은 파티에서 활동을 하다가 완전히 적으로 돌아선 둘의 모습은 많은 이야기를 만들어냈다. NMC에서 생방송으로 현장을 중계하고 있었다. 홀로그램TV 중계까지 지원해 상당히 높은 시청률을 자랑하고 있었다. 잠시 중계 화면이 끊기고 MC를 비추었다.

[이제 곧 전쟁이 벌어질 것 같습니다. 현장 상황을 보셨지요? 거두절미하고 두 분께 묻겠습니다. 어느 진영이 이길 것 같습니까?]

MC가 자칭 뉴월드 : 미궁 전문가라는 이들에게 물었다.

[숫자는 마계 쪽이 더 많습니다만, 장비의 질은 엘론티가 훨씬 좋습니다. 물자 수급도 원활하구요. 아주 팽팽할 것으로 예상됩니다.]
[저는 조금 다른 의견인데요. 엘론티 쪽에 지구 진영이 붙지 않았습니까? 그러니…….]

진우는 리모컨으로 TV를 껐다.

"슬슬 준비해야겠군."

진우는 포탈을 열어 중앙 통제실로 갔다. 중앙 통제실 옆에 마련된 넓은 공간에서 마을의 NPC들이 모여 있었다. 모두 진지하게 허영에게 연기 지도를 받는 중이었다.

"사, 살려…… 커헉, 끄으…… 살려, 주세……."

"조금 감정이 지나쳐. 약간 허망한 느낌을 담아야 해."

"알겠습니다. 조금 어렵네요."

"아니야, 너 소질 있어."

"정말요?"

엘프인 상점 주인이 입가에 흐르는 가짜 피를 닦고 다시 연기에 열중했다. 플레이어들에게 인기가 상당히 많은 NPC였다. 그리고 천족이 아바타를 통해 NPC의 모습을 복제하여 시체도 만들었다. 진우는 시체를 보며 감탄했다. 상처뿐만 아니라 표정도 너무나 생생했다.

'굉장히 리얼하군.'

천족들은 지금까지 수많은 아바타를 생성했다.

이미 장인 레벨에 도달해 있었다.

"대군주님!"

데구르론이 진우에게 다가왔다.

"완성했나?"

"네! 완벽하게 완성했습니다!"

진우는 데구르론을 따라 장비가 보관되어 있는 곳으로 향했다. 굉장히 값비싼 재료와 막대한 차원 금화가 들어간 장비였다. 데구르론과 드워프들이 고생한 결과 아슬아슬하게 기간을 맞출 수 있었다. 진우는 장비를 바라보았다.

[A]혼돈의 화신 세트
'그는 절망의 불꽃이자 파멸의 화신이다.'
'그가 바로 혼돈이다.'
태초부터 존재했다는 혼돈의 화신이 입었던 갑옷.
혼돈을 부르는 힘을 지녔다고 알려져 있다. 그가 깨어난다면 세상은 다시 한번 불꽃과 파멸이 낳은 혼돈에 휩싸일 것이다.
-메인 시나리오.

갑옷으로써의 기능도 상당히 괜찮았다. 진우는 갑옷을 착용해 보았다. 갑옷을 착용하니 3m에 가까운 키가 되어 있었다. 하지만 움직이는 데 전혀 불편하지 않았다. 마력을 통해 갑옷과 연결이 되었기 때문이다.

몸을 움직여본 진우는 만족했다. 진우가 마력을 일으키자 갑옷 표면에 불꽃이 일렁였다. 불로 이루어진 거대한 망토가 뿜어져 나왔다.

[괜찮군. 수고했어.]

철컥!

진우는 바로 전운에 감싸여 있는 오픈 필드로 이동했다. 높은 절벽 위에서 아래를 바라보았다. 극명하게 대비되는 두 진영이 보였다. 아주 바글바글했다.

'스케일이 엄청난데?'

어느 게임에서도 담아내지 못한 스케일이었다. 사람들이 괜히 열광하는 것이 아니었다.

'그렇다면 나도 제대로 해야겠군.'

진우의 입가에 미소가 걸렸다.

휘이이!

황금의 군주가 갑옷에 깃들었다. 악역에 너무나 잘 어울리는 악의 화신 역시 고개를 들었다. 일곱 군주를 지배한 대군주의 위엄이 무겁게 자리 잡았다. '메인 시나리오 챕터1 깨어나는 혼돈'을 장식할 완벽한 악역이 강림하는 순간이었다.

F랭크와 E랭크 사이에 있는 오픈 필드. 플레이어들은 그곳을 '절망의 황무지'라 불렀다. 이름은 아무나 붙일 수 있는 게 아니었다. 던전을 클리어한 원정대나 파티의 특권이었다. 절망의 황무지라는 이름답게 그곳에서 많은 전투가 있었고, 결국 전쟁의 장소로 정해졌다.

전쟁을 예고한 시간이 다가오자 긴장이 고조되었다. 비단, 절망의 황무지뿐만이 아니었다. 문화센터에 있는 음식점들은 발 디딜 틈이 없었다. 그중에서도 가장 선풍적인 인기를 끌고 있는 음식점은 바로 뉴월드 푸드 1호점이었다. 뉴월드 : 미궁에서 파는 거친 음식들을 주로 팔았다. JW 게이트 재료를 썼기에 맛이 없을 리 없었다.

"여기 엘론티 통구이꼬치 하나요."

"아! 드워프 생맥주도……."

엘론티 치맥도 굉장히 유명했지만 가장 인기 있는 메뉴는 엘론티 통구이꼬치였다. 만화에서 볼법한 거대한 고기가 통째로 나왔다. 짭쪼름한 소스와 드워프 맥주의 거칠고 깊은 맛이 아주 잘 어울렸다.

모두 흥미진진한 표정으로 상황을 지켜보고 있었다. 각 진영에는 방송사에서 파견한 종군기자들이 있었다. 기자 완장을 달고 있었는데, 현장 상황을 생생하게 중계하고 있었다. 가장 시청률이 높은 채널은 역시 NMC였다. 며칠 전부터 현장을 중계해서 시청자들에게 가장 익숙했다.

NMC에서는 온라인 중계까지 하고 있었다.

"네! 현장에 나와 있는 리나입니다. 모두가 활발하게 움직이며 전쟁을 대비하고 있습니다! 언덕 위에는 구경하러 온 많은 플레이어가 자리를 잡고 있습니다! 전장이 가장 잘 보이는 명당은 차원 금화 5G에 거래가 되고 있다고 합니다!"

-면도날: 리나짜응, 예쁘다.
-무덤지기: 아바타 실제 모습이랑 똑같다는데?
-하응하응: 복장 귀엽네.

리나가 발랄한 표정으로 현장 상황을 전했다. 황무지 언덕 위에는 많은 플레이어들이 자리를 깔고 구경을 하고 있었다.

전쟁에 참여하지 않는 이들이었다. 그리고 활발하게 양측 진영을 오가며 장사를 하는 이들도 있었다.

"힐링 포션 팝니다. 힐링 포션 대량으로 팝니다!"

"안녕하세요? 수레에 있는 거 다 포션이에요?"

"네, 생각보다 잘 팔리네요. 존버는 배신하지 않는다! 포션 코인 떡상입니다! 여러분!"

"아, 아하하! 네! 인터뷰 감사합니다. 다, 다음 현장으로 가보 겠습니다."

-고갱님: 저놈들 때문에 포션값 폭등함.

-흑우얌: 물량도 없어.

-아오저걸그냥: 포션 없어서 자체 수급하는데 개빡셈. 개놈들 다 망 해라.

전 재산을 털어서 포션에 투자했다고 한다. 포션값이 굉장 히 치솟고 있는데, 전쟁 특수를 누리기 위해 포션을 대량 구입 하는 사람들이 많아서였다. 덕분에 재고가 부족했다.

오래전부터 포션을 사놓고 가격이 떡상하기를 기다린 이들 이 지금 포션을 풀고 있었다. 대출을 받아 포션을 산 이들도 있었는데, 한몫을 단단히 잡겠다는 의지를 엿볼 수 있었다. 마 을에서 재료를 공수해 음식 장사를 하는 이들도 있었다. 상인 들은 대부분이 지구나 중간계 소속이었다.

엘론티 쪽에서 뿔피리 소리와 함께 북소리가 울려 퍼졌다.

"오 오!"

"시작인가!"

"다 죽여라!"

구경을 하러 온 플레이어들이 잔뜩 흥분하며 전장을 바라보았다.

"네! 드디어 전쟁이 시작되었습니다! 모두 흥분을 하며 전장을 지켜보고 있습니다. 저 또한 굉장히 흥분됩니다. 이러한 광경을 어디서! 가장 생생하게! 볼 수 있을까요? 네! 뉴월드 : 미궁 전문 채널! NMC입니다!"

리나는 몽환과 회귀의 악마로부터 하늘을 날 수 있는 권능을 얻었다. 높은 고도로 날 수는 없었고, 무기 같은 공격용 아이템을 착용할 수 없었다. 던전에서는 거의 쓸 일이 없었지만 중계용으로는 최고였다. NMC 채널의 흥행 요인이기도 했다. 공중에서 탁 트인 광경을 홀로그램TV로 바라보고 있으면 전율이 절로 흘렀다.

-굿뜨: 와, 지리겠네.

-김선생님: 현장에서 못 본 게 한이네.

-스테이끄: 아오, 옆 회사는 휴업했는데, 우리 회사는 그런 거 없음ㅋㅋ그나마 부장님이 뉴월드해서 다행이다ㅋㅋ

-검마지존: 오, 이렇게 보니까 엘론티도 꽤 괜찮은 듯? 제대로 판타지 느낌이네.

수십만의 대군이 서로를 향해 진격하는 모습은 경이로웠다. 엘론티의 정예 전사들은 여전히 노출이 심하기는 했지만 다른 이들은 나름대로 잘 갖춰 입고 있었다. 대부분 엘프제 방어구를 입고 있어서, 몸에 달라붙는 느낌의 갑옷이 많았다.

대열도 그럭저럭 갖추고 있었다. 거대한 방패를 든 전사들이 앞에 있었고, 창이 뒤에, 그리고 후미에는 궁수와 정령사들이 배치되어 있었다. 가장 큰 특징이라면 거대한 몬스터를 테이밍해서 중간중간에 배치했다는 점이었다. 투석기 또한 있었다.

-론타: 저거 코뿔소 아님? 어떻게 길들였지?

-라면집총각: 룬달프님이 차원 금화 쑤셔넣었음. 아마 똥도 황금똥 쌀거임ㅋㅋ

-토로롱: 룬달프 클라스 어디 안가네 ㅋㅋ, 돈으로 테이밍을 하다니. 나도 테이밍해줬으면ㅋㅋ

-오직엘론티만: 오, 마계도 간지나는데?

마계도 특색이 진하게 묻어 나왔다. 저마다 최대한 멋지게 치장하고 있다 보니 엘론티처럼 맞춰 입은 느낌은 없었지만, 자유분방한 멋이 느껴졌다. 대열을 갖추지 않고 퍼져서 진격하는 모습은 일렁이는 파도를 보는 것 같았다.

"먼지구름이 치솟고 있습니다! 정말 압도적인 광경입니다!

조금 더 가까이 가서 중계해 드리겠습니다!"

전략 전술은 없었다. 힘과 힘이 맞붙는 정면대결이었다. 서로를 향해 천천히 진격하다가 어느 정도 가까이 오자 가장 선두에 있던 이들이 거대한 함성을 내질렀다.

"저들을 거름으로 써서 황무지를 숲으로 만들자!"

"우오오오!"

"마계인의 차가운 눈물을 느끼게 해주자! 그것이 세계가 허락한 유일한 마약이니까!"

"후오오!"

"끼얏호우!"

양측 진형이 서로를 향해 달려들었다. 정돈된 전투는 아니었다. 서로가 엉키기 시작하며 어마어마한 난전이 펼쳐졌다.

하늘을 가르며 마법이 사방으로 떨어졌고, 화살 다발들이 대지에 그림자를 만들기도 했다. 화려한 스킬들이 터져 나가며 보는 이들의 눈을 즐겁게 했다. 룬달프와 광마는 단연 눈에 띄었다. 룬달프가 빛나는 스태프를 휘두르지 땅에서 거대한 나무줄기가 치솟았다.

"크억!"

"황금의 룬달프!"

거대한 줄기와 부딪힌 마계인들은 공처럼 치솟다가 사방으로 떨어져 내렸다. 그 광경은 굉장히 시원했다. 통쾌한 기분이 절로 들었다. 광마가 잿빛 궤적을 만들며 빠른 속도로 이동했다. 광마의 주먹이 엘론티 전사가 든 방패를 후려갈기자 방패가 박살 나며 엘론티 전사의 몸이 터져 나갔다.

옆에서 덤벼드는 엘론티 병사의 목을 한 손으로 잡고.

우둑!

그대로 꺾어버렸다.

"크흐, 크하하하! 피, 피가 부족해! 네놈들의 피는 무슨 색이냐!"

"미, 미친 광마다!"

"마계의 미친개……!"

-야성의겨털: 더러운 마계놈들, 광견을 풀다니…….

-방송인빙구: 와, 행님들 미쳐날뛰네.

-요정미정: ㅋㅋ개멋있다.

-란토: 광마VS검선 승자는?

-귀염검객희연: 둘 다 별로…….

-검문최가한태진: 광마 같은 미친놈을 검선님께 비비지 마라. 광마 저새끼는 걍 미친놈임.

룬달프, 광마뿐만 아니라 뛰어난 활약을 보이는 스타 플레이어들이 탄생하고 있었다. 수십만에 달하는 대군들 사이를 누비며 시원하게 활약하는 모습은 많은 시청자를 열광하게 만들었다. 리나는 그런 인물들을 집중 조명하며 전장의 구석구석을 화면에 담기 위해 노력했다.

잼식도 보였다. 나무줄기에 얻어맞아 저 멀리 날아가고 있었다.

"엄청난 전투입니다! 마치 한 편의 영화를 보는 것 같습니다! 어?"

공중에서 지켜보고 있던 리나는 대지에 그려진 붉은 선들을 볼 수 있었다. 플레이어들이 흘린 피가 바닥을 적신 것이 아닌가 하고 생각해 봤지만, 그건 아닌 것 같았다.

-롤로롱: 바닥에 뭔가 그려졌는데?

-동전좀요: 피 아님?

-내일군대감: 아까부터 조금씩 생기더라. 신기하네.

그때였다. 절망의 황무지는 항상 해가 지지 않았고 구름 한 점 없어 늘 푸른 하늘을 볼 수 있었다. 그런데 그런 푸른 하늘에 검은 구름이 생기기 시작했다. 검은 구름이 푸른 하늘을 물들이며 한곳으로 빨려 들어가듯 스물스물 기어오고 있었다. 처음에는 그저 먹구름이겠거니 했지만 전장의 한가운데에 큰 그림자가 질 정도가 되자, 지켜보던 이들이 무언가 이상하다는 것을 감지했다.

병장기 부딪히는 소리가 잠잠해지기 시작했다. 서로 격렬하게 싸워대던 플레이어들이 갑자기 생긴 그늘이 보이자, 싸우는 것을 멈추고 하늘을 올려다보았다.

"무언가 이상합니다! 공중에서 이상 현상이……."

공중에 떠 있는 리나는 그 광경을 더욱 자세하게 볼 수 있었다. 구름이 아니었다. 검은 마력이었다.

[전쟁의 광기가 혼돈을 깊은 잠에서 깨우고 말았습니다. 대지를 적신 달콤한 피가 멸망을 앞당깁니다.]

-미란: ???
-솔트는설탕: ??
-참치맛다시: 뭐야?? 갑자기?
-교수킬러: 뭐임? 퀘스트?

플레이어들뿐만 아니라 시청자들도 저 문구를 볼 수 있었다. 전쟁이 잠시 멈췄다.

[혼돈이 눈을 떴습니다. 피와 광기가 부르지 말아야 할 존재를 불러옵니다.]
[경고!]
[성좌들이 피하라고 경고합니다. 절망이 찾아옵니다.]

검은 구름이 태양을 가렸다. 하늘은 장막이라도 친 것처럼 완전히 검게 물들었다. 소용돌이치고 있는 검은 구름은 바라보고 있는 것만으로도 전신에 소름을 돋게 만들었다.

[메인 시나리오, 챕터1 깨어난 혼돈 시작되었습니다.]

-얀천: 구름이…….

-고든: 어…….

-박쥐인간: 저게 뭐야?!

검은 구름이 꿈틀거리더니 얼굴의 형상으로 변했다. 하늘 위에는 수십 개, 수백 개의 거대한 얼굴이 떠올랐다. 모두 조용히 눈을 감고 있었는데, 천천히 눈을 뜨기 시작했다.

카아아아아

천둥과 비명이 섞인 듯한 목소리가 뿜어져 나왔다. 고막을 찢어발기는 듯한 소리에 플레이어들이 무기를 떨어뜨리고 귀를 막았다.

공중에 떠 있던 리나도 비틀거리다가 추락을 할 뻔했다. 눈과 입에서 불꽃이 쏟아져 내렸다. 불꽃은 검은 구름으로 점차 번지기 시작하더니 하늘을 가득 메웠다.

소용돌이치는 하늘의 검은 장막, 그리고 일렁이는 불길들.

하늘이 절망하여 불타고 있었다.

일공공팔: 미친…….

-내일군대감: 소름끼친다.

-고갱님: 와…… 홀로그램tv로 보는데, 개무서움.

"여, 여러분 보이시나요? 너, 너무 무서운 광경입니다. 도대

체 무슨 일이 일어나고 있는 걸까요? 제가 계속 중계해 드리겠
습니다."

검은 구름에 박힌 얼굴들이 기괴하게 일그러졌다.

[아아아아!]

[아아, 아, 아아!!]

입을 크게 벌려 누군가를 찬양하는 듯한 노래를 불렀다. 기
괴한 목소리가 서로 겹치며 음침한 멜로디를 만들어냈다. 다
양한 비명을 섞어 만든 노래 같았다. 목소리가 점점 커지다가
한순간에 조용해졌다. 그 순간.

콰아아아아!

거대한 불기둥이 떨어져 내렸다.

"으악!"

"어억!"

전장의 중심에 떨어져 내려 많은 플레이어가 그 자리에서
녹아버렸다. 주변에 있던 많은 플레이어가 사방으로 튕겨 나가
며 바닥을 굴렀다. 정적이 내려앉았다. 모두 말을 잊었다.

불기둥은 마치 문 같았다. 검은 기류와 불꽃이 일렁이는 장
엄한 문이었다.

스윽!

불기둥을 뚫고 나온 거대한 손이 보였다. 거대한 손은 불기
둥을 잡더니 그대로 옆으로 뜯어버렸다.

콰아!

불기둥이 부서지며 사라졌다. 거대한 기사가 검은 기류와

불꽃을 뿌리며 걸어 나왔다.

[혼돈의 화신이 강림했습니다.]

[메인 퀘스트]
버텨라. 살아남아라. 그리고 저항하라.

"혼돈의 화신?"
"뭐, 뭐야. 모, 몬스터?"
"레이드 몹에 비하면 작은 것 같은데."
혼돈의 화신이 검을 들었다. 길고 날렵한 형태의 검이었다.
검을 가볍게 내려긋는 순간이었다.
콰아아아!
검에서 뿜어져 나간 막대한 불꽃이 정면에 있는 플레이어를
덮쳤다. 한순간에 수백에 달하는 플레이어들이 사라졌지만,
거기서 끝나지 않았다. 계속 뻗어 나가 뒤에 있는 언덕을 가르
며 지나갔다.
콰아아앙!
커다란 언덕이 폭발했다. 그 위에서 전쟁을 지켜보던 플레이
어들이 순식간에 가루가 되었다. 불꽃이 휩쓸고 지나간 곳은
마치 지우개로 지운 것처럼 깨끗했다.
철컥! 철컥!
혼돈의 화신은 천천히 걸었다. 부상을 당해 누워 있던 플레

이어가 멍하니 그를 올려다보았다. 혼돈의 화신이 그의 몸을 밟자 불길이 치솟으며 가루가 되어 사라졌다.

플레이어들이 주춤거리며 물러났다. 혼돈의 화신이 천천히 손을 들었다. 불꽃으로 만들어진 망토가 크게 부풀더니 바닥 속으로 파고들었다.

화르륵!

바닥을 뚫고 수십 개의 쇠사슬이 치솟았다. 불길로 만들어진 쇠사슬이었다. 쇠사슬이 주변에 있던 플레이어의 몸을 꿰뚫었다. 재조차 남기지 않고 사라졌다.

"아……."

리나는 공중에 있음에도 지독한 열기를 느낄 수 있었다. 그녀는 말을 잊었다.

-미니언: 미친ㅋㅋ

-치킨먹자: 와, 소름.

-구구굿: 아니, 밸런스 패치 좀.

-나만없어: 헐…….

채팅창도 말을 잊었다. 화면을 바라보며 응원을 하고 있던 사람들도 마찬가지였다.

"어……."

"어떻게 된 거야?"

치킨을 입에 물고 있던 남자가 멍하니 화면을 바라보다가 치킨을 떨어뜨렸다. 주변에 있는 다른 사람들도 같은 표정이었다.

[아아, 아아아!]

[우, 우우우우우]

하늘의 얼굴들이 그를 경배했다. 누구도 예상하지 못한 거악이 모습을 드러냈다.

진우는 멍한 표정인 플레이어들을 바라보았다. 황금의 군주와 악의 화신은 진우의 마력을 아낌없이 가져다 썼다. 진우도 막지 않았다.

'기획했던 것보다 많이 과해졌는데……'

대군주가 된 영향인 것 같았다. 하늘에는 기괴한 얼굴들이 가득했고, 공포 영화의 배경음악으로나 쓰일 법한 운율들을 토해냈다. 하루링도 열심히 보좌하고 있어서 그 효과가 더욱 극대화되었다.

본래 기획한 등장은 이게 아니었지만, 상관없었다. 압도적인 모습을 보여주는 것이 목적이었으니까.

'악랄하게 가볼까.'

진우는 씨익 웃었다.

[아하하하하하!]

[하하하하하하하하!]

진우가 웃자 하늘도 소름 끼치는 웃음을 내뱉었다. 갑옷에 권능이 깃들었다. 망토가 의지에 따라 화려하게 타올랐다. 권능이 깃들어서인지 본래 기능보다 훨씬 강화된 것 같았다. 손을 뻗자 쇠사슬처럼 변하더니 플레이어들의 몸에 박혔다.

"으악!"

"어억!"

수십의 플레이어가 진우 쪽으로 끌려들어 왔다. 진우는 플레이어들을 훑어보았다.

손가락을 튕기는 순간.

퍼석!

쇠사슬에서 불꽃이 터져 나가며 모든 플레이어의 몸을 폭발시켰다. 그리 강한 위력은 아니었지만, 랭크가 낮은 플레이어들을 없애기엔 충분했다.

"그, 그냥 보스 몬스터일 뿐입니다! 일단 잡아보죠!"

"다 같이 잡읍시다!"

"우리 엄청 많잖아요? 물량으로 조지죠!"

혼돈의 화신에 의해 전쟁이 멈추었다. 양측 진영이 진우를 향해 달려들기 시작했다.

'많구만.'

진우는 그간 쌓였던 스트레스를 풀어버리고 싶었다.

대학살!

어차피 아바타들이니 양심에 걸릴 것도 없었다. 악역으로서의 본분을 다하기만 하면 되었다. 플레이어들이 사방에서 몰려왔다. 진우는 채팅창을 띄워놓고 있었다. 반응은 예상보다 폭발적이었다.

-하임: 어억, 엄청난 레이드다!
-퇴사할거야: 도대체 1대 몇이야 ㅋㅋㅋ
-토마토마토: 근데 왠지 혼돈의 화신이 질 것 같지 않음.
-하여간: 지금까지 본 모든 캐릭터 중에서 제일 멋진 것 같음. 진짜 개멋지네.

흐뭇한 마음이 들었다. 악역이었으니 악랄한 짓을 해도 오히려 그게 멋으로 승화되었다.

진우가 검을 휘둘렀다. 사방에서 달려들던 플레이어들의 몸이 멈추었다. 마치 거미줄에라도 걸린 것 같은 모습이었다. 천천히 검을 털자 두 눈과 입에서 불길이 치솟더니 그대로 폭발했다. 찢고, 베고 폭발시켰다. 수십, 수백이 터져 나가니 스트레스가 확 풀리는 기분이었다.

진우는 집요하고 악랄했다. 마치 벌레의 날개를 뜯듯이 많은 이들을 죽이지 않고 부상만 입혔다. 천천히 음미하듯 검을 가볍게 찔러 넣었다. 혼돈의 사악함을 제대로 보여주고 있었다.

-하모니캄: 그야말로 불꽃 카리스마!
-궁써욧: 카아! 그냥 다 죽여 버려!

광마가 빠른 속도로 달려왔다. 잔상을 그리며 진우를 향해 주먹을 뻗었다.

터억!

"으음?"

광마의 주먹이 진우의 손에 가볍게 잡혔다.

'검선……'

지금은 괜찮지만 예전에 꽤 많은 스트레스를 주었다. 진우는 그의 손을 강하게 잡았다.

쾅! 쾅!

"커억! 컥!"

바닥을 향해 마구 패대기치다가 옆으로 던져 버렸다. 기분이 상쾌해졌다.

'진작에 할걸.'

악행을 해서일까? 정신이 너무나 맑아졌다.

'슬슬 다음 단계로 가볼까?'

진우는 검을 들었다. 그리고 바닥을 향해 찔러 넣었다.

두드드드!

불길이 솟구치며 땅이 울리기 시작했다.

G&P 뉴월드 게임사의 개발진들은 전쟁이 벌어지자 모두 하던 일을 멈추고 회의실에 모였다. 홀로그램TV를 통해 전장을 바라보았다.

"깜짝 놀라겠죠?"

"그렇겠지! 갑자기 나타난 혼돈의 화신! 캬아, 기대된다."

"우리가 디자인한 보스 몬스터가 나오게 되는군요!"

개발자들은 흥분을 감추지 못했다. 세계인이 놀랄 깜짝쇼가 곧 펼쳐질 것이다! 예정대로 혼돈의 화신이 강림하는 순간이었다.

"어?"

"저런 것도 있었어?"

하늘을 검게 물들이는 구름에 개발진들은 크게 놀랐다. 불기둥이 땅에 떨어지는 순간 말을 잊었다. 일방적인 학살이 시작되자 멍한 표정이 되었다. 그리고 바닥을 가르며 등장한 것을 보고 경악했다.

"저게 뭐야?!"

"어어?"

"저, 저, 저게 가능하다고!?"

메인 시나리오를 기획한 개발진들이 시청자들보다 훨씬 놀라고 말았다. 진우를 향해 달려들던 수많은 플레이어들이 일제히 멈출 수밖에 없었다. 몸이 갸우뚱거릴 정도로 대지가 흔들렸기 때문이다. 균형을 잃고 넘어진 이들도 있었다. 무언가 심상치 않은 일이 벌어지고 있었다.

진우는 검을 더 깊게 꽂아 넣었다. 검을 따라 권능이 대지로 스며들었다. 본래 거대 몬스터를 소환하기로 예정되어 있었지만, 아무래도 비주얼이 약했다. 기존보다 더 화끈한 등장을 보여줬는데, 소환한 몬스터가 초라하다면 맥이 빠질 것이다.

'보스 몬스터 하면 역시……'

비주얼과 크기가 생명이었다. 마침 그러한 것을 가지고 있었다. 디자인적으로도 너무나 훌륭했다. 어둠에서 태어난 존재였으니까.

"무, 무슨?!"

"바닥이……?"

꽂아 넣은 검을 중심으로 대지가 갈라지기 시작했다.

쩌저저적!

황무지를 뒤덮는 지진이 몰아닥쳤다. 갈라진 대지의 틈 사이로 플레이어들이 마구 떨어졌다. 순식간에 수천에 이르는 플레이어가 사라져 버렸다.

"우, 우아악! 휴우."

아슬아슬하게 떨어지지 않았던 플레이어가 안도의 한숨을 내쉬었다. 그는 다시 부활해서 과금을 잔뜩 하고 온 잼식이었다. 이런 현장에 자신이 빠질 수 없었다. 방송의 생명과도 직결되는 문제였다.

전쟁이 시작하자마자 허무하게 죽었지만, 은행에 맡겨놓았던 고급 방어구로 무장하고 다시 왔다. 그런데 다시 전장에 오자마자 상황이 예상과는 전혀 다른 방향으로 흘러가고 있었다.

-고갱님: 캬, 잼식이 이번에는 안 죽었네.

-추하다냐: 잼복치 운 좋구만.ㅋㅋㅋ

-톡해라: 이번에도 안 죽으면 후원금 쏨.

-뉴월드조아: 와, 혼돈의 화신…… 자연재해네. 스케일 봐.

"꼬, 꼭 살아남겠습니다!"

잼식은 의욕으로 불타올랐다. 현재 이렇게 혼돈의 화신과 가까운 곳에서 방송을 하는 방송인은 없었다. 잼식은 슬쩍 갈라진 틈을 바라보았다. 그 끝이 보이지 않을 정도로 깊었다. 고개를 돌려보니 비교적 안전해 보이는 땅이 보였다. 많은 플레이어가 그곳에 있었다. 그가 그곳으로 이동을 하려고 할 때였다.

"꺄악! 사, 살려줘요!"

누군가 간신히 돌을 잡고 매달려 있었다. 잼식은 속으로 욕을 내뱉었지만 시청자들이 보고 있었다. 잠시 고민하느라 딜레이가 있었지만 어쨌든 플레이어에게로 손을 뻗었다.

"제, 제가 잡았습니다! 걱정하지 마세요!"

-이기주의: 잼식이 고민했네. 이기적인 뇨속.

-멜론스: 추하다 잼식아.ㅋㅋㅋ

-추식아: 3초 갈등ㅋㅋ진짜 개역겹네.

-뉴스: 방송만 아니었으면 백퍼 버렸다. 잼식이는 자본이 낳은 괴물임.

진우는 잼식을 발견했다. 그러고 보니 저 녀석도 자신에게 시비를 걸었던 적이 있었다. 오늘의 진우는 대인배가 아니었다. 진우는 용서하겠다고 말한 적이 없었다.

악의 화신이 고개를 빳빳이 들었다. 진우는 천천히 손을 들었다.

휘이이!

그러자 갈라진 틈에서 검은 연기가 치솟았다.

"오, 올려요! 빨리! 뭐, 뭔가 이상해요!"

"아, 아니! 그, 그쪽 갑옷이 너무 무거워서……."

-다이다이: 잼식이 힘 랭크 없는데 ㅋㅋ 이제 막 부활했잖너.

-테러블: 잼식이는 뭘 해도 추하네.

잼식이 끌어올리려는 플레이어는 안타깝게도 무거운 판금 갑옷을 입고 있었다. 플레이어가 밑을 바라보았다. 촉수처럼 일렁이는 검은 연기가 갈라진 틈을 가득 메우며 올라오고 있었다. 가상현실임에도 굉장히 무서웠다. 공포를 느꼈다.

"꺄, 꺄아악!"

"우앗! 흐, 흔들지 마세……."

플레이어를 있는 힘껏 올리려던 잼식은 갑자기 무게가 가벼워지자 고개를 갸웃했다. 어느 순간 무게가 아예 느껴지지 않게 되었다. 몸이 점점 떠오르더니 잼식의 위까지 올라왔다. 플레이어는 검은 연기로 이루어진 손에 잡혀 있었다.

휘이익!

"어억!"

잼식도 검은 손에 잡혔다. 잼식은 주변을 바라보았다. 갈라진 틈 주변에 있던 수많은 플레이어가 모두 검은 손에 잡혀 공중으로 떠올랐다. 진우가 주먹을 쥐는 순간이었다.

화르륵!

갈라진 틈으로부터 검은 불꽃이 치솟아 오르더니 그대로 모조리 불길에 휩싸였다. 잼식의 앞에 있는 플레이어가 먼저 불길에 휩싸여 사라졌다. 잼식은 특별대우였다.

아주 천천히 불길이 그의 몸을 감싸기 시작했다. 그의 소중한 고급 갑옷이 박살 나며 갈라진 틈으로 사라졌다.

"으아……! 내 갑옷……."

퍼엉!

나지막한 비명을 남긴 채 잼식은 불길에 휩싸여 한 줌의 재가 되었다. 한꺼번에 수많은 플레이어가 처형당하는 장면은 바라보는 모든 이에게 큰 충격을 주었다. 그리고 짜릿한 통쾌함을 선사해 주었다.

플레이어들이 엉망진창으로 당하고 있지만 어쨌든, 보는 입장에서는 굉장히 시원하고 멋있었기 때문이다.

하지만 이건 시작이었다. 지금까지의 살육은 시작에 불과했다. 더욱 시청자들을 열광시킬 압도적인 존재가 있었다.

콰가가가!

대지가 마치 파도치듯 울렁거렸다. 갈라진 틈에서 검은 불꽃이 맹렬하게 뿜어져 나오더니 대지가 폭발하며 치솟았다. 대지의 조각들이 불길에 휩싸여 운석처럼 떨어져 내렸다. 멀리 떨어져 있던 플레이어들은 멍하니 그 장면을 바라보았다.

자연재해였다. 그렇게밖에 표현할 수 없었다.

화산이라도 폭발한 것일까? 하지만 이곳은 산이 아닌 아무것도 없는 황무지에 불과했다. 광석조차 나지 않는 버려진 땅이었다.

콰아아아!

거대한 무언가가 폭발을 뚫고 하늘 위로 날아올랐다. 검은 불길에 휩싸여 있는 것은 드래곤이었다.

"요, 용?"

"드래곤이다!"

"와…… 저걸 어떻게 잡아요."

-우리탑머함: 와…… 개발자를 갈아넣었나.

-기신꿍꿔또: 미친ㅋㅋ 시작부터 끝판왕…….

-아함: 전쟁은 그저 거들 뿐.ㅋㅋ 전쟁이 하찮아 보임. 메인 시나리오 처음부터 미쳤음.

-내일결혼함: 유저 이벤트를 이렇게 이용하다니, G&P 너무 나빴닼ㅋㅋ.

-전역예정자: 드래곤을 타고 다니넼ㅋㅋ자가용 클라스 봐라.

진우는 흑염룡의 머리 위에 올라와 있었다. 갑옷과 흑염룡이 어울리며 환상적인 비주얼을 만들어냈다. 분명 벌써 수천의 플레이어를 도륙한 악당인데도, 워낙 화끈하게 쳐 죽이다 보니 시청자들은 혼돈의 화신에게 매료되고 있었다. 이만큼의 엄청난 카리스마를 보여준 몬스터는 게임 역사상 존재하지 않았다. 화면 너머로 바라보고 있는 시청자들도 어째서인지 호흡이 가빠지고 있었다.

'음, 더 커졌네.'

대군주가 되어서인지 흑염룡의 크기는 더욱 커져 있었다. 아르카나보다도 크기가 컸다. 흑염룡은 하루링의 능력을 장악하며 자신을 치장하고 있었다. 불꽃에 휩싸인 갑옷을 두른 기사와 흑염룡. 이보다 더 잘 어울리는 한 쌍은 없을 것이다.

[피를 흘리는 용(아르카나, 중간계)이 피를 뿜고 기절합니다. 한동안 깨어날 수 없을 것 같습니다.]

[마족들이 환호합니다! 천족들이 바쁘게 일합니다. 아바타 생성이 쏟아지고 있습니다! 오늘은 대목인가 봅니다.]

떠오른 정보를 잠시 바라보던 진우는 언덕 위와 주변에서 대피하고 있는 플레이어들을 발견했다. 수레에 아이템들이 가득 실려 있었는데, 전쟁을 노려 사재기를 한 이들 같았다. 허겁지겁 상품을 정리하며 전장을 벗어나려 하고 있었다.

포션값과 일부 품목의 시세가 급등한 건 진우도 알고 있었다. 물량을 풀 생각이 있었는데, 반발이 꽤 있을 것 같아 일단 그대로 두고 있었다. 그러나 이번에 싹 다 처리를 해버린다면?

[정말 바람직한 생각입니다! 악의 화신이 대군주의 생각에 동의합니다.]

진우는 악역이었다. 악역의 본분에 충실하도록 하자.

흑염룡의 입이 벌어졌다. 플레이어 하나가 허겁지겁 포션을 수레에 담고 달아나려 했다. 그러다가 하늘을 바라보았다.

표정이 멍해졌다.

콰가가가가!

흑염룡의 입에서 브레스가 뿜어져 나갔다.

"아, 망했……"

플레이어가 나지막한 말을 남기고 사라졌다. 언덕 자체가 그대로 증발해 버렸다. 구경을 하던 플레이어들도 브레스에 휩쓸리며 모조리 녹아버렸다.

-요가맨: 와! 정의구현 오지네ㅋㅋ

-정글에살아요: 포션 어떡하냐 ㅋㅋㅋ 수십 박스 있었는뎈ㅋㅋ

-야생통닭: 4배로 올려 팔더니ㅋ

-존슨: 옥 포션 코인 떡락했구욬ㅋ 꼴 좋다. 존버하다 증발했넼ㅋ

꼴 좋다는 반응이 대부분이었다.

'딱 삼 분의 일만 줄이자.'

그 정도만으로도 사기를 꺾기에는 충분했다. 최종 보스급으로 설정이 되어 있는 만큼, 압도적인 모습을 보여주지 않으면 곤란했다. 진우가 검을 휘두르자 흑염룡이 그에 응답하며 브레스를 뿜어댔다.

"브레스 피해요!"

"으아아아!"

플레이어들은 속수무책이었다. 전쟁이고 뭐고 이제는 상관없었다. 양측 진영이 나란히 흑염룡을 피해 달리기 시작했다.

-복식호흡: 사이가 좋아졌다!

-털복숭: 강제 화해ㅋㅋㅋ

진우가 오기 전까지 으르렁거렸던 엘론티와 마계였다. 지금은 서로 사이가 너무나 좋아졌다. 흑염룡이 그대로 지상으로 떨어지더니 플레이어들을 휩쓸며 지나갔다. 흑염룡의 날개와 몸체에 부딪힌 플레이어들은 온몸이 박살 나며 가루가 되었다.

'크! 시원하다!'

이 맛에 악당 합니다!

너무나 짜릿했다.

진우는 플레이어들을 마구 학살했다. 시간이 지나자 채팅방에서는 슬슬 어찌 되는 것인지 걱정을 하는 이들이 나오기 시작했다. 이대로 전멸해 버린다면 꽤 허무할 것 같다는 의견들도 많았다. 나름 퇴장에 대해서 생각을 해두고 있었고, 당연히 시나리오도 있었다. 조금, 아니, 많이 변경되었긴 하지만 큰 틀은 비슷했다.

'퇴장할 때로군.'

플레이어의 숫자도 확 줄었으니 슬슬 다음 단계를 진행해도 괜찮을 것 같았다.

진우는 중앙 통제실에 연락을 주었다.

모든 플레이어들이 절망에 빠질 때였다.

[희망을 잃지 마십시오.]

[황금의 대군주(차원의 지배자)가 혼돈의 화신을 바라봅니다. 모두가 힘을 하나로 합친다면 막을 수 있다고 말합니다.]

[예정된 파멸의 시나리오를 극복하십시오.]

"어?"

"대군주? 성좌의 주인?"

-호웅: 그래, 뭔가 있어야지!

-신발사줘: 오오! 대군주님 떴다.

-접속사마스터: 가즈아!

대지에 황금빛 마법진이 떠올랐다. 굉장히 신성해 보였다.

사방에 자욱한 검은 기운이 감히 침범하지 못했다.

[황금의 대군주가 힘을 모아야 한다고 말합니다. 두 손을 올려 마법진을 완성시키십시오.]

플레이어들이 두 손을 들었다. 그러자 마법진이 더 빠르게 완성되었다. 그러나 아슬아슬하게 완성되지 않았다. 끔찍한 브레스가 덮쳐왔는데, 마법진에 닿지 못하고 굴절되었다.

"오, 오오!"

"대박!"

"우아아아! 살았다!"

"이거 방탄 마법진이야!"

[힘이 부족합니다. 두 손을 하늘로 올리십시오. 지켜보는 모든 이들의 힘이 필요합니다.]

-난나야: 우리를 말하는 건가? 두손 업업!!

-마계인: 채팅방에도 떴는데? 업업!

-웃통벗고창질: 오오! 효과가 있는 것 같은데? 업!

채팅방에 있던 이들도 타이핑으로 따라 하자 조금씩 마법진이 완성되었다. 광화문이나 문화센터에서 홀로그램 TV를 통해 지켜보고 있던 이들 중 몇몇이 시험 삼아 두 손을 올려보았다. 그러자 홀로그램TV로 빛이 스며들었다.

"어어? 이거 되는데요?"

"우와! 그러네요."

"신기하다. 모션 인식인가? 대박!"

대박이었다! 진짜 자신들이 힘을 주는 것 같았다. 온라인과 오프라인의 경계가 무너져 내리는 느낌이었다.

홀로그램TV로 지켜보고 있던 이들이 모두 두 손을 올렸다.

-항마력: 개쩐다. 홀로그램TV랑 인터넷으로 같이보는데, 우리 가족들 다 난리남.ㅋ 다 손들고 있얶ㅋ 강아지도 적용 됨ㅋㅋ

-앙데: 이거 언제부터 준비한거알ㅋㅋG&P 미쳤네.

-전역종결자: 뽕이 차오른다! 가즈아!

-검은안대: 오이오이! 우리도 있다구! 잊지 말라구!

-종이한장: 훗, 기다렸다구! 내 힘을 받아!

반응은 폭발적이었다. 플레이어, 채팅방, 그리고 오프라인 시청자들이 모두 한마음이 되었다.

마법진이 서서히 완성되었다. 거의 다 완성되어갈 때 진우는 타이밍에 맞춰서 흑염룡과 함께 돌진했다. 흑염룡이 날개를 접으며 독수리처럼 떨어져 내려왔다.

진우의 검에서 불꽃이 터지며 하늘을 휩쓸었다. 종말이 떨어져 내리고 있었다.

"으, 어어억!"

"빨리, 빨리!"

"으아아! 제발……!"

플레이어들은 두 손을 더 바짝 들었다. 룬달프는 아예 두 팔을 귀에 붙이고 있었다. 흑염룡이 마법진이 있는 곳에 닿으려는 순간이었다.

휘이이이!

[마법진이 완성되었습니다.]

[신성한 황금의 창이 발동합니다.]

아슬아슬하게 마법진이 완성되었다. 마법진에서 거대한 황금빛이 뿜어져 나갔다. 그것은 창이 되어 흑염룡을 꿰뚫었다. 하루링이 피땀을 흘리며 만들어낸 이미지였다.

진우는 타이밍에 맞춰서 방향을 틀었다. 창에 맞아 크게 팅겨 나간 것처럼 보였다.

쿠우웅!

흑염룡이 대지에 처박히며 쭈욱 밀려났다. 흑염룡의 머리가 힘없이 쓰러지며 진우의 몸이 바닥에 처박혔다. 정적이 일었다.

"오, 오오!"

"뭔가 나갔어!"

"대군주님 감사합니다. 저 현질 500만 원 했어요. 흐윽……."

-성좌님힘내욥: 헐ㅋㅋ 드래곤이 한방에 작살남ㅋㅋ

-반찬통조림: 대군주 파워 엄청난데?

-용감용사: 아니, 이건 우리들의 힘이다!

-천만작가: ㅋㅋ연출 지리네.

진우는 흑염룡을 천천히 돌려보냈다. 검은 불꽃이 점차 잦아들더니 뼈가 드러나다가 이윽고 검은 연기가 되어 사라졌다.

철컥!

무릎을 꿇고 있던 진우가 몸을 일으켰다. 그가 움직이자 모두 긴장했다. 부딪힐 때 갑옷을 적당히 파손시켜놔서 큰 타격을 입은 것처럼 보였다.

[혼돈의 화신이 큰 상처를 입었습니다. 혼돈으로 돌아가 긴 휴식을 취하려 합니다. 그러나 그냥 물러나지 않습니다.]

진우의 주변에 검은 연기가 자욱하게 깔렸다. 미리 준비해놓은 몬스터들이 빠르게 바닥에서 치솟았다. 아로롱이 전부 컨트롤하고 있었는데, 오래전부터 숨어 있으려니 죽을 맛이었다.

[혼돈의 병사들이 나타났습니다. 그들은 보이는 모든 것을 파괴할 것입니다.]

"모, 몬스터?"

"너무 많은데!"

진우는 포탈을 열었다. 일부러 마계 쪽으로 열어 검게 일렁이는 포탈을 만들었다. 플레이어들을 한 차례 바라보다가 그대로 포탈 안으로 들어갔다. 혼돈의 화신이 퇴장하는 순간이었다. 마계에 있는 마황성에 도착하니 사라 브리악과 고위 마족들이 옹기종기 모여 화면을 바라보고 있었다. 사라 브리악은 감동하며 눈물을 흘리고 있었고, 고위 마족들도 그녀와 비슷한 표정이었다.

"크흣, 너무 멋지군."

"마황님, 무언가 뜨거운 게 끓어오릅니다."

"이것이 바로 영혼의 울부짖음!"

"불타오른다!"

그들도 완전히 몰입해 있었다. 아직까지 두 손을 들고 있는 고위 마족도 있었다.

진우는 피식 웃고는 중앙 통제실로 돌아왔다. 루나와 세연이 진우를 보자마자 엄지손가락을 치켜들었다. 유나도 미소를 지으며 진우를 바라보았다.

"꽤 괜찮았지?"

"네! 군주 님, 엄청났어요!"

"기획했던 것보다 훨씬 대단했어요. 역시 대표님이세요."

세연은 이미 진우의 사진을 잔뜩 찍어둔 상태였다. 피규어로 제작할 생각까지 하고 있었는데, 알고 보니 그녀는 인터넷에서도 굉장히 유명한 피규어 장인이었다.

진우는 갑옷을 벗고 화면을 바라보았다. 혼돈의 병사들과 플레이어들이 맞붙고 있었다. 지금까지는 연출이었고, 혼돈의 그림자가 플레이어들의 수준에 맞는 진정한 적이었다.

진우는 잠시 화면을 지켜보다가 입을 뗐다.

"이제 다음 단계로 넘어가자."

혼돈의 화신도 예정대로 퇴장했으니 이제 다음 단계로 넘어갈 차례였다. 메인 시나리오 챕터1은 총 3단계로 구성되어 있었다. 절망, 희망, 그리고 비극이었다.

절망은 혼돈의 화신이었고 희망은 모두의 힘으로 혼돈의 화신을 돌려보낸 것이다. 그리고 이제 1챕터의 마지막을 장식할 비극이 남아 있었다. 슬픔은 플레이어들을 더욱 몰입하게 만들어주고, 동기를 부여해 줄 장치였다.

진우에게 톡이 왔다. 접속기와 핸드폰이 연동되어 플레이어들은 미궁에서도 자유롭게 핸드폰 기능을 사용할 수 있었다.

-할아버지: 너냐?

-나: 뭐가요?

-할아버지: 아니다. 검선 놈 박살 나니 기분이 좋구나. 간만에 좋은 구경했다.

[부상당한 검선(광마) 굴욕샷.jpg]

-다음에도 부탁하마.

진우는 피식 웃었다. 광마는 전신의 뼈가 부러졌지만 죽지 않고 기어코 살아남았다고 한다. 붕대에 휘감겨 질질 끌려가고 있는 광마가 보였다.

마공을 익혔는지 생명력 하나만큼은 끝내주었다. 룬달프가 그를 손수 옮기면서 수많은 치욕을 선사해 주었다. 일부러 돌이 많은 곳에 굴리기까지 했다.

'그럼⋯⋯.'

김군주가 나설 차례가 되었다.

진우는 김군주로 접속했다. 랭크도 적당히 올려놔서 예전만큼 불편하지는 않았다. 진우는 접속기를 통해 방송을 틀었다. 방송을 통해 보여주는 것이 효과적일 것 같았기 때문이다. 방송을 켜자마자 사람들이 몰려들었다. 처음에는 숫자가 적었지만 김군주가 방송한다는 소문이 돌자 시청자 숫자가 급격히 늘어났다.

-위자드얌: 억? 진짜 김군주 님이네. [50,000원 후원!]
-오홍이: 얼마 전에 공식채널 생긴 것 같더니 진짜네!
-국영수위주: 와! 대박! 팬이에요! [100,000원 후원!]
-멜롱: 왜 이제 오셨어요. 좀 더 빨리오시지⋯⋯.

"어서 오세요. 반갑습니다. 김군주입니다."

김군주TV의 첫 등장이었다.

현재 가장 화제가 되고 있는 것은 역시 혼돈의 군세였다. 혼돈의 군세와 플레이어들이 맞붙으며 치열한 전쟁을 만들어내고 있었다. 모든 방송인들이 현장 중계에 열중이었다. 시청자들을 하나라도 잡기 위해서였다.

그러나 김군주TV는 다른 방송과는 달랐다. 전쟁이 벌어지고 있는 황무지에 있지 않고 던전에서 방송을 하는 중이었다. 그럼에도 불구하고 시청자 숫자가 꾸준히 늘어나고 있었다. 김군주TV에는 다른 방송인들에게 없는 매력적인 것들이 있었기 때문이다.

[충성의 그림자(총지배인, 지구)가 감탄합니다. 당신이야말로 진정한 전사라고 말합니다.]

[몽환과 회귀의 악마(릴리스, 마계)는 당신에게 흠뻑 빠져 버렸습니다!]

[균형의 빛(대천사장, 천계)이 당신을 지켜봅니다. 흥미로운 기색이 만연합니다.]

-대환장파티: 어억ㅋ성좌들 여기서 정모함?
-새폴더: 혼돈의 화신 피해서 여기로 피신 왔나봄ㅋㅋ
-퇴직할래: 여기 꿀잼이넼ㅋ

성좌들이 잔뜩 몰려와 있었다. 시청자 리스트에도 성좌의 이름이 뜨다 보니 시청자들이 몰려올 수밖에 없었다. 더군다

나 가장 화제가 되었던 김군주였다. 그 이름만으로도 흥행이
보장되어 있었다.

진우는 현재 메인 시나리오와는 상관없이 혼자서 던전을
주파하고 있었다. 시나리오 진행을 위한 예열 작업이었다.

방제는 '김군주의 던전 참교육 방송'이었다. 방제대로 E+랭
크 던전을 돌아다니면서 몬스터의 뚝배기를 깨버리고 상황에
맞는 공략법을 가르쳐 주었다.

다만, 그게 김군주의 방식인 게 문제였다. 커다란 몬스터가
진우의 앞에 무릎을 꿇고 있었다. 이미 무릎이 박살 나서 일
어날 수 없었다. 진우는 태연하게 몬스터 앞에 다가갔다.

"재생을 하는 몬스터라서 빨리 처치하지 않으면 곤란합니
다. 그러니 여기서 심장을 뽑으면 됩니다."

푸욱!

진우가 몬스터의 가슴에 손을 쑤셔 넣었다. 가볍게 빼자 보
석 형태의 심장이 뽑혀 나왔다. 몬스터의 고개가 푹 숙여지며
그대로 쓰러졌다. 그 일련의 동작이 너무 깔끔해서 감탄이 나
올 정도였다.

-어케요: 아니, 말이 쉽짘ㅋㅋ

-칼의그림자: 칼도 안 박히는 놈인데 어케 잡음?

-큐티요정: 원래 심장 뽑히면 다 죽어욧!

-성기사: 김군주식 공략법ㅋㅋ

공략법은 간단했다. 때리기 전에 죽인다. 작은놈은 찢어 죽이고, 큰놈은 뚝배기를 터뜨린다. 더 큰 놈은 팔다리를 부수고 약점을 뜯는다.

이런 간단한 공략법으로 E+랭크의 던전을 누비고 있었다. 김군주는 그야말로 던전 깡패였다.

[음침한 그림자(델루, 엘론티)가 박수를 보냅니다.]
[숲의 송곳니(갈록, 엘론티)가 '김군주식 공략법'에 감탄합니다.]

-향기나요: 성좌들 난리났네.
-성좌님저좀요: ㅋㅋ내가 성좌라도 반하겠닼ㅋㅋ
-호로롤롤: 김군주만 할 수 있는 김군주식 공략법ㅋㅋ
-맘마미아: 김군주 님 성좌랑 계약할 거예요?

"아니요. 그런 거 필요 없습니다."

-피바람: 얶ㅋㅋ 상남자ㅋㅋ
-꽃도령: 성좌의 권능은 나약한 놈의 변명일 뿐!

진우는 소통도 잘했다. 그리고 캐릭터 컨셉을 아주 잘 유지했다. 말투는 정중했지만 패기가 넘쳤다.

쿠오오오!

더 큰 몬스터가 나왔다. 오우거를 보는 것같은 크기였는데,

피부가 뼈로 둘러싸여 있는 게 특징이었다. 무시무시하게 단단해 많은 파티들을 전멸시킨 이력이 있는 정예 몬스터였다.

-뽕짝: 그만둬! 라고 몬스터가 비명을 지릅니다.
-하얀나무: 도망가! 몬스터야!
-지능: 와, 저거 E+ 정예 몹인데, 왤케 약해 보이냐.

정예 몬스터가 거대한 주먹을 휘둘렀다. 진우도 주먹을 뻗었다. 주먹과 주먹이 맞부딪혔다.
파직! 크어어어!
정예 몬스터의 주먹이 터져 나갔다. 팔꿈치까지 사라져 있었다.

-불타고 있어요: 미친ㅋㅋ 힘이 얼마나 센거야ㅋ
-통닭구이: 지옥에서 살아돌아오더니 괴물이 되었넼ㅋ
-맛집퀸: 와 몬스터 불쌍하다.

퍽퍽!
진우의 주먹이 몬스터를 마구 때리기 시작했다. 한 번 때릴 때마다 몬스터의 뼈가 박살 나며 터져 나갔다. 주먹은 자비가 없었다. 옆에 세워놓은 방패를 두 손으로 들고 마구 내려쳤다.
던전이 울렸다. 몬스터가 불쌍할 정도였다.
"이렇게 단단한 놈들은 많이 때리면 됩니다. 둔기 같은 걸 이용하는 게 효과적이지만, 저는 둔기가 없어 방패를 썼습니다. 여러분들은 둔기를 꼭 챙기세요.”

-은밀한쿠키: 아니, 그건 님만 가능하다구요.
-후아앙: ㅋㅋ신개념 공략법!

진우의 던전 공략이 이어졌다. 몬스터가 나오면 팼다. 찰지게 팼다. 혼돈의 화신이 시원하게 플레이어들을 쓸어버려 쾌감을 선사했다면, 진우는 몬스터를 찰지게 때려 통쾌함을 주었다.

“음, 퍼즐이네요.”

꽤 복잡하고 어려운 퍼즐이 나타났다. 보스방으로 가기 위해서 퍼즐을 풀어야 했다. 퍼즐을 잘못 맞추게 되면 함정이 발동해서 신중해야 했다. 퍼즐이 나오자 시청자들이 훈수를 두기 시작했다. 하지만 진우는 그런 채팅을 전혀 신경 쓰지 않았다. 바로 방패를 들었다.

“이런 퍼즐은 간단합니다. 정말 쉬운 공략법이 있습니다.”

진우는 방패를 들고 퍼즐로 돌진했다. 퍼즐을 풀어야 문이 열렸는데, 방패가 닿는 순간 문이 그대로 폭발하면서 부서져 버렸다. 문을 지탱하고 있던 벽들도 함께 무너졌다. 함정도 마찬가지였다. 바라보던 시청자들이 모두 벙쪘다.

[허물의 제왕(사라 브리악, 마계)이 감탄합니다. 진정한 파괴의

화신이라고 칭찬합니다.]

-검천마: 아니, 님. 퍼즐 그렇게 푸는 거 아닌데…….
-흑마법사: 헐ㅋㅋ퍼즐을 부셨어.
-정령의힘: 너무나 간단한 공략법! 답은 파.괴.다!
-타잔잔: 신개념 공략법ㅋㅋㅋ

"여러분들, 열쇠가 없으면 어떻게 합니까? 자물쇠를 부수죠? 똑같은 원리입니다."

진우는 황당한 내용을 태연하게 말했다. 그래서 더 반응이 좋았다.

안으로 들어갔다. 잘 꾸며진 보스방이었다. 보스급 몬스터는 모두 아로롱이 관리했다. 원래 퍼즐을 풀 동안 전투 준비에 들어갔는데, 진우가 문을 부수는 바람에 준비조차 하지 못했다.

-안토니오: 억ㅋㅋ 갑옷 입고 있었네ㅋ
-크로스보우: 보스 당황한거 보속ㅋㅋ
-쿠키소주: 헐ㅋㅋㅋ

보스가 갑옷을 입고 있었는데, 문이 부서지자 주춤거렸다. 진우는 바로 달려들어 방패로 머리를 내리쩍었다. 보스 몬스터, 아로롱은 진우인 것을 알아차리고 혼신의 연기에 들어갔다.

[자, 잠깐……! 가, 갈아입을 시간을…….]

퍽퍽!

[으어억! 커헉!]

보스가 죽는소리를 내었다. 여러 파티를 전멸시킨 적이 있는 보스 몬스터였다. 아직 단일 파티로는 이 보스를 클리어한 기록이 없었다. 하물며 솔로는 진우가 처음이었다.

진우는 보스 몬스터를 열심히 팬 다음, 쓸 만한 것들을 능숙하게 뽑아냈다.

"마석은 손으로 뽑아야 손상 없이 뽑을 수 있습니다. 그리고 보스의 갑옷이랑 무기는 챙겨두는 게 좋습니다. 대장간에서 재료로 쓸 수 있습니다."

-눈물샘: 와 개불쌍하다. 싸워보지도 못하고…….

-굿뜨바이: ㅋㅋ 옷 갈아입고 있는데 쳐들어와서 패버렸네ㅋ

-지존현성: 한마디도 못하고 죽었얼ㅋ

진우는 알뜰하게 모든 걸 챙겼다. 시청자들은 묵사발이 된 보스 몬스터를 동정했다.

진우는 시청자 수를 확인했다. 던전 입구에서는 3만 명 정도 되었는데 지금은 70만 명에 근접했다. 방송 랭킹 5위 안에 들고 있었다. 지금 현재 1위는 NMC 인터넷 방송채널이었다.

'이 정도면 되었겠지.'

김군주의 캐릭터도 확실하게 보여줬고, 시청자 숫자도 많이 확보했다. 미궁넷에도 진우의 이야기가 올라가며 베스트 게시물로 등극까지 했다. 이제 슬슬 마을로 돌아갈 때가 되었다. 진우가 마을로 돌아가면 챕터1, 3단계 시나리오가 시작된다.

"지금까지 던전 공략을 해봤습니다. 여러분도 쉽게 따라하실 수 있을 겁니다. 이제 마을로 돌아가도록 하겠습니다."

진우는 포탈석을 꺼내 태초의 마을로 가는 포탈을 열었다.

포탈로 들어가니 태초의 마을 중심에 도착했다. 이곳은 전장과 가장 가까운 마을이었다. 마계와 엘론티 진영 사이에 있는 중립마을이기도 했다. 플레이어들은 이 마을을 평화의 마을이라 불렀다. 사람들이 꽤 많이 오는 곳이었는데, 아늑한 분위기 때문에 많은 사랑을 받고 있었다. 그리고 NPC들도 굉장히 친절했고 아름다웠다.

-후오: 평화의 마을이네.
-불나방: 여기 오면 힐링되는 듯. 저도 거점 저리로 옮겼어요.

진우는 상점으로 향했다. '푸른 꽃'이라는 간판이 보였다. 마을의 상점 중에서 가장 인기가 많은 상점이 있었는데, 지금은 혼돈의 화신 사태 때문에 한가했다.

상점으로 들어가니 엘프 NPC가 진우를 반겨주었다.

"어서 오세요! 김군주 님."

"네, 안녕하십니까? 카렌 님."

"차를 내올게요!"

엘프 NPC의 이름은 카렌이었다. 아름다운 외모와 나긋나 긋한 성격 때문에 많은 플레이어가 그녀를 좋아했다. 팬도 많아서, 선물이 쌓일 정도였다. 꾸준히 팬아트도 양산될 정도였다. 그 때문에 희생양으로 적합했다.

허영에게 혹독한 연기지도를 받고 검증까지 받은 상태였다. 손님이 없어 카렌이 상점의 문을 닫고 차를 내왔다.

-쿠키칩: 오, 카렌님과 일대일 데이트?
-요깄네: 김군주 클라스는 여기서도 통하네.
-하얀고양이: 카렌님 저렇게 좋아하는 거 처음 봄.
-한성: 김군주 한두 번해 본 솜씨가 아닌데? 완전 익숙한가봐ㅋㅋ

카렌이 차를 내왔다. 진우는 차를 마시기 위해 갑옷을 벗기 시작했다. 건틀렛을 벗고 늘 얼굴을 가리고 있던 투구를 벗었다. 김군주의 아바타가 처음으로 알려졌다.

-한양: 오 잘만들었넼ㅋ 캬, 멋지다.
-사랑안해: 어떻게 그렇게 잘 만들어요?

김군주의 아바타는 호쾌한 인상의 미남이었다. 그의 캐릭터와 무척이나 잘 어울렸다. 진우는 카렌과 함께 차를 마셨다.
그녀는 긴장한 티가 났다. 연기 지도를 받기는 했지만 대군주인 진우와 일 대 일로 얼굴을 맞대고 있는 것은 처음이었기 때문이었다. 다른 누구도 아니고 무려 대군주였다.

-룩셈부르크: 옼ㅋㅋ, 카렌님 긴장하는 거 처음봄.
-모근돌려줘요: 상남자, 그는 엘프조차 공략한다.

[피를 흘리는 용(아르카나, 중간계)이 질투합니다.]
[음침한 그림자(델루, 엘론티)가 카렌을 노려봅니다.]

-모근돌려줘요: 얶ㅋㅋ김군주 그는 성좌조차 공략한다.

분위기는 좋았다. 김군주와 카렌은 은근히 잘 어울려 응원하는 이들까지 생기고 있었다. 차를 다 마시고 던전에서 습득한 아이템을 꺼내는 순간이었다.

콰아아앙!

무언가 폭발하는 소리와 함께 상점이 흔들렸다. 진열되어 있던 아이템들이 바닥에 쓰러졌다. 유리 진열장이 전부 박살났다.

"꺄악! 무, 무슨 일이죠?"

카렌이 당황한 표정으로 물었다. 굉장히 자연스러운 연기였다. 역시 허영의 특훈이 효과가 있었다.

진우가 창밖을 바라보는 순간이었다.

휘이이이! 콰앙!

상점의 지붕을 뚫고 불덩어리가 떨어졌다. 진우는 카렌을

감싸며 옆으로 뛰었다. 불덩어리가 폭발하며 상점의 일부를
완전히 날려 버렸다.

-방패전사: ???
-마법천하: 어? 뭐야??
-이민수: 무슨 일이야?

시청자들도 당황했다. 상점이 불타오르며 무너지기 시작했
다. 진우는 쓰러지는 기둥을 옆으로 쳐내고는 카렌과 함께 상
점 밖으로 나왔다.

"마, 마을이……!"

카렌이 손으로 입을 틀어막았다. 평화롭던 마을이 불타오
르고 있었다.

"으, 으아아악!"

"살려줘!"

사방에서 비명이 들렸다. 고통에 물든 처절한 비명이었다.
불길에 휩싸인 NPC들이 마구 뛰어다니다가 쓰러졌다.

진우는 그 모습을 보며 속으로 감탄했다.

'대단한데?'

NPC들을 그대로 복제한 아바타였는데, 아로롱이 장악해
조종하는 중이었다. 플레이어들도 사방에서 날아오는 불덩어
리를 맞고 터져 나갔다.

-하양: 미친, 공격당한 거야?

-천계야캐옷: 헐······.

-물리법사: 말도 안 돼. 마을은 안전지역 아니었어?

시청자들이 경악했다. 그들과 안면을 트고 지냈던 NPC들이 죽어 나가고 있었기 때문이다. 익숙한 마을의 풍경이 망가지고 있었다.

진우는 불꽃이 일렁이는 곳을 바라보았다.

두드드드!

혼돈의 병사들이 몰려오고 있었다. 혼돈의 병사들은 불덩어리를 난사하며 기이하게 휘어진 검으로 주변의 모든 것들을 학살하고 있었다.

-꽃다발: 황무지에서 못 막았나 봐요.

-배용기: 던전으로 일부가 빠져나갔다던데 설마 여기까지······.

-군필여고생: 헐······ 다 죽네. 어떡해······.

"카렌 님은 피해 계세요."

"저도 도울게요!"

"하지만······ 알겠습니다."

진우는 갑옷을 벗은 상태였다. 부분 갑옷만 입고 있었다. 그의 방패와 방어구들은 모두 상점 안에서 불타고 있었기 때문이다.

플레이어들의 숫자도 적었고 랭크가 높은 플레이어들이 모두 황무지 쪽으로 가 있어 피해는 점점 커져갔다.

'시작해 볼까?'

진우는 주먹을 움켜쥐며 앞으로 달려 나갔다. 아로롱이 진우의 움직임에 맞춰서 혼돈의 병사를 실감 나게 조종할 예정이었다. 모든 것이 잘 짜여진 각본이었다.

혼돈의 병사가 불덩어리를 쏘아냈다. 진우는 빠르게 바닥을 구르며 피하고는 혼돈의 병사 앞에 도달했다.

퍼억!

진우의 주먹이 병사의 안면을 강타했다. 얼굴이 부서지자 뒤로 휘청거렸다. 그런 다음 몸을 붙잡았다. 그대로 들고는 바닥으로 내리쪘었다. 병사의 육체가 박살 나며 축 처졌다.

그리고 바로 NPC에게 검을 휘두르려는 혼돈의 병사에게 달려들었다. 어깨로 부딪히자 혼돈의 병사가 날아가 구석에 처박혔다.

"피하세요!"

"고, 고맙소!"

대사치는 게 약간 어색했지만 공포에 질려 그런 것이라고 이해할 수 있는 수준이었다.

콰가강!

적들의 숫자가 너무 많았다. 상황은 절망적이었다.

"으아악! 카플론 아저씨가 죽었어!"

"안 돼!"

마을에 있던 플레이어들이 허겁지겁 대응하기는 했지만 진격을 막을 수 있는 수준은 아니었다. 평화의 마을을 상징했던 조각상과 건물들이 모조리 불길에 휩싸였다. 마을이 전부 불탔다. 사람들의 비명과 뜨거운 불길이 마을을 휘감았다.

진우는 카렌과 함께 혼돈의 병사들을 막아섰다. NPC들이 비명을 지르며 대피하는 모습은 상당히 실감이 났다. 아이들 역할을 하고 있는 골든 엔젤들도 눈물을 글썽이고 있었다.

"마을 지하에 대피소가 있어요! 거기라면 안전할 거예요."

"제가 막을 테니 대피를 도와주세요!"

"네!"

카렌이 대피하는 NPC들을 도왔다. 진우는 힘겹게 싸우고 있는 플레이어들 무리에 합류했다.

"대피소 쪽으로 가지 못하게 막아요!"

진우가 그렇게 소리치자 플레이어들이 이를 악물고 혼돈의 병사를 상대했다. 진우는 아예 혼돈의 병사들 한 가운데에서 온몸으로 막아섰다.

상황은 급박했다. 진우의 몸에도 많은 날붙이들이 꽂히며 피가 줄줄 흘러나왔다. 팔 쪽은 큰 화상을 입기도 했다. 물론, 상처도 멋지게 입었고 피도 아주 멋지게 흐르고 있었다.

혼자 영화를 찍고 있었다.

-못생긴잼식이: 김군주 님 죽겠어.

-마검사칸: 저도 지금 도우러 갑니다!

-김미나: 헐…… 너무 많은데, 못 막을 것 같아요.
-팬티단원: 저도 지금 가겠습니다! 버텨주세요!

[성좌들이 개입합니다. 플레이어 모두에게 회복을 부여합니다.]

-치즈맛포도: 성좌님…….
-먹자판: 다행이다.

죽어가던 플레이어들이 조금씩 회복되며 기운을 차렸다. 진우도 마찬가지였다. 숨을 돌릴 틈이 없었다. 처절한 전투는 이제 시작이었다.

황무지에서 치열한 전투가 벌어지고 있을 때, 미궁넷에 글들이 올라왔다.

[제목: 님들 빨리 평화의 마을로 오세요!]
지금 난리 났음. 혼돈의 병사들이 마을 다 쓸어버리는 중임. 김군주님이랑 같이 막고 있는데, 못 버티겠음. 너무 많아요.
[링크: 김군주TV 생방송]
이러다 NPC 다 죽겠어요. 빨리 와서 도와주세요!
[댓글 14,321]

-한셀미: 지금 갑니다.

-경도니: 헐, 저게 뭐야.

-엘프랑결혼: 카렌님은 무사하심?

-즐겜러: NPC 죽으면 끝이야? 부활 못해?

　└미연: 끝이라고 알고 있어요.

　└즐겜러: 아…… 지금 반차내고 갑니다.

-야생마: 이게 무슨 일이야. 우리 길드도 갈게요!

　사태를 파악한 플레이어들이 하던 일을 멈추고 모이기 시작했다. 메인 시나리오 챕터1 깨어난 혼돈은 새로운 국면으로 접어들고 있었다.

✦ Chapter5 ✦
김군주와 전사들

　평화의 마을이 습격당했다. 혼돈의 군세가 계속해서 밀려들어 왔다. 보이는 모든 것을 불태우고 파괴했다.

　일반적인 몬스터가 아니었다. 갑옷도 입고 있었고, 위협적인 마법까지 쏘아댔다. 게다가 상당히 노련한 검술까지 쓰고 있었다. 병사들처럼 조직적으로 움직이기까지 했다. 하나하나 모두 아로롱이 컨트롤 하고 있었기 때문이다.

　처절한 싸움으로 보일 수 있게 신경을 써서 조종을 하고 있었다. 누가 보더라도 위기였다.

　특히 김군주TV의 시청자들은 쫄깃함을 맛보고 있었다. 진우는 최전방에서 거의 몸으로 막아서고 있었다. 보는 이로 하여금 비명을 지르게 할 정도로 아슬아슬하게 버티고 있었고, 죽을 위기를 수도 없이 넘기는 중이었다.

　파앙!

쏟아져 내리는 불덩어리를 바닥을 구르며 아슬아슬하게 피했다. 정면에 있는 두 병사에게 달려들어 허리를 붙잡고 그대로 불타오르는 벽에 진격했다.

콰앙!

벽을 뚫고 반대쪽으로 나오니 병사들의 상체가 사라져 있었다. 진우의 옷도 불에 타오르고 있었는데, 한 손으로 거칠게 뜯어냈다.

-통신용: 긴장감 쩌네.
-랑데뷰: 이걸 어케 버텼음?
-겸손한허리놀림: 조금만 더 버티면 사람들 올 듯. [100,000원 후원!]
-손가락좋아: 힘내요. [70,000원 후원!]
-상남자김군주: 김군주 아니었으면 벌써 다 죽었을 듯.

진우가 거의 모든 어그로를 끌면서 간신히 버티고 있었다. 플레이어들이 방어라인을 구축하고 있기는 하지만 진우 혼자서 막아서고 있다고 해도 과언이 아니었다.

채팅방은 모두 김군주를 응원하고 있었다. 후원도 무지막지하게 터졌다. 돈이 워낙 많아 후원은 신경도 쓰지 않고 있었지만 그래도 기분은 좋았다. 시청자들이 굉장히 몰입해서 자신을 응원하고 있다는 증거였기 때문이다.

가끔씩 있는 어그로성 채팅도 존재하지 않았다. 모두 한마음이었다.

'좋군. 이 맛에 방송하나?'

반응이 워낙 좋다 보니 방송할 맛이 났다. 모든 관심이 진우에게 집중되어 있었다. 황금의 군주를 조금은 이해할 수 있을 것 같았다.

시청자들은 극도의 긴장감에 휩쓸리고 있었지만 정작 진우는 여유로웠다. 아로롱은 죽을 힘을 다해 진우의 움직임에 맞춰주고 있었다. 조금이라도 실수를 했다가는 더욱 심한 고통을 받을 것이 뻔했기 때문이다. 황금의 군주까지 작동해서 연출이 되다 보니 엄청난 긴박감을 선사해 주었다.

"크흑! 버티기 힘듭니다!"

"너무 많아요!"

"으악!"

혼돈의 군세는 가차 없었다. 플레이어들을 처참하고 잔인하게 도륙했다. 부상을 당해 넘어져 있는 플레이어들에게 몰려들더니 검을 마구 쑤셔 넣었다. 병사들의 살육에서는 감정이 전혀 느껴지지 않았다. 그래서 더욱 공포스러웠다.

"하, 하롱이 님!"

"크, 크억!"

푹푹! 푹!

가상현실임을 알면서도 플레이어들은 공포에 질렸다. 악몽의 땅과는 다른 종류의 공포였다.

-쿠키칩: 와, 개끔찍하네.

-비밀용기: ㄷㄷ 무섭다.

-복슬이: 엄청 몰려온다.

-우동후루룹: 다 죽겠네.

시청자들도 굉장히 진지하게 상황을 보고 있었다. 오프라인에서 황무지를 중계했던 곳도 하나둘씩 김군주TV를 틀기 시작했다. 황무지는 현재 대치 중이라 조금 루즈해진 감이 있었기 때문이다.

평화의 마을 쪽이 훨씬 치열했고 급박하게 돌아갔다. 전쟁의 참혹함을 그대로 보여줬다. 그러니 자연스럽게 관심이 그쪽으로 몰릴 수밖에 없었다.

콰광!

마을의 상징이었던 탑이 까맣게 몰려오는 병사들에 의해 무너져내렸다. 그 기점으로 간신히 유지하고 있던 방어라인도 마구 밀리기 시작했다. 세연과 아로롱이 플레이어들의 움직임에 맞춰서 혼돈의 군세를 조종했다.

'슬슬 시간이 되었군.'

진우는 고개를 돌렸다. 바닥에 넘어져서 필사적으로 뒤로 기어가는 플레이어가 보였다. 다리를 다쳤는데, 병사들이 그를 도륙하기 위해 다가왔다.

병사들의 얼굴에는 피가 잔뜩 묻어 있었다. 고개를 기이하게 꺾으며 소름 끼치는 소리를 내었다.

"꺄악!"

난도질당하려는 순간 진우가 달려들어 병사들을 쳐냈다. 플레이어를 들쳐 메고는 입을 뗐다.

"모두 대피소 쪽으로 후퇴해요!"

마을에 마련되어 있는 대피소는 입구가 좁고, 두꺼운 철문이 있어 적은 병력으로도 버틸 수 있게 설계가 되어 있었다.

플레이어들이 대피소 쪽으로 후퇴하자 혼돈의 군세가 더욱 격렬하게 밀어닥쳤다. 바라보고 있는 것만으로도 소름이 끼칠 정도였다.

"흐아아앙!"

미리 대기하고 있던 골든 엔젤이 울음을 터뜨리고 있었다. 전쟁이 터지기 전에 은근슬쩍 배치해 놓았던 아이 역할의 NPC였다. 플레이어들에게 눈도장을 찍기 위해 퀘스트를 주며 돌아다니기도 했다. 지금은 얼굴에 검댕이를 묻힌 채 크게 울고 있었다. 꼭 껴안고 있는 토끼 인형도 잔뜩 그을려 있어 처량하게 느껴졌다.

-하양털: 어, 퀘스트 줬던 아이인데. 고양이 찾아줘 퀘스트였음.

-미역맛초콜렛: 귀여워서 기억함.

-양심에털남: 헐, 김군주 님 구해줘요!

-디마트: ㄴㄴ 구하려다 죽을 각이야. 그냥 무시ㄱㄱ

-신발전화: 아니, 구해야지!

-홀라: 그러다 뒤지면? 김군주 님 없으면 이거 버티지도 못함. 김군주 캐릭터 사라지는게 더 손해다.

진우와 거리가 조금 떨어져 있었다. 병사들이 빠르게 진격하고 있어 금방이라도 아이를 죽여 버릴 것 같았다.

진우는 바로 달려가서 골든 엔젤을 옆구리에 꼈다.

'좋아하는군.'

얼굴은 울고 있었지만, 골든 엔젤이 신이 난 것을 느낄 수 있었다. 우는 건지 웃는 건지 입가가 씰룩거렸다.

[황금의 거인(아르엘, 중간계)이 감동합니다.]

-로망스: 김군주 개멋지네. [150,000원 후원!]

-엘론티팬티단: 오, 구했어! [200,000원 후원!]

-프랑켄: 이 형님은 진짜다! 마음이 따뜻한 상남자. [300,000원 후원!]

-징벌자: 시벌, 지원군 아직 안 옴?

-쭈꾸미구이: 포탈 파괴되어서 던전을 가로질러 와야 한다고 함.

벌써 클립으로 저장되어서 퍼져 나가고 있었다. 진우가 제일 마지막으로 대피소를 향해 뛰기 시작했다. 그의 뒤에 병사들이 바짝 붙어 있었다. 닿을 듯 말 듯 아슬아슬했다.

그그그그!

대피소의 거대한 문이 천천히 닫히고 있었다. 입구에 있는 플레이어들과 NPC들이 진우를 조마조마한 눈빛으로 바라보았다.

두드드드!

김군주는 달렸다!

-쿠킴: 달려요!

-후라이팬: 으아아, 못보겠어.

-치킨킨치: 문 닫힌다! 아니, 저 새끼들 뭐하는 거냐! 쫄아서 안에 쳐박혀 있네 답답해뒤지겠다. 아오!

진우의 뒤로 엄청난 군세들이 따라붙었다. 밀어닥치는 쓰나미를 보는 듯했다. 당장에라도 잡힐 것 같았다. 문이 거의 다 닫혔다. 플레이어들이 진우를 향해 손을 뻗었다.

"뛰어요!"

"빨리!"

파앗!

진우는 그대로 몸을 날렸다. 그의 몸이 붕 뜨더니 문틈을 향해 슬라이딩을 했다. 어깨에 들쳐 메었던 플레이어와 옆구리에 끼었던 골든 엔젤과 함께 바닥을 마구 굴렀다.

콰앙!

진우가 안으로 들어온 순간 바로 문이 닫혔다.

"오오!"

"다, 다행이다."

"으아!"

-홍민: 살았다!

-고급수저: 와…… 미친…….

-알뜰포션: 연출도 저렇게 할 수 없을 듯. 심장마비 걸리는 줄.

골든 엔젤이 부모 역할을 하는 NPC에게 안겼다. NPC는 마족이었는데, 골든 엔젤을 안고 우는 모습은 위화감이 전혀 없었다. 이건 모두 특훈의 결과였다.

플레이어들이 따뜻한 눈빛으로 그 광경을 바라보았다. 힘겹게 지킨 보람을 느끼고 있었다.

-호일: 에이미씨 딸이었던가?

-블랙박스: 진짜 다행이다.

-블랙나이프: 감동이다.ㅠㅠ

하지만 안심하기 일렀다.

쾅! 쾅! 쾅!

두꺼운 철문이 마구 흔들렸다. 빗장이 마구 흔들리자 플레이어들이 일제히 달려들어 막았다.

"으윽!"

"오래 버티지 못할 것 같아요!"

"문이……!"

문이 벌겋게 달아오르고 우그러들었다. 화상을 입은 플레이어들이 화들짝 놀라며 물러났다. 문이 일그러지는 소리에

NPC들이 서로를 끌어안으며 비명을 질렀다.

'허영에게 포상이라도 줘야겠군.'

굉장히 실감 나는 연기였다.

진우는 그 광경을 바라보며 그렇게 생각했다. 대피소 안에 있는 큰 물건들을 가지고 와 문을 막았다. 플레이어들도 허겁지겁 진우를 따라 무거운 물건들을 문 앞으로 옮겼다.

마구 흔들리던 문이 간신히 잠잠해졌다.

플레이어들이 겨우 안도의 한숨을 내쉬었다.

-홀로남음: 와…… 어떻게든 버텼네.

-만년솔로맨: 진짜 공포 영화가 따로없다.

-당구킥: 김군주 님! 구해주러 가고 있으니 기다려요!

-아싸의꿈: 처참하네. [70,000원 후원!]

진우가 신호를 주자 NPC들은 바로 연기에 들어갔다. 미리 준비한 아바타 시체를 붙잡고 슬퍼하거나, 부상 부위를 부여 잡고 신음을 흘렸다.

여성 플레이어들이 아이NPC 역을 맡은 골든 엔젤을 다독여줬는데, 골든 엔젤은 품에 안기면서 씨익 웃었다. 아무튼, 겉으로만 보면 참혹한 모습이었다.

"카렌 님?"

"카, 카렌 님이!"

NPC들이 그렇게 외쳤다. 진우는 빠르게 그쪽으로 다가갔다. 카렌이 바닥에 쓰러져 있었다. 복부에서 피가 흘러나왔다. 플레이어들도 깜짝 놀라며 진우를 따라왔다.

"김군주 님……."

그녀가 힘겹게 손을 뻗었다. 진우는 그녀의 손을 잡고 아공간에서 포션을 꺼냈다. 상처 부위에 뿌렸지만 녹색 연기만 솟구칠 뿐 상처가 재생되지 않았다.

플레이어들은 그 광경을 보고 놀랐다.

"도, 독인가 봐요!"

"이런……!"

"힐러, 힐러는?"

플레이어들 사이에 힐러가 있긴 했다. 천계 쪽 성좌의 권능을 받은 플레이어였는데, 아직 초보라 해독 마법은 없었다. 해독 포션도 사재기를 통해 매물이 없는 상황이었다.

그나마 마을에 있던 것들도 모조리 타버렸다. 플레이어들이 카렌 주위에 모였다. 포션보다는 성좌의 권능인 힐이 더 잘 들었는데, 플레이어는 힐을 쓰다가 울먹이며 진우를 바라보았다. 그러고는 고개를 저었다.

진우는 착잡한 표정이 되었다. 치료될 리가 없었다. 애초부터 상처가 없었으니까. 하루링이 열심히 일하며 만들어놓은 환상이었다. 애초에 대피소도 던전을 응용해 설치해 놓은 장소였다.

카렌은 슬픈 듯이 진우를 바라보았다. 눈물이 그녀의 볼을 따라 흘러내렸다.

플레이어들은 침묵을 지키며 그녀를 바라보았다.

"사람들을…… 지켜줘요."

카렌은 간신히 웃어 보이고는 그대로 눈을 감았다. 발끝에서부터 빛이 되더니 천천히 사라지기 시작했다.

그녀의 끝은 숭고했다. 아름다운 퇴장이었다. 카렌은 포상으로 긴 휴가가 예정되어 있었다.

-쿠키칩: 죽었어?

-화난사자: 헐…… 카렌님…….

-말년휴가: NPC들 죽으면 어떻게 되는 거야? 설마 부활 못함? 그냥 끝임?

-부장죽인다: 눈물난다…… 이건 진짜 G&P가 살려줘야함.

진우가 잡은 그녀의 손도 사라졌다. 플레이어들과 NPC들은 침묵을 지켰다. 진우는 깊은 숨을 내쉬었다.

"그녀는 미궁 상층을 정복하는 것이 꿈이었지…… 자네들을 만나서 희망을 얻었을 것이네."

"좋은 곳으로 갔을 게야. 미궁에서 산다는 건…… 그런 것이지."

NPC들이 기다리고 있다가 대사를 쳤다. 최고의 타이밍이었다. 덕분에 분위기가 더욱 슬퍼졌다. 진우의 손으로 황금빛 가루가 흘러내렸다. 시청자들은 진우의 손을 떠나 공중에 휘날리는 황금 가루를 바라보았다. 채팅도 잠시 올라오지 않았다.

눈을 질끈 감는 플레이어, 흐느끼는 플레이어, 아예 오열을 하는 플레이어도 있었다.

진우는 주먹을 쥐며 자리에서 일어났다.

"……부상부터 치료하죠."

진우의 목소리는 담담했다. 그런데 그게 더 슬퍼 보였다.

진우는 부상자들을 바라보았다. 다른 말은 더 하지 않았다. 묵묵히 아공간에서 포션을 꺼내 나눠줬다. 상당히 많은 양이었다.

-당구킥: 그저 빛…….
-뇌가근육: 빛군주…….
-와사비칩: 지금 포션 엄청 비싼데…….
-호롱박: ㅠㅠ…….
-미스미세스: 저 정도면 수백만원이 넘을 것 같은데…….

진우의 포션 덕분에 싸울 기력을 되찾았다. 가상현실이든 게임이든 그건 중요하지 않았다. 플레이어들은 분노했고, 시청자들도 마찬가지였다. 복수심에 불타올랐다. 눈빛부터 달라졌다.

-홀라우프: 와, 나 휴가 낸다.
-파이어맥스: 개같은 것들 다 죽여 버린다.
-초고추장: 시벌…….

-귀염요정: 지금 접속합니다.

진우의 예상보다 반응이 격렬했다. 이 정도라면 뚜렷한 목표와 위기를 심어주기에 충분했다.

판이 깔렸다. 이제 클라이맥스로 넘어갈 차례였다.

슬픔이 분노를 낳았다. 이제 이 모든 감정을 카타르시스로 바꿀 차례였다.

쿵! 쿵! 콰앙!

문이 마구 흔들리며 막아놓았던 물건들이 뒤로 밀려났다. 진우는 플레이어들이 건네준 검과 방패를 착용하고 가장 앞에 섰다. 플레이어들도 진우와 함께했다. 그들의 숫자는 스무 명이 조금 넘었다. 모두 비장한 표정이었다.

"오래 버티지 못할 것 같습니다."

진우는 나지막하게 말했다.

"하지만…… 어떻게든 막읍시다."

"네! 막죠!"

"막아내자!"

"으아아아!"

-신발장사: 크…… 눈물날라 그래.

-귤맛: 김군주 멋있다…… 그저 빛…….

-오렌쥐: 김군주 그는 신인가.

시청자들은 무언가 가슴 속에 차오르는 것을 느꼈다. 오프라인에서 모여 지켜보는 시청자들도 마찬가지였다. 치킨이 모두 식어버렸고, 맥주는 김이 빠져 버렸다. 화면에서 도저히 눈을 뗄 수가 없었기 때문이다.

꿀꺽!

시청자들이 침을 꿀꺽 삼켰다. 마치 자신이 현장에 있는 것처럼 긴장이 되었다. 시청자들은 주먹을 꽉 쥐고 김군주의 시선을 따라 마구 흔들리는 문을 바라보았다. 문이 한계에 도달했다.

콰앙!

두꺼운 문이 녹아내리는가 싶더니 그대로 터져 버렸다. 문을 막고 있던 물건들도 불길에 휩싸이며 타올랐다. 병사들이 불길을 뚫고 밀어닥치기 시작했다.

"막아! 으윽!"

"으아!!"

"밀어버려요!"

진우와 플레이어들은 좁은 입구를 몸으로 막아섰다.

진우는 방패를 들고 병사들을 쳐냈다. 플레이어들이 불길에 휩싸였지만, 대열은 흐트러지지 않았다. 이를 악물고 버텨내었다.

-하악질: 아악…….

-고양이좋아: 하마뿡님 죽었다…….

-빽도: 큰일났네.

-얀데레: 아…… 뚫린다.

그러나 쓰러지는 플레이어가 생기자 대열에 균열이 생겼다. 진우의 몸이 점차 뒤로 밀리기 시작했다. 오래 버텼지만 숫자가 너무 많았다.

이제 희망이 없는 걸까? 채팅방과 시청자들이 안타까움에 물들 때였다.

콰아아!

앞쪽에서 폭발음이 일어났다. 진격하던 병사들의 고개가 일제히 돌아갔다. 병사를 막아서던 플레이어들의 눈이 크게 떠졌다.

뿌우우우!

뿔피리 소리가 들림과 동시에 바닥에서 식물의 줄기가 치솟더니 병사들을 박살 냈다.

플레이어와 시청자들은 무너진 대피소 입구를 통해 마을 쪽을 바라보았다.

휘이이!

코끼리의 등 위에 황금빛으로 빛나는 지팡이를 들고 있는 노인이 있었다. 노인이 지팡이를 위로 올리자 사방에서 치솟은 줄기에서 물이 뿜어져 나왔다. 본래 저 지팡이는 저 정도 위력을 낼 수 없었다. 차원 금화를 잔뜩 쏟아부은 정령 마법이었다.

"저, 저건……!"

"황금의 룬달프!"

"우아아! 룬달프 님이다! 그리고 팬티단까지?"

황금의 룬달프와 엘론티 전사들이 보였다.

"엘론티의 전사들이여! 숲의 거름들이 눈앞에 있다! 저 쓰레기들을 모두 묻어 나무로 만들자!"

"우오오오!"

플레이어들, 그리고 시청자들의 눈에는 팬티만 입고 있는 엘론티 전사가 너무나 든든해 보였다. 적이었다면 너무나 역겨워 얼굴을 찡그렸겠지만, 같은 편이라고 생각하니 이보다 더 멋질 수는 없었다. 엘론티뿐만 아니라 마계의 인원들도 나타났다.

"너희들이 불태울 수 있는 건 마을이 아니다."

"타오르는 건 언제나 우리의 마음뿐!"

"내 주먹도 타오른다!"

붕대를 감고 있는 광마가 병사들을 박살 냈다.

"저희가 왔습니다."

"나도 있음."

루나, 미궁도 플레이어들을 잔뜩 이끌고 전장에 합류했다.

김군주, 광마, 룬달프, 루나, 그리고 새로 들어온 미궁까지. 많은 이야기를 남겼던 파티가 다시 하나가 되어 새로운 형태로 마을에 합류했다. 그리고 최희연도 있었다. 본래 모습과 조금 달랐다. 체구가 작아졌고, 귀여운 면이 강조가 되었다.

그녀는 검사로서 꽤 유명했다. 엄청난 검술 실력으로 던전을 클리어한 영상은 꽤 화제가 되었었다. 최희연이 아니냐는 말이 들려오고 있지만 그녀는 매번 부인했다.

"어? 귀염검객희연 님!"

"……아, 그……."

"귀염검객희연 님이다!"

"저기, 저……."

"귀염검객희연 님이 계시면 든든하지!"

주변에 있는 플레이어가 희연을 알아보았다. 희연은 이름이 불릴 때마다 움찔했다.

"귀염검객희연인가…… 과연 범상치 않군. 내 파멸의 그림자가 숙적이라고 말하고 있다."

"귀염검객희연…… 숲의 전사들에게 그 이름을 들은 적이 있다."

마계인과 엘론티의 전사가 그녀를 그렇게 평가했다. 정작 그녀는 얼굴이 새빨갛게 변해 있었다. 게임은 처음이었다. 닉네임의 중요성을 인지 못 한 그녀였다. 지원을 온 플레이어들이 참담한 광경을 보고 모두 분노로 일렁였다.

"다 죽여 버려!"

"저 새끼들이 카렌 님을 죽였습니다!"

"이 개새끼들!"

플레이어들이 병사들에게 돌격했다. 아로롱과 세연이 병사들의 숫자를 기가 막히게 조절했다. 병사들이 플레이어들의

손에 의해 무너지는 광경은 시청자들의 감정을 아주 충만하게
만들었다.

　-원반: 오오오! 뿅이 차오른다!
　-김가수: 소름끼쳐ㅋㅋ
　-랜서: 다 죽여라! 시발놈들.
　-김갑진: 우아! 쩐다. 개멋져.

오프라인도 난리가 났다.
"대박!"
"캬아, 이거지!"
"여기 맥주 더 주세요! 아니, 막걸리로 주세요!"
맥주 대신 막걸리가 불티나게 팔렸다.
진우는 반쯤 부서진 방패를 들었다.
"우리도 합류하죠! 돌격!"
"으아아아! 다 죽이자!"
"가즈아!"
진우와 플레이어들도 대피소를 벗어나 진격했다.
김군주와 전사들. 그들은 비극 속에서 탄생한 영웅들이었
다.

혼돈의 군세는 플레이어들에 의해 빠르게 정리되었다. 평화
의 마을을 불태운 혼돈의 군세가 박살 나는 광경은 허무함보

다는 짜릿한 통쾌함을 선사해 주었다. 지켜보는 모든 이들에게 카타르시스를 만끽하게 해주었다. 김군주의 활약은 누구보다도 눈부셨다. 그와 함께 수많은 혼돈의 병사들 속에서 버텼던 플레이어들도 악이 바친 듯 병사들을 박살 냈다.

'음?'

진우는 병사들을 베고 있는 여전사를 발견했다. 광마나 룬달프와 마찬가지로 눈에 확 띄었다. 실력이 워낙 뛰어났기 때문이다.

-감자칩: 엇, 귀염검객희연님이네.

-와사비맛: 저분 고수임ㅋㅋ

유치한 닉네임에 살짝 웃음이 나왔다. 거세게 타올랐던 불길이 점차 꺼져갔다. 혼돈의 병사들의 숫자도 빠르게 줄더니 불길이 완전히 사라질 때쯤 전부 정리가 되었다.

"이겼다!"

"으아아!"

플레이어들이 주먹을 쥐며 외쳤다. 진우는 방패를 내려놓았다. 방패가 땅에 닿는 순간 산산이 조각 나버렸다.

진우와 함께 NPC를 지켰던 플레이어들이 진우의 주변으로 다가왔다. 같이 생사를 넘다 보니 서로 상당히 가까워져 있었다. 전우애라고 표현해도 무리가 없었다.

진우는 그 중심에 있었다. 모든 게 연기이기는 했지만, 그래도 친해진 것 같은 느낌이 들기는 했다.

"마을이……."

"완전히 사라졌군요."

플레이어들이 그렇게 말했다. 마을의 건물들이 모조리 불타서 마을이 아예 사라진 것과 다름이 없었다. 진우와 함께했던 플레이어들은 평화의 마을이 좋아서 계속 머무르고 있던 이들이었다.

반쪽짜리 승리였다. 마냥 좋아할 수는 없었다. NPC들이 대피소에서 나왔다. 그들의 표정은 당연히 밝지 않았다.

"복구 작업을 할까요?"

"그래야 할 것 같네요."

"남아 있는 게 있는지 찾아봅시다."

처참한 풍경을 바라보던 플레이어들이 자발적으로 움직이기 시작했다. 진우는 평화의 마을을 아예 지워 버릴 생각이었는데, 자연스럽게 플레이어들이 복구 작업을 하자는 쪽으로 의견이 모아졌다. 생각해 보니 복구를 하는 것도 괜찮을 것 같기는 했다. 그편이 오히려 더 기억에 오래 남을 것이다.

"일단……."

그렇다면 우선 해야 하는 일이 있었다. 모든 플레이어들도 동의했다. 마을을 복구하기 전에 NPC를 위한 묘지부터 만들기로 했다.

'끝났군.'

황무지가 반쯤은 혼돈의 군세에게 점령당한 상태이지만 메인 시나리오 챕터1에서 진우가 해야 할 일은 모두 마무리되었다.

평화의 마을에 NPC들의 이름이 새겨진 묘지가 만들어졌다. 추모식도 했는데, 본래는 평화의 마을에서만 진행되었지만 온라인, 오프라인까지 그 물결이 퍼져 나갔다.

미궁넷의 유저들은 서울시의 허락을 받고 대규모 추모식을 진행했다. 본래 냉정하게 상황만 따지고 보면 굉장히 이상했지만, 누구도 반대하지 않았다.

많은 이들이 그 치열했던 현장을 봤기 때문이었다. 오히려 시에서는 추모식을 기회로 삼아 여러 가지 행사를 진행하기도 했다.

JW 게이트와 안양시의 협업을 굉장히 부러워했었는데, 기회가 오니 냉큼 잡아버렸다. '뉴월드 서울'이라는 홍보 문구도 순식간에 제작되었다. 추모식에 참가하는 사람들이 고인이 된 카렌과 다른 NPC들의 사진을 들고 행진했다. 어설프게나마 뉴월드의 복장을 하고 있었는데, 해외에서 취재까지 왔다.

초대 가수까지 등장해서 노래도 불렀고, 나름대로 할 수 있는 건 다 진행이 되었다. 시장까지 나오는 기이한 풍경이 연출이 되었다. 뉴월드를 통해 세계적인 관광도시로 도약하겠다는 원대한 꿈이 느껴졌다. 그게 결코 과장이 아닐 만큼 뉴월드 미궁의 영향력은 대단했다.

진우는 플레이어들과 평화의 마을에 머물면서 복구 작업에 참여했다. 후원받은 모든 금액을 차원 금화로 바꾸어 마을에 기부했다. 적지 않은 돈이었기에 플레이어들과 시청자들 모두 놀랐다. 그렇게 기부를 하니, 룬달프, 광마를 포함해서 많은 이들이 기부 릴레이에 동참했다. 특히 룬달프가 어마어마한 금액을 기부해서 평화의 마을은 오히려 전보다 규모가 커졌다.

카렌과 다른 NPC들을 부활시켜줄 수 없냐는 플레이어의 물음에 G&P 개발진들은 그럴 수 없다는 입장을 밝혔다. 이미 하나의 작은 세계였고 정교하게 돌아가는 시스템이었기에 개입할 수 없다고 말해주었다.

플레이어들 사이에서는 NPC를 하나의 인격체로서 존중해 줘야 한다는 의견까지 나왔다. 지금 현재도 토론이 이루어지고 있었다. 그런 와중에 진우는 저택에서 쉬는 중이었다.

'생각보다 효과가 큰데?'

TV에서도 주의 깊게 보도하고 있었다. 카렌은 순식간에 유명인이 되어버렸다. 현재 인간으로 변장을 하고 지구를 돌아다니면서 여행을 하는 중이었는데, 조금은 복잡한 심경이라고 한다. 살아 있는데 영정사진을 보는 심정은 어떨까?

'아무튼, 평화의 마을도 복구되었고……'

황무지를 점령한 혼돈의 군세만 몰아내게 되면 메인 시나리오 챕터1이 끝나게 된다. 이후에 시나리오도 플레이어들의 성장에 맞춰 진행될 예정이었다. 마을 복구가 끝나고 할 일이 없었지만 진우는 가끔 뉴월드에 접속해 방송을 했다. 취미 생활로 괜찮은 것 같았다.

"도련님."

"음?"

유나가 스케줄을 확인하며 진우를 바라보았다.

"정모가 있다고 하시지 않았습니까?"

"음? 그랬었지."

"정모 이름이 아마도 김군주와 전사들이었지요."

마을 복구까지 함께하다 보니 상당히 친해졌다. 예전에 온라인 게임을 즐겨 했을 때의 기분이 나기도 했다. 신분과 관계없이 그저 캐릭터로 지내며 이런저런 이야기를 나누는 것도 꽤 괜찮았다. 이진우였다면 누구도 그렇게 편하게 대할 수 없었을 테니까.

'옛날 생각도 나고 좋긴 했는데…….'

진우는 피식 웃었다. 말이 통하는 이들도 생겨서 생각보다 오래 접속했지만, 아무래도 정모는 무리일 것 같았다. 김군주가 이진우라고 알려지면 상당히 곤란했기 때문이다. 아니, 단순히 곤란한 수준이 아니라 미궁넷을 뒤집어 버리는 소식이 될 것 같았다. 특혜 의혹도 생길 것이 분명했다.

"바람도 쐴 겸 가보시는 게 좋을 것 같습니다."

"가라고?"

"네, 특별히 안 될 이유라도 있습니까?"

"음? 이유……?"

진우는 유나를 바라보았다.

"아! 그렇지."

그동안 뉴월드에 몰입하다 보니 한 가지 사실을 깜빡하고 있었다. 뉴월드는 게임이지만 게임이 아니었다. 게임의 탈을 쓴 현실이었다. 당연히 김군주 캐릭터도 지구로 옮겨올 수 있었다. 캐릭터를 만들 때 가짜 신분도 이미 만들어놓았다.

김군주 26세. 신분증의 이름도 김군주로 했다.

'김군주는 그럭저럭 무난한 설정이었지.'

해외에서 고등학교를 나왔고, 현재 문화센터에서 사업을 하고 있다는 설정이었다. 성적뿐만 아니라 고등학교 생활 이야기도 모조리 조작해놨고, 말을 맞춰줄 인물도 모두 확보해 놓은 상태였다.

'정모라…… 재미있을 것 같은데?'

진우는 예전 온라인 게임을 했을 때 정모에 참여했던 것이 떠올랐다. 회사 신입 시절이었는데, 상당히 많이 얻어먹었던 기억이 있었다. 지구에서 아바타가 잘 작동하는지 시험해 볼 겸, 정모에 참여하는 것도 괜찮을 것 같았다.

"스케줄 비워줘."

"알겠습니다."

사실 스케줄은 모두 비워져 있는 상태였다.

유나는 부드럽게 웃으며 스케줄을 바꾸는 척했다.

정모 날짜가 되자 진우는 천계에서 김군주 아바타를 가지고 왔다. 아공간에 넣어서 가지고 왔는데, 아바타를 꺼내니 마치 시체를 꺼내는 기분이 들었다. 그나마 아바타와 의지가 연결되어 있지 않았을 때는 흙인형처럼 보여서 다행이었다.

진우는 잠시 아바타를 바라보다가 침대에 누워 접속기를 착용했다. 김군주는 루나가 만들어준 특별한 아바타였는데, 진우의 신성력은 루나와 연결되어 있으니 별다른 절차를 걸칠 필요가 없었다. 접속기를 착용하자마자 바로 김군주와 연결되었다.

"오……."

누워 있던 김군주가 자리에서 일어났다. 침대에 누워 있는 자신의 모습을 보니 신기했다. 게다가 지구에서 접속하는 느낌은 광장히 색달랐다. 진우는 거울을 바라보았다. 이리저리 구겨진 갑옷을 입고 있는 김군주가 눈앞에 서 있었다.

'작동하는 기능도 있네?'

플레이어들의 편의를 위해 넣어놓았던 여러 가지 기능이 작동했다. 다만, 정보 알림이나 시스템창 같은 건 볼 수 없었다. 아무래도 중앙 통제실과 연결이 되어야 했기 때문인 것 같았다. 유나가 옷을 들고 다가왔다.

"옷을 준비했습니다. 지구에서 보니 새롭군요."

"그렇지?"

[다섯 가지 덕목을 지닌 자(김세연, 기타 세력)가 몰래 아바타와

연결합니다. 성좌들이 환호하자 조용히 하라고 제스쳐를 취합니다.]

[허영의 연기자(안허영, 지구)가 들키면 큰일 난다고 말하지만 말리지 않습니다. 흥미진진한 눈빛이 되었습니다.]

[대군주 님이 두 분?! 피를 흘리는 용(아르카나, 중간계)이 피를 토하며 기절했습니다. 심장이 3초 동안 멈췄지만 충성의 그림자(총지배인, 지구)가 응급조치를 하여 살아났습니다. 다행입니다.]

성좌 시스템도 작동하고 있었다. 그러나 정보창이 떠오르지 않아 진우의 눈에는 보이지 않았다. 정보의 마안도 약해져서 깊게 의식하지 않으면 자세한 정보까지는 볼 수 없었다. 황금의 군주나 악의 화신도 특별한 상황이 아니면 반응하지 않았다.

'마음에 드네.'

오랜만에 완전한 자유를 얻은 느낌이었다. 몸도 이리저리 움직여 보니 이상이 전혀 없었다. 마력이 없다는 것 외에는 뉴월드 : 미궁에서 움직였을 때와 똑같았다.

진우는 유나가 준 옷으로 갈아입었다.

"오, 차려입으니 훨씬 괜찮은데?"

뉴월드 : 미궁 캐릭터였지만 오히려 현대복장이 더 잘 어울렸다. 진우보다 키와 덩치가 컸고, 선이 굵직했다. 남자답게 생긴 미남이었다. 마치 금방이라도 향수 CF에 나올 것 같은 그런 비주얼이었다. 진우는 남자다운 모습이 마음에 들었다. 그

래, 언제 이런 몸을 해보겠나?

진우는 충분히 즐기기로 했다.

"괜찮긴 한데, 본래 모습이 더 나은 것 같습니다."

"그래?"

[허영의 연기자(안허영, 지구)가 '이건 기회야'라고 말합니다.]

[음침한 그림자(델루, 엘론티)가 저택으로 출발했습니다. 기회를 노립니다.]

[충성의 그림자(총지배인, 지구)가 모든 상황을 파악했지만 말리지 않습니다. 그저 흐뭇하게 웃습니다.]

[다섯 가지 덕목을 지닌 자(김세연, 기타 세력)가 홀로그램 촬영기를 챙깁니다.]

[어둠의 음악가(아리나, 기타 세력)가 포탈을 엽니다. 타락한 빛의 여신(루나, 천계)이 말리는 척하며 따라가려 합니다.]

[피를 흘리는 용(아르카나, 중간계)이 흥분을 이기지 못해 본체로 변했습니다. 충성의 그림자(총지배인, 지구)가 빠르게 그녀를 제압했습니다.]

유나는 갑자기 뒤를 바라보며 전투 자세를 취했다. 그녀의 표정은 굉장히 진지했다. 식은땀마저 한 방울 흐르고 있었다.

진우가 깜짝 놀라며 유나를 바라보았다.

"왜 그래?"

"……무언가 추잡스러운 시선들이……."

"웅?"

진우는 주변을 둘러 봤지만 아무것도 느낄 수 없었다.

"도련님의 육체는 제가 잘 지킬 테니 다녀오십시오."

"굳이 지킬 필요가 있나? 어차피……."

"저를 믿어주십시오."

유나의 진지한 표정에 진우는 고개를 끄덕일 수밖에 없었다. 그냥 방치해 놓는 것보다는 나을 것 같았다. 육체에 큰 충격이 가해지면 자동으로 로그아웃이 되었는데, 지구에서 김군주가 로그아웃이 되면 곤란한 사태가 벌어질 것이다.

유나는 무기까지 꺼내오더니 누워 있는 진우의 옆에 앉았다. 마치 전투를 앞두고 있는 무사와 같은 기세가 느껴졌다.

진우는 그런 그녀를 고개를 갸웃하며 바라보다가 방 밖으로 나왔다.

'차는…….'

진우는 진열되어 있는 차 키를 바라보다가 멈칫했다. 그러고는 씨익 웃었다.

'탈 필요 없겠지.'

정모를 갈 때는 역시 지하철이었다! 저택에서 빠져나와 지하철역까지 걸어갔다. 이진우의 모습이 아니었기 때문에 훨씬 자유로웠다. 김군주와 닮았다는 소리가 들려왔다. 시선이 모이기는 했지만 이진우였을 때와는 확실히 다른 느낌의 시선이었다. 진우가 지하철역으로 다가가는 순간이었다.

"아, 저기 인상이 너무 좋으시네요. 잠시 이야기 좀 나눌 수 있을까요?"

허름한 크로스백을 메고 있는 남성이 다가오더니 그렇게 말했다. 진우가 거절하려고 했지만 그럴 틈도 주지 않고 말을 이었다.

"대학생이세요? 가정에 정말 복이 많네요. 이게 다 조상님이 보호해 주시는 덕분입니다."

"제가 좀 바빠서……."

"지금 제 말을 듣지 않으시면 하는 일이 잘못될 수도 있습니다. 그러지 말고 말씀 좀 듣고 가세요. 저기 카페가 있는데……."

정말 오랜만이었다. 너무 오랜만에 만나 반가운 마음까지 들기도 했다. 다시 한번 거절을 하려고 할 때였다.

[충성의 그림자(총지배인, 지구)가 분노합니다. 차원의 지배자인 대군주님을 경배하십시오.]

"어? 아……! 대, 대군주……. 흐어엉"

남자가 덜덜 떨더니 그대로 주저앉았다. 마치 황홀한 무언가를 보는 듯 하늘을 바라보다가 오열하기 시작했다.

[이진우 전기의 확장판인 '위대한 대군주 성경'을 특별히 하사합니다.]

그의 가방 속으로 책 한 권이 전송되었다. 진우는 시선이 모이자 그냥 남자를 지나쳤다. 지하철역은 정말 오랜만이었다. 잠시 멈춰 서서 풍경을 바라보다가 피식 웃었다. 도착지를 확인한 다음 전철을 탔다.

'이제 이것도 추억이구만.'

설마 지하철이 추억이 될 줄은 꿈에도 생각하지 못한 진우였다. 진우가 핸드폰을 꺼낼 때였다.

"종말이 옵니다! 종말이 다가오고 있습니다! 악마의 숫자를 조심하십시오!"

하얀 천을 누더기처럼 휘감은 채 입에 침을 튀겨가며 외치는 사람이 보였다. 전철 안의 사람들이 인상을 찌그렸다. 조용히 자리에 앉아 있는 종교인이 보이자 갑자기 달려가더니.

"악마야 물럿거라!"

종교인이 자리에서 일어나서 피했지만 집요하게 따라오며 소리쳤다. 그야말로 민폐였다.

[허물의 제왕(사라 브리악)이 거짓 선지자에게 진정한 종말이 무엇인지 보여줍니다. 사악한 마족들의 모습과 마계의 풍경을 보여줬습니다. 그곳에서는 대군주님만이 구원입니다.]

"어, 어억?! 으아!"

갑자기 바닥에 주저앉더니 덜덜 떨었다. 진우는 옆 칸으로 자리를 피했다. 이런저런 소동 속에서 사람 냄새를 아주 진하게 느낄 수 있었다.

'음, 그리운 광경이구만.'

진우는 코를 쓱 닦았다. 역 주변에서 도를 믿냐고 잡는 사람이나 과격하게 전도를 하는 종교인들, 잡상인들을 보니 예전 생각이 나 코끝이 찡해졌다.

닉네임 '엄마가주신망치'는 약속 장소로 향했다. 김군주와 전사들은 그녀를 마망이라 불렀다. 엄마가주신망치를 줄인 애칭이었다.

아바타 담당 천사의 호감도를 올려 친해지고 난 다음, 많은 과금을 하면 아바타의 성별을 바꿀 수 있었는데, 그녀의 아바타는 털이 덥수룩하고 키가 엄청 큰 근육질의 남자였다.

무려 두 달 치 아르바이트비를 모두 아바타에 때려 박은 결과였다. 진짜 그녀의 모습은 체구가 작은 대학생이었다.

마망은 스마트폰을 바라보았다. 단톡방이 있었는데 김군주를 제외한 모든 이들이 모여 있었다.

-마망: 나 왔음. 언제 도착해요?

-핑크요정: 마망 왔어? 나도 거의 다 도착!

-마망: 그럼 1번 출구에서 같이 가죠! 저 큰 가방을 들고 있어요. 딱 보면 아실 거예요.

-핑크요정: 알았옹.

마망은 기대가 되었다. 그녀는 예쁨받는 막내였다. 뉴월드에서 김군주와 전사들이 많이 챙겨줬기에 보답을 하려고 큰 가방에 나눠줄 선물을 잔뜩 들고 오기까지 했다.

뉴월드 접속기와 연동된 톡방에서 자주 이야기를 나눴지만 오프라인에서 실제로 보는 것은 처음이었다. 뉴월드 : 미궁에서 핑크요정은 아주 귀엽고 깜찍한 소녀였다. 체구보다 커다란 지팡이를 쓰는 모습이 너무 귀여워 몇 번 껴안기까지 했다.

'분명 나랑 비슷할 거야!'

단짝 친구가 생길 거라는 강한 예감이 들었다. 그녀가 그렇게 1번 출구에 서 있을 때였다.

"마망?"

"네? 허억?!"

마망은 크게 놀라 뒤로 넘어질 뻔했다. 턱수염이 덥수룩한 남자가 넘어질 뻔한 그녀를 잡아주었다. 체격이 굉장히 커 마망이 목을 꺾어 올려다봐야 할 정도였다.

"피, 피, 핑크요정 님?!"

"오, 마망. 완전 다르잖아?"

"아, 아니, 님이 더 다른데요?"

"네가 더 다른데?"

둘의 모습이 완전히 바뀐 것처럼 보일 정도였다. 처음에는 어색했지만 그래도 같이 지낸 돈독한 시간이 있었다. 금방 뉴

월드 : 미궁에서처럼 친해질 수 있었다. 핑크요정이 마망의 가방을 들어줬다. 게임에서와는 정 반대 상황이었다.

"아! 감사합니다."

"먼저 들어가서 기다리자."

"네!"

둘은 미리 예약한 술집에 들어갔다. 2층 전체를 단체로 예약해서 현재 둘밖에 없었다.

"진심사커킥은 어떻게 생겼을까요?"

"그러게. 아바타는 완전 시체였는데……."

"설마 현실에서도 그럴까요?"

양반은 못 된다고 진심사커킥이 계단을 올라왔다.

"엇?! 진심사커킥 님?!"

"어? 누구세요?"

진심사커킥이 둘의 정체를 알자 그 자리에서 폭소했다. 진심사커킥은 똑같이 생겼다. 오히려 실제 모습이 더 말라보였다. 그렇게 하나둘씩 자리를 했다. 진심사커킥처럼 자신의 모습과 비슷한 사람도 있었지만 대부분 크게 달랐다.

모습이 바뀌는 건 기본이고 성별마저 다르니 누군가 나타날 때마다 퀴즈를 푸는 기분이었다.

"이제 김군주 님만 남았네요."

"그러게."

"안 오실 줄 알았는데, 오신다고 하니 정말 다행이에요. 김군주 님은 어떤 모습일까요?"

마망의 말에 진심사커킥이 고개를 끄덕이며 생각에 빠졌다. 다른 이들도 마찬가지였다.

"김군주 님, 의외로 여자인 거 아니야?"

"그냥 평범할 것 같은데. 아바타가 너무 잘 생겼잖아."

"맞아. 과금 엄청 했을 것 같아. 우리 가게 직원들도 엄청 좋아하던데……"

"운동선수나 능력자일 수도?"

"음……"

다른 이들이 아직 도착하지 않은 김군주의 정체를 상상하며 이야기를 나눴다.

뚜벅! 뚜벅

누군가 계단을 오르는 소리가 들려왔다. 마망과 핑크요정, 진심사커킥 그리고 자리에 앉아 있는 모든 이들의 귀가 쫑긋했다. 모두의 시선이 계단에 집중되었다. 마침내 누군가 모습을 드러냈다.

"안녕하세요? 반갑습니다. 김군주입니다."

모든 이들의 표정이 멍해졌다. 곧 경악으로 바뀌었다. 김군주가 왔다!

진우는 예약된 술집에 도착했다. 정겨운 느낌이 드는 술집이었다. 평범한 외관이 마음에 들었다. JW 게이트 쪽 재료를 쓰고 '홀로그램TV 완비'라는 스티커가 붙어 있는 것 외에는 평범했다.

'조금 긴장되네.'

왜인지 조금 긴장이 되었다. 군주가 된 이후로 긴장을 한 게 언제인지 기억조차 나지 않았다. 피식 웃고 안으로 들어갔다. 조금은 이른 시간이라 사람들이 많지 않았다.

직원이 진우를 보자 화들짝 놀랐다.

"호, 혹시 김군주 님?"

"네, 예약되어 있다고 하는데……."

"패, 팬입니다."

김군주라는 캐릭터는 나름대로 유명해서 알아보는 사람들이 꽤 많았다. 뉴월드 : 미궁 초창기부터 꾸준히 등장했고, 평화의 마을 방어전 덕분에 인기의 정점을 찍었다. 그래도 게임 속과는 분위기가 많이 달라 적극적으로 다가오는 이들은 없었다.

월드넷에 김군주 현실 목격담이라고 해서 올라오고 있었는데, 사진이 없어 어그로로 치부되고 있었다. 진우는 직원에게 싸인까지 해주었다.

"아! 2층으로 가시면 됩니다."

직원이 2층으로 올라가는 계단 쪽을 가리켰다. 2층 전체를 예약했다고 하는데, 벌써 시끄러웠다. 걸걸한 목소리가 대부분이었다. 김군주와 전사들은 여캐가 2배가량 더 많았는데, 역시 예상대로였다.

진우는 2층으로 올라왔다. 그가 올라오니 시끄러웠던 분위기가 순식간에 조용해졌다. 모두 하나같이 입을 벌리면서 자신을 바라보았다.

'역시 게임이랑은 다르군.'

게임 속 캐릭터와 현실의 괴리감에서 오는 풍경! 그것도 정모의 묘미 중 하나였다.

대학생들도 있었고, 30대, 40대 후반으로 보이는 이들도 있었다. 연령대가 굉장히 다양했다. 게임에서는 하나같이 미남미녀였지만 현실은 그렇지 않았다. 사람들이 뉴월드에 푹 빠진 이유이기도 했다.

"안녕하세요? 반갑습니다. 김군주입니다."

"어억!"

"와! 정말 김군주 님이시네!"

"똑같다."

반응은 예상했지만 굉장히 폭발적이었다. 아직도 멍한 표정을 짓고 있는 사람도 꽤 있었다. 황금의 군주가 작동하지 않고 있는데도 그러했다.

[허물의 제왕(사라 브리악, 마계)이 첫인상이 중요하다고 말합니다. 김군주에게 허세의 권능을 부여합니다. 그의 모든 게 굉장히 그럴듯하게 보이기 시작합니다.]

[타락한 빛의 여신(루나, 천계)이 반짝이는 물광피부 효과를 부여합니다.]

[음침한 그림자(델루, 엘론티)가 유혹하는 자연의 향기를 부여합니다.]

진우의 뒤에서 후광이 뿜어져 나왔고, 그의 피부에서는 마치 성스러운 빛이 나는 것 같았다. 그가 등장하는 순간부터 향긋한 향이 느껴졌다. 단지 계단을 올라왔을 뿐인데도 눈을 뗄 수가 없었다.

진우가 자리에 앉았다. 자리에 앉을 때까지 모두의 시선이 그에게 고정되어 있었다. 모두 김군주의 아바타가 워낙 괜찮아서, 많은 차원 금화를 쏟아붓고 커스터마이징을 했을 거라 예상했지만 그게 아니었다. 게임과 똑같았다. 아니, 오히려 현실에서 더 빛나는 것 같았다.

"아, 안녕하세요? 저 엄마주신망치예요."

"핑크요정입니다."

각자 소개를 했다. 정모에 참석한 이들은 스무 명가량 되었다. 본래는 더 적었지만 복구 작업 때 합류한 이들도 있어서 조금 더 늘어났다. 모두 진우와도 꽤 많은 이야기를 나눴기에 어색함이 없었다. 진우가 김군주 그대로의 모습이어서 더 친근하게 다가왔다.

"김군주 님, 사진 찍어도 되나요?"

"네. 괜찮습니다."

"같이 찍죠!"

[몽환과 회귀의 악마(릴리스, 마계)가 김군주의 사진에 매혹을 부여합니다. 모두가 눈을 뗄 수 없을 것입니다!]

진우는 마치 연예인 팬미팅을 하듯이 사진을 찍었다. 핑크 요정이 진우의 곁에서 깜찍한 표정을 지었다. 그러자 진심사커 킥이 눈살을 찌푸렸다.

"핑크요정 님, 게임에서처럼 행동하지 마세요. 으윽, 토 나옵니다."

"아하하! 김군주 님을 보니 게임 습관이 나오네."

가상현실 게임이다 보니 게임캐릭터에 접속했을 때의 습관이 나오고 있었다. 이미 이들에게 뉴월드 : 미궁은 또 다른 현실이나 마찬가지였다. 본격적으로 술과 안주가 나올 때였다.

"선물을 준비했어요."

마망이 바리바리 싸 들고 온 선물을 건네주었다. 각자의 캐릭터 모양을 딴 봉제 인형과 수제 쿠키였다. 그리고 손편지까지 있었다. 마음이 참 예뻤다. 진심사커킥은 감동에 눈이 붉어졌다. 진우도 흐뭇한 미소를 지을 수 있었다.

'세계를 지킨 보람이 있군.'

많은 일이 있었지만 지구에 큰 피해가 없는 게 다행이었다.

'보통 정모를 하면 망한다고들 하는데……'

정모 때문에 박살 난 길드도 여럿 있었다. 불순한 의도로 정모에 참석하거나, 사람 관계에서 일어난 일들 때문에 사라지는 경우가 많았다. 하지만 뉴월드 : 미궁은 가상현실이라 그런

지 그런 분위기는 전혀 아니었다.

"저는 이진우 님께 매일매일 감사하고 있어요!"

"여자친구를 사귈 수 없다면 직접 만들어라! 그 말을 듣고 공대에 입학했지요. 하지만 깨닫고 말았습니다. 최후의 경지는 나 자신이 여자친구가 되는 것입니다!"

"오! 맞습니다! 저도 요즘에 외롭지 않게 되었어요."

[다섯 가지 덕목을 지닌 자(김세연, 기타 세력)가 어느 정도 동의합니다. 사랑은 모두 숭고한 것입니다!]

[타락한 빛의 여신(루나, 천계)이 슬퍼합니다. 일정 부분 책임을 느껴 축복을 내려줍니다. 일주일간 매력 수치가 상승할지도 모릅니다.]

대단히 심오하고 위험한 말들이었다. 분위기가 무르익었다. 술이 들어가자 모두 많은 이야기를 쏟아냈다.

진우는 말을 많이 하는 편은 아니어서 고민이나 이런저런 이야기들을 묵묵히 들어주었다.

'모두 고민이 많구나.'

사는 게 다 그런 것이 아니겠는가.

진우는 고개를 끄덕였다.

"저도 말씀드릴 게 있습니다."

진심사커킥이 휘청거리며 자리에서 일어나더니 진지한 표정으로 고개를 숙였다.

"저, 죄송합니다. 다음 주부터는 접속할 수 없을 것 같아요. 이번에 얼굴이라도 비치려고 나왔어요."

"네? 왜요?"

마망이 깜짝 놀라며 진심사커킥을 바라보았다. 진우도 술잔을 내리며 그에게 시선을 옮겼다.

"아버지 식당에 불나서…… 아르바이트라도 구해야 할 것 같아요."

"아…… 아버님은 괜찮으세요? 앓아누우셨다고……."

"그렇게 되었네요. 방화범이 아직 안 잡혔는데…… 뭔가 수사가 진전이 없는 것 같아요."

분위기가 가라앉았다. 모두 진심사커킥의 사정을 안타깝게 생각했다.

"당분간 도와줄게."

"맞아. 내 가게에 올래?"

"아니에요. 저는 도움이 안 될 거예요. 걱정해 주셔서 감사합니다."

진심사커킥은 몸이 좋지 않았다. 바짝 마르고 힘이 없어 보였다. 하지만 굉장히 밝은 사람이었다. 봉사활동도 자주 가고, 복구 활동도 제일 의욕적으로 참여했다. 형편이 어려워 차원금화 기부는 안 했지만, 카렌의 추모식에 참여도 하고 전단지도 돌린 뉴월드 : 미궁 열성 팬이었다.

최초로 네크로맨서라는 직업을 탄생시킨 플레이어이기도 했다. 일반인 치고는 전투 감각도 탁월했다. 앞으로의 활약이 굉장히 기대가 되는 플레이어 중 한 명이었다.

'음…….'

진우는 잠시 생각에 빠졌다. 모처럼 자신도 정모에 나왔는데, 누군가 빠져나간다는 게 마음에 들지 않았다. 그것도 자의가 아닌 타의에 의해서 말이다.

진우는 잠시 생각하다가 유나에게 문자를 보냈다. 진심사커킥을 바라보며 입을 뗐다.

"JW 게이트 쪽에 지원해 보는 게 어때? 거긴 사람 계속 뽑잖아."

"네? 에이, 저 같은 게 무슨……. 고등학교도 간신히 나왔는데요. 몸도 약하고……."

"듣기로는 거기서 몸 관리도 해준다던데……."

"군주 형, 제가 뽑히겠어요? 스펙도 없는데."

진우의 말에 진심사커킥은 고개를 저으며 웃었다. G&P와 관련된 기업에 들어가는 건 로또에 당첨되는 것보다 힘들었다. 세계 최고의 수재들이 취업하기 위해 아등바등하며 이력서를 넣는 곳이었다.

G&P JW 게이트는 따로 공개 채용은 하지 않았다. 항상 문이 열려 있었고, 누구라도 이력서를 넣을 수 있었다. 한국의 법에서 벗어난 자체적인 규칙으로 움직이기 때문에, 어떤 제약도 없었다. 애초부터 그곳은 이진우 왕국이었다. 인맥과 뇌물, 모든 것이 가능했지만 최종 결정권자는 진우였다.

한때 재미로 이력서를 넣는 게 유행이기도 했다. JW 게이트에서 반응을 보이지 않아 금방 사라진 유행이었다.

"일단 지원이라도 해봐. 재미있을 것 같은데."

"맞아요! 혹시 알아요? 팍! 하고 취직될지! 말 나온 김에 지금 해봐요!"

핑크요정과 마망이 그렇게 말하자 진심사커킥은 잠시 생각하다가 고개를 끄덕였다.

진심사커킥에게 시선이 몰렸다.

마망이 가지고 온 노트북을 꺼내 진심사커킥에게 빌려주었다. 그는 G&P JW 게이트 홈페이지에 들어가 '지원하기'를 눌렀다. 간단한 신상정보를 입력하자 자기소개서를 첨부하는 페이지가 나왔다.

"이력에 평화의 마을 방어전 참여 쓰고 평화의 마을 복구 참여라고 써."

"겁나 멋진 네크로맨서라고 해봐."

"형 말 믿어라. 이런 건 특이한 게 무조건 먹힌다."

"임팩트가 중요해."

주변에서 반쯤은 농담으로 도움을 주었다. 분위기를 띄우기 위해서였다. 술을 마셨기 때문일까? 진심사커킥은 고개를 설레 저으면서도 피식 웃고는 그대로 그렇게 적었다.

핑크요정과 다른 이들이 자기소개서를 적어주기도 했다.

진심사커킥은 당연히 기대를 전혀 하지 않았다. 장난 전화라도 거는 것 같아 두근두근거릴 뿐이었다.

이름: 진심사커킥

나이: 25세

경력:

1. 뉴월드 : 미궁 평화의 마을 방어전 참여.

2. 평화의 마을 복구 활동 참여.

3. 김군주와 전사들 소속.

안녕하세요? 모든 일을 진심으로 하자!

진심사커킥입니다!

몸이 약하지만 정신력은 2배입니다.

저는 인사를 세 번 합니다. 예의가 3배 바르기 때문입니다! 저를 뽑아주신다면 뼈를 묻는 마음으로, 죽을 생각으로 일하겠습니다!

제가 제일 존경하는 분은 대한민국의 자랑이자 위대한 기사, 그리고 위대한 문화의 창시자이신 이진우 폐하입니다!

감사합니다.

작성이 완료되자 진심사커킥이 전송 버튼을 눌렀다.

[충성의 그림자(총지배인, 지구)가 이력서를 검토합니다. 근성이 마음에 든다고 합니다. 예의가 3배 바르다는 부분에서 감탄합니다. 과연 대군주님의 안목은 대단하다고 생각합니다.]

그렇게 전송 버튼을 누르고 모두 한차례 웃음을 터뜨렸다. 핑크요정이 그의 어깨를 토닥여주었다. 진심사커킥이 징그럽다는 듯 그의 손길을 거부하며 웃었다.

"진심사커킥을 위해서 마시죠!"

"크흐, 막차까지 달립시다!"

"으어어! 김군주 님, 한마디 해주시죠!"

진우가 잔을 들며 일어났다.

"하는 일 모두 잘 될 겁니다. 제가 보장합니다. 안 되면 찾아오세요."

"크흐, 패기 지립니다!"

"평생 따르겠습니다!"

진우의 말에 분위기가 후끈 달아올랐다. 그렇게 모두 술잔을 들 때였다. 진심사커킥의 핸드폰이 울렸다.

"응?"

모르는 번호였다. 특별히 연락이 올 곳이 없었다. 그냥 무시하고 술잔을 들었는데, 계속 왔다. 진우가 받아보라고 하자 진심사커킥이 자리에서 일어나며 전화를 받았다.

"여보세요?"

방해가 되지 않도록 아래층으로 내려가려고 할 때였다. 말도 안 되는 소리가 들리자 그의 걸음이 우뚝하고 멈추었다.

"네? 어, 어디라고요? JW 게이트요? 네, 네!"

진심사커킥의 말에 시끌벅적했던 분위기가 다시 조용해졌다. 장난을 하는 것이라기에는 진심사커킥의 표정이 너무 리얼

했다. 마치 귀신이라도 본 것 같은 표정이었다.

"뭐, 뭐라고요? 모레부터 출근……? 이거 몰래카메라죠? 네? 화, 확인해 볼게요."

진심사커킥은 통화가 끝나고도 멍한 표정이었다. 그러다가 정신을 차리더니 노트북 쪽으로 뛰어갔다. 결과를 확인해 보았다.

[축하합니다. G&P JW 게이트 총지배인 비서실에 합격하셨습니다. 간단한 신체검사와 적성검사가 있을 예정이니 통지받으신 날짜에 JW 게이트를 방문하여 주시기 바랍니다. 모든 검사는 이틀 정도 소요됩니다.]

합격이라는 글자가 나타났다.

"허억!"

"거기 연봉 엄청 세다던데……."

"정말이야?"

진심사커킥은 자신의 눈을 믿을 수 없어 눈을 수차례 깜빡이며 화면을 바라보았다. 주변에 있던 이들도 마찬가지였다. 불과 20분도 되지 않아 일어난 일이었다. 진심사커킥은 넋이 나간 표정이 되었다.

"역시 뉴월드는 대단하군요."

진우가 말하자 모두 얼떨떨한 표정으로 고개를 끄덕였다.

"여, 역시 답은 뉴월드다!"

"오오!"

"대박!"

난리가 났다. 공식 홈페이지에서 확인을 했으니 몰래카메라 같은 것도 아니었다.

얼떨떨한 표정이 가시기도 전에 또 연락이 왔다. 진심사커 킥은 나갈 생각도 하지 못하고 그 자리에서 전화를 받았다.

"네? 바, 방화범이 잡혔다고요?"

진심사커킥은 멍한 표정으로 들려오는 목소리에 기계적으로 대답을 했다. 경찰 쪽과 재벌 일가가 연관되어 있는 일이었다. 재벌 일가 쪽의 막내아들이 장난으로 불을 지른 것이었는데, 들통나는 것을 막기 위해서 이런저런 일을 벌였다.

진우의 문자 한 통에 단순한 방화사건이 이리저리 연결되며 나라가 뒤집히기 시작했다.

'그러고 보니……'

진우는 깜빡하고 있던 일이 떠올랐다. 뉴월드 발표 때 조용히 지내라고 했던 경고가 아직 풀리지 않은 상태였다. 진우는 확실히 처리하라고 톡을 보냈다. 그리고 하는 김에 다른 이들의 고민 또한 해결해 주기로 했다.

[충성의 그림자(총지배인, 지구)가 명을 받습니다. 대군주님의 영광스러운 첫 정모를 망친 죄는 너무나 무겁습니다. 고위심문관과 메이드들이 움직이기 시작합니다.]

딱 한 마디였지만 그 효과는 강력했다. 벌써 뉴스 속보가 나오기 시작했다.

"크흑! 너무 기쁩니다! 평생 게임 할 겁니다! 안 떠날 겁니다! 여러분 사랑합니다! 흐어엉."

진심사커킥이 눈물을 펑펑 흘리며 진우의 옆에 매달렸다.

"엇?! 보증금을 돌려받았어요!"

마망이 스마트폰을 확인하더니 그렇게 외쳤다. 집주인이 보증금을 돌려주지 않아서 마음고생이 심했던 마망이었다. 부동산에 블랙리스트로 올라갔던 집주인이었는데, 얌전히 모든 금액을 입금했다.

"어? 대출이 승인되었다고?"

"음? 전출이 취소되었다고요?"

"헉! 갑자기 대량 주문이……?"

"손해배상을 해준다고요?"

"집 나간 아들이 마음을 고쳐먹었어?! 갑자기 울면서 효도를 한다고?"

김군주와 함께 있는 전사들에게 소소한 행복이 찾아왔다. 모든 근심을 해결해 줄 수는 없었지만, 이 정도는 해줄 수 있었다. 즐거움에 대한 보답이었다.

진우는 조용히 술잔을 들었다.

"좋은 날이네요. 건배하죠."

[허물의 제왕(사라 브리악, 마계)이 빛나는 건치 효과를 부여했습니다. 그녀가 자주 쓰고 있는 마법입니다!]

진우의 미소가 유난히 눈부셔 보였다. 실제로 빛나고 있으
니 당연했다. 이보다 더 좋은 분위기는 찾을 수 없을 것이다.
결국 동이 틀 때까지 술자리가 계속되었다.

　모두 첫차를 타고 집으로 돌아가고 나서야 진우는 저택으
로 돌아왔다.
　"도, 돌아오셨습니까?"
　"음? 퇴근 안 했어?"
　유나가 땀에 흠뻑 젖어 있었다. 검을 잡고 있었는데, 손이
조금씩 떨리고 있었다. 훈련을 한 것일까?
　"무슨 일 있었어?"
　"아무 일도…… 없었습니다. 그보다 어떠셨습니까?"
　"재미있더라."
　유나는 한동안 저택에 더 남아 있다가 퇴근했다. 무슨 일이
있었는지는 모르겠지만, 그날부터 유나의 훈련량이 급격히 늘
기 시작했다.
　어쨌든, 정모는 즐거웠다. 처음으로 정모를 제대로 즐긴 진
우였다.

　정모가 끝난 후 미궁넷에 정모 후기가 올라왔다. 김군주와
전사들이 정모를 했다는 소식은 많은 관심을 끌었다.
　미궁넷에는 인증 사진이 많이 올라오는 편이었다. G&P의

314 망작 악역이되다 6

최신 기술이 적용되어 있어 사진을 퍼갈 수도 없었기 때문이다. 올라가자마자 베스트 게시글이 되었다.

[제목: 김군주와 전사들 정모 후기]

[글쓴이: 핑크요정]

안녕하세요!

핑크요정입니닷! 저번에 정모를 한다고 올리니 많은 분들이 관심을 주셨어요! 그래서 정모 후기를 남겨봅니다.

모두 허락을 받고 사진을 올리는 거예요!

김군주와 전사들은 모두의 요정이니까요!

그럼 출발!

[엄지손가락을 치켜든 다이버 이모티콘.]

가장 먼저 도착한 분은 우리 막내였어요.

[마망 사진.jpg]

듬직한 막내였는데 이렇게 바뀌었습니다. 귀엽죠?

2층을 전부 예약했습니다!

진심사커킥, 홀라우프맨, 지존야케옷은 게임이랑 똑같았습니다. ㅋㅋ 물론 저도 똑같습니다.

오해하지 마세욧.

김군주 님께서 안 오실 줄 알았는데, 얼마 전에 오실 수 있다고 연락을 주셨어요! 드디어 김군주 님의 실물을 영접할 수 있게 되었습니다!

[두근두근! 이모티콘.]

결과는? 김군주 님은 아바타랑 똑같았습니다!

사실 글을 작성하면서 베스트 게시글을 봤는데요.

김군주 목격담이 많이 올라오더라구요. 어그로 취급을 받는 게 슬펐습니다.

제가 오늘 확실히 종지부를 찍어드립니다.

[술잔을 들고 있는 김군주.jpg][김군주와 아이들.jpg]

우리 군주 님 장난아니죠?

그냥 아바타 커스터마이징 안 하고 접속하신 것 같습니다.

게임보다 빛나는 실물. 넘모 취향이자너.

다들 술 잘 마셔서 엄청 마셨네요.

2차는 택시 타고 문화센터로 가서 마셨습니다.

요즘 굉장히 핫한 마계 레스토랑이었는데요.

예약도 안 했는데, 김군주 님이 이벤트 당첨되어서 맛볼 수 있었습니다! 예약하려면 3개월 걸린다는데 운이 엄청 좋았습니다.

[단체 사진.jpg][김군주 님께 홀딱 빠진 마망.jpg]

아침까지 달렸습니다.

잡담이지만 사실 1차에서 끝내고 집으로 갈 생각을 하고 있었어요. 가출한 자식 때문인데…… 벌써 4번째네요. 말썽도 많이 피우고…… 참……. 근데 집 나간 아들내미가 울면서 전화를 하더라구요. 잘못했다고.

아침에 들어가니까 완전히 바뀌어 있더라고요.

드디어 정신을 차린 것 같습니다. 다른 분들도 좋은 소식이 들려온 걸 보면 성좌님들께서 현실에 축복을 내려준 게 아닐까요?

핑크요정이었습니닷!

[댓글 23,123]

-조아용: 헐, 김군주 님 게임이랑 똑같네.

-핫스타: 비주얼 미쳤다. 어디 모델인줄ㅋㅋ

└건맨: ㄹㅇ 뉴월드 모델해도 되겠음. 실제로 트레일러에도 나왔잖 슴.

└핫스타: 방송켜면 서버 폭발할듯ㅋㅋㅋ

-충성충성: 핑크요정 190cm에 근육질이라는 소문 있던데 사실임? 저기 단체샷에 저 아죠씨 아님?

└핑크요정(글쓴이): ㄴㄴ. 저도 게임이랑 비슷함. 사진 찍느라 안 나 왔음.

└전설강림: 이분 아바타 생성에 오백만원 지른 걸로 유명하잖슴ㅋ ㅋ아들도 있자너. 글에서 아재냄새 오짐.

└핑크요정(글쓴이): 난 민방위 끝난 여고생이라구!

김군주의 인기가 더욱 폭발하기 시작했다.

♦ Chapter6 ♦
골목객잔

　진우가 정모를 한창 하고 있을 때의 일이었다. 총지배인은 JW 게이트에서 손수건으로 눈물을 닦으며 진우의 훈훈한 모습을 바라보았다.

　"크흑…… 죽어도 여한이 없습니다."

　주인님의 마음 씀씀이는 그야말로 감동이었다.

　보라! 저 아름다운 모습을!

　아랫것들에게 자비를 베푸시는 모습은 그야말로 전 차원을 지배하는 대군주다웠다. 그 어렸던 아이가 장성해서 이제는 차원의 지배자가 되어 있었다.

　이보다 더한 감동은 없을 것이다!

　'성경을 새로 써야겠다. 이 위대한 장면을 그 무엇보다 성스럽게 묘사하리라!'

　대군주님께서 스무 제자에게 은혜를 베푸시니, 그 기적에 모두 환호하였다. 스무 제자는 감동에…….

영감이 팍팍 떠올랐다.

"으, 으윽!"

아르카나가 정신을 차렸다. 총지배인은 고개를 돌려 아르카나를 바라보았다. 그녀의 눈빛에 있는 흥분이 아직 가라앉지 않았다.

"음……."

총지배인은 신음을 흘렸다. 아르카나의 반쯤 꺾인 목이 탁 하고 돌아가더니 제자리를 찾았다. 그녀가 본체로 현신하려 할 때 틈을 노려 제압을 했는데, 역시 회복 속도가 굉장했다.

"으윽! 저도 가야겠습니다!"

"자네는 여기에 있게."

"하지만……!"

"어허, 아직 수행이 부족하네."

총지배인이 그렇게 말했지만 아르카나는 물러나지 않았다. JW 게이트 밖으로 나가 주인님의 저택을 찾아가고 싶은 욕구가 머릿속을 지배하고 있었다.

본능이 이성을 잠식했다!

"본성조차 극복하지 못하는 자네가 그 자리에 어울린다고 생각하나?"

"크흣……! 방심해서 당했지만 이제는 아닙니다."

아르카나가 전투 자세를 잡았다. 총지배인은 긴 숨을 내쉬며 노트북을 접었다.

"그럼 몸으로 알려줘야겠군."

총지배인은 품에서 검은 장갑을 꺼내 천천히 착용했다. 몸을 돌려 아르카나의 앞에 섰다. 한 손으로 꽉 조여진 넥타이를 느슨하게 풀었다.

흠칫!

아르카나는 덮쳐오는 압박감에 뒤로 한걸음 물러났다.

총지배인이 대단한 사람이라는 건 알고 있었다. 배울 점이 굉장히 많아 그에게 가르침을 청하고 스승으로 모시고 있었다. 그러나 인간이었다. 무력으로는 자신이 훨씬 우위에 있다고 생각했다. 그의 기세를 느껴보기 전까지는 말이다.

"주인님께 누가 된다면 그 어떤 존재라도 나를 넘어설 수 없네."

총지배인은 턱을 살짝 들고 한 손을 뻗었다.

아르카나가 주먹을 쥐었다. 빠르게 돌파할 생각이었다.

그녀의 몸이 흐릿해지더니 총지배인의 바로 앞에 나타났다. 막대한 힘이 담긴 주먹이 뻗어 나갔다. 인간이 반응할 수 있는 속도가 아니었다. 그러나 총지배인은 이미 인간의 한계를 넘어선 지 오래였다. 뻗은 손으로 가볍게 주먹을 옆으로 쳐 흘려 버렸다. 아르카나의 몸이 중심을 잃고 갸우뚱하자 손등으로 얼굴을 후려쳤다.

콰아앙!

그녀의 몸이 옆으로 튕겨 나갔다. 공중에서 몇 바퀴 구르다가 간신히 중심을 잡고 바닥에 손가락을 쑤셔 넣었다.

드드드드드득!

바닥이 갈리며 기다란 흉터가 생겼지만 속도가 줄어들지 않았다. 그대로 쭈욱 밀려나다가 벽에 부딪혔다. 벽이 무너져 내리며 그녀의 몸 위에 쏟아졌다.

두드드드!

아르카나 위에 쏟아진 잔해가 흔들렸다. 마법진이 그려지더니 거대한 잔해들이 공중에 떠오르기 시작했다. 심상치 않은 마력이 느껴졌음에도 총지배인은 여전히 한 손만 뻗고 있을 뿐이었다. 거대한 잔해들 속에서 아르카나의 모습이 보였다. 그녀의 눈동자는 평소와는 다르게 길게 찢어져 있었다. 포식자의 눈이었다.

잔해들이 총탄처럼 총지배인을 향해 쏘아졌다. 총지배인은 여유롭게 그 광경을 바라보았다.

그의 손이 뱀처럼 휘더니.

펑 펑펑!

쏟아지는 잔해를 말 그대로 분쇄했다.

아르카나의 눈에 보이는 것은 뱀처럼 마구 휘는 팔의 잔상뿐이었다. 그녀가 노린 것은 총지배인의 방심이었다.

탓!

총지배인의 뒤에서 아르카나가 나타났다. 눈동자가 커지는 순간, 그녀가 주먹을 뻗었다. 그러나 그녀의 주먹은 총지배인에게 통하지 않았다. 그는 다른 손으로 그녀의 주먹을 잡았다.

터엉!

총지배인의 몸이 주욱 밀려나며 그녀와 함께 성 밖으로 빠져나왔다. 나무가 박살 나며 바닥이 뒤집혔다.

총지배인과 아르카나가 잔상을 그리며 사라졌다.

쾅! 콰아앙!

그저 타격음만 들릴 뿐이었다. 짧은 순간에 수많은 공격이 이어졌다.

콰앙!

아르카나의 몸이 접히더니 그대로 나무를 뚫고 바닥에 처박혔다. 타격 기술로는 총지배인의 상대가 되지 않았다. 애초부터 그녀는 인간 형태로 싸우는 타입이 아니었다.

"퉤!"

비릿한 피를 뱉어냈다. 그녀의 송곳니가 바닥에 떨어졌다. 빠진 부분에 다시 송곳니가 돋아났다. 총지배인은 여전히 여유로웠다. 살짝 뜯겨나간 옷깃을 보고는 슬며시 고개를 끄덕일 뿐이었다.

"이게 전부인가?"

그의 말에 아르카나의 표정이 구겨졌다.

'이 정도 거리라면 본체로……!'

본체로 현신할 때 시간이 좀 걸렸지만 이 정도 떨어져 있으면 문제없을 것 같았다. 그녀가 마력을 폭발시키며 본체로 현신하려는 순간이었다.

"어?"

꼬리가 길어지고 뿔이 자라났지만 그뿐이었다. 본래 모습으로 바뀌지는 않았다. 총지배인이 여유롭게 걸으며 다가왔다.

"자네의 몸은 조금 특이하더군. 혈을 막아놓았네. 당분간은 본래 모습으로 돌아가기 힘들 걸세."

"……대단하시군요. 과연 총지배인이십니다. 하지만……."

아르카나는 마력을 모으며 입을 열었다. 아르카나의 입을 향해 마력이 빨려 들어오기 시작했다. 여유로웠던 총지배인의 표정도 조금 굳었다. 그녀가 무엇을 준비하는지 알아차렸기 때문이다. 그윽한 눈으로 그녀를 바라보았다.

'뜨겁군. 뜨거워.'

그녀의 절실한 감정이 느껴졌다. 하지만 자신에 비해서는 부족했다! 주인님에 대한 충정은 이미 광활한 우주를 가득 채우고도 남았다.

파아아!

아르카나의 입에서 브레스가 뻗어 나왔다. 본체가 아니라서 위력이 줄어들기는 했으나, 아르카나는 군주였다. 공간이 비틀리고 차원이 흔들렸다. 브레스가 코앞까지 도달한 순간, 총지배인이 두 손을 뻗었다.

콰가가가!

브레스가 총지배인의 두 손에 막혔다. 총지배인이 뒤로 주르륵 밀려났는데, 아르카나가 더욱 마력을 쏟아부으며 브레스를 증폭시켰다.

그그그그!

공간이 마구 뒤틀리며 주변의 풍경이 일그러졌다. 총지배인이 손에 힘을 주자 브레스가 구겨지며 쪼그라들기 시작했다.

아르카나는 당황했다.

'싸우면서 성장하다니……'

그녀는 느낄 수 있었다. 총지배인은 조금 전보다 훨씬 강해져 있었다. 권능, 저것은 권능이었다.

'이미 군주급……!'

충성심으로 한계를 돌파하며 계속해서 강해지는 권능.

종족의 한계를 넘어섰고, 영혼의 한계마저 돌파했다.

'괴물……!'

그 단어밖에 생각나지 않았다. 총지배인은 브레스를 구겨버리더니 작게 압축했다. 주먹 크기보다 작아진 브레스가 총지배인의 손안에서 마구 소용돌이쳤다. 그러나 총지배인이라고 하여도 완전히 없앨 수는 없었다. 물 묻은 비누처럼 그의 손에서 빠져나오더니 숲 한가운데 떨어졌다.

폭발을 예상했지만 의외로 폭발은 일어나지 않았다. 다만 공간이 찢어졌다. 떨어져 나간 브레스가 지하에 있는 황금의 성소, 그리고 미궁과 묘하게 공명하기 시작했다. 둘은 전투를 하다 보니 어느새 황금의 성소 위에 자리하고 있었다.

총지배인과 아르카나는 당황했다.

"음……"

"저건……?"

공간이 길게 찢어지며 포탈이 등장했다. 정상적인 포탈은 아니었다. 상당히 어두운 색이었고, 어디론가 이어졌는지 알 수 없었다. 게다가 굉장히 불안정해서 주변의 모든 걸 빨아들이기 시작했다. 블랙홀처럼 보일 지경이었다.

아르카나의 몸이 점차 떠오르더니 포탈을 향해 빨려 들어가기 시작했다. 총지배인 역시 마찬가지였다.

"초, 총지배인님!"

"자, 잡으시게!"

대지에 발을 박아 넣은 총지배인이 아르카나의 손을 간신히 붙잡았다. 다행히 포탈이 점점 작아지고 있었다. 아르카나의 몸이 마구 흔들렸지만 총지배인은 이를 악물고 버텼다.

두드드드드!

"아……."

아르카나의 표정이 멍해졌다. 순간 총지배인의 주변에 커다란 그림자가 졌다. 총지배인이 고개를 돌리는 순간 언덕만 한 바위가 그를 덮쳤다.

"윽!"

총지배인의 이마와 부딪혔다. 바위가 부서지기는 했지만 그 결과 총지배인의 몸이 포탈 쪽으로 쏠렸다. 뭐라고 말할 틈도 없이 포탈에 빨려 들어갔다. 포탈의 통로는 굉장히 길었다. 총지배인과 아르카나가 통로 안에서 중심을 잡았다. 아래로 떨어져 내리고 있는 건 확실한데, 그게 끝도 없이 이어졌다.

"어디로 통하는 걸까요?"

"잘 모르겠군."

"큰일이네요."

총지배인은 고개를 끄덕였다.

아르카나와 총지배인은 수도 없이 포탈을 넘어봤지만 이런 경우는 처음이었다. 굉장히 먼 곳으로 향하는지 꽤 오랫동안 통로에 머물러야 했다.

총지배인의 표정은 심각했다. 그가 말없이 JW 게이트를 비운 적은 한 번도 없었다. 주인님에게 누를 끼칠까 매번 걱정하며 성실하게 임무를 다했다. 그런데, 이런 사고를 치고 만 것이다.

"끝이 보여요."

"음……."

저 멀리서 빛이 뿜어져 나오고 있었다. 포탈의 끝이었다.

휘이이!

포탈을 빠져나오자 주변에 구름이 보였다. 출구는 높은 상공과 이어져 있었다. 총지배인과 아르카나는 구름을 뚫고 밑으로 떨어지기 시작했다. 아르카나가 마법을 쓰려고 했지만 브레스에 모든 마력을 소모한 탓에 마법을 쓸 수 없었다. 본체도 아니어서 용언도 힘들었다.

"크흑, 주인님께 폐를 끼치다니…… 어찌 이런 불충을……."

"주인님…… 으읏, 최고의 기회였는데……."

둘은 추락하는 건 고민도 하지 않고 있었다. 지상이 보이기 시작했다. 산으로 둘러싸여 있었다. 산속에 마을이 있는지 집도 보였는데, 중간계의 양식과는 전혀 달랐다. 기와지붕이었다.

콰앙!

그대로 기와지붕을 뚫고 바닥에 처박혔다. 지붕의 일부가 완전히 박살 나며 잔해가 사방으로 튀었다. 커다란 소음과 함께 바닥이 폭발하듯 터져 나갔다. 먼지구름이 뭉게뭉게 치솟아 올랐다.

"크, 크윽! 뭐, 뭐야!"

"하늘에서 사람이?"

둘은 검은 무리들 사이에 떨어졌다. 총지배인과 아르카나가 몸을 일으켰다. 둘은 아무렇지도 않게 옷에 묻은 먼지를 털었다.

고개를 돌려 주변을 바라보았다.

"여기는 어디고 이건 또 무슨 상황일까요?"

"음……."

험상궂은 사내들이 있었고, 피를 흘리고 있는 사람들이 있었다. 눈물을 잔뜩 흘린 소녀가 멍하니 둘을 바라보았다.

"웨, 웬 놈이냐!"

"가, 갑자기 무슨……."

사내들이 날붙이를 겨누며 소리쳤다.

총지배인은 슬쩍 그들을 바라보다가 고개를 끄덕였다.

"흠, 일단 정리하도록 하지."

"네."

사내들을 정리하는 데는 얼마 걸리지 않았다. 무언가 번쩍하더니 사내들의 몸이 허물어지듯 쓰러졌다.

총지배인은 그들의 무기와 복장을 살펴보았다. 독특하지만 익숙한 양식이었다.

아르카나가 뒤를 돌며 소녀를 바라보았다.

"괜찮……."

말을 걸려고 할 때.

쾅! 콰앙!

하늘에서 거대한 돌들이 떨어지며 집을 완전히 박살 냈다. 둘과 함께 빨려 들어온 돌들이었다. 소녀의 입이 벌어지더니 눈빛이 멍해졌다. 그러고는 픽 하고 쓰러졌다.

콰앙!

그나마 남아 있던 커다란 기둥이 옆으로 무너졌다.

둘은 잠시 말을 잊었다. 그렇게 시간이 속절없이 흘러갈 때였다. 공간이 일렁이더니 작은 포탈이 생겼다가 사라졌다. 불안정한 포탈이었다. 그게 반복되더니 누군가 나왔다.

"여, 여러분! 저 잼식이 드디어 히든 던전을 발견했습니다! 통로가 엄청 길었는데요. 오오! 통로에서 빠져나오니 전혀 색다른 오픈 필드가 펼쳐져 있습니다. 여러분 보이십니까? 무협풍인 것 같은데…… 어……? 메이드……? 메이드입니……."

아르카나가 재빨리 잼식의 머리를 날려 버렸다. 총지배인이 잼식의 몸을 터뜨렸다. 간신히 정신을 차린 소녀가 그 광경을 보고는 또 기절했다. 불안정했던 공간이 완전히 닫히며 포탈이 사라졌다. 아르카나는 성소로 향하는 포탈을 열려다가 고개를 저었다. 거리가 너무 떨어져 있어 그녀의 힘으로는 열리지 않았다.

총지배인은 직감할 수 있었다.

'내, 내가 주인님께 엄청난 폐를……'

총지배인은 눈을 질끈 감았다. 주인님을 실망시킨 죄, 그 무엇보다 무거웠다.

"죽음으로 사죄를 할 수밖에 없겠구나!"

총지배인이 떨어져 있는 검을 들었다. 그리고 자신의 목에 대었다.

"초, 총지배인님! 자, 잠시만요!"

"이 죄는 나 혼자 짊어지고 가겠네. 부디 주인님을 잘 보필하시게나."

"자, 잠깐……! 진정해요!"

"주인님, 불충을 용서하시옵소서! 크흑……"

아르카나가 총지배인에게 매달리며 그를 말렸다.

"초, 총지배인님 제발!"

"죄인은 죽어 마땅하옵니다. 크흐흑."

콰득!

검이 그의 목에 닿기는 했지만 종잇장처럼 구겨질 뿐이었다.

총지배인과 아르카나가 JW 게이트에서 실종되었다.

그 소식은 조금은 늦게 알려졌다.

정모에서 돌아온 진우는 푹 쉬고 있었다. 아직 메인 시나리오가 진행되고 있어 진우가 체크를 해야 하긴 했지만, 그래도 일이 확 줄어들어 푹 쉴 수 있었다.

'좋구만!'

김군주 아바타는 도플로의 유능한 부하에게 맡겨놓았다.

바로 첫 방송이 있었는데, 진우보다 훨씬 김군주스럽게 방송을 했다. 역시 도플로의 부하였다.

현재 미궁&루나TV를 제치고 부동의 1위를 달리고 있었다. 솔직히 자신이 했을 때보다도 재미있었다.

'역시 돈 많은 백수가 최고야.'

이보다 더 행복할 수 없었다.

진우가 그렇게 방에서 온종일 밍기적거리고 있을 때였다.

이민우에게 전화가 왔다.

[엘라가······.]

이민우가 울먹였다. 이민우는 요즘 들어 감수성이 무척이나 풍부해졌다. 오히려 엘라가 씩씩하게 느껴질 정도였다.

드디어 쌍둥이가 태어나려는 모양이었다. 아무래도 엘프와 인간의 신체구조가 달라 일반병원에 엘라를 맡길 수가 없었다. 그 때문에 할아버지가 머물고 있는 빌딩으로 엘프들을 불러 엘라를 돌봐주고 있었다. 델루도 가 있다고 한다.

'가봐야겠군.'

진우는 간단히 입고 빌딩으로 향했다. 차를 몰고 빌딩으로 다가가는데, 빌딩 주변에 거대한 바리케이드가 세워져 있었다.

마치 댐을 보는 것 같았다.

바리케이드 위에 최신식 레이더와 알 수 없는 거대한 기계 장치들이 설치되어 있었다. 하늘에서는 무장한 헬리콥터가 날아다녔다. 일선 그룹 최신 기술이 들어간 것들이었다. 핸드폰도 터지지 않았다.

능력자들은 물론, 일선 그룹 소속의 경호원 및 특수부대원들이 팀을 이루어 삼엄하게 주변을 감시했다. 무슨 전쟁이라도 난 것 같은 분위기였다. 나방이 바리케이드 주변으로 접근하자 바리케이드 앞에 붙어 있는 장치가 움직이더니, 레이저를 쏘아 나방을 태워버렸다. 벌레 한 마리도 출입할 수 없었다. 빌딩 전체에 대규모 결계까지 쳐져 있었다.

'할아버지, 아니, 이 정도라면…….'

둘의 합작이 분명했다.

진우의 차가 접근하자 무장한 능력자들이 차를 막았다.

그들은 얼굴에 위장까지 하고 있었다.

"……수고가 많으십니다."

진우가 창을 내리며 그들을 바라보자 화들짝 놀라며 바로 문을 향해 손짓했다. 그러자 기계가 돌아가는 소리와 함께 경보음이 울렸다.

구그그그!

거대한 문이 양옆으로 열렸다. 진우가 차를 몰아 안으로 들어오자 모두 생화학 실험실에서 볼 법한 완전 밀폐형 복장을 하고 헬멧을 쓰고 있었다. 진우는 인도에 따라 차를 댄 뒤 명한 표정으로 옷을 갈아입었다. 그들 중 한 명이 기계 장치로 진우의 몸을 훑더니 수치를 확인하고는 고개를 끄덕였다. 그 제야 빌딩 안으로 들어올 수 있었다.

'이렇게까지 해야 하나? 하긴…….'

자신의 신체검사 때 벌어진 소동을 생각하면 이 정도라서 다행이었다. 진우는 한숨을 내쉬며 엘리베이터에 올랐다. 최 상층에 오르니 진우와 똑같은 복장을 하고 있는 할아버지와 이민우가 보였다. 둘은 발을 동동 구르고 있었다. 진우를 보자 마자 둘이 허겁지겁 달려왔다.

"대군주니까……."

"뭔가 좀 해보거라."

둘의 표정은 다급해 보였다. 그리고 너무나 초조해 보였다. 아예 집 전체를 다 엘프들에게 넘기고 복도에서 기다리고 있 었다. 일단 그들을 안심시키기 위해서라도 무언가 축복을 내 려보았다.

[황금의 대군주가 곧 태어날 아이들을 축복하였습니다!]

처음 해보는 것이지만 효과가 있었다. 그렇게 진우도 합류해 서 자리를 뜨지 않고 복도에 머물렀다. 그렇게 기다림이 계속 될 때였다. 문이 열리며 델루가 나왔다. 할아버지와 이민우는 엄청난 속도로 안으로 들어갔다.

델루가 진우를 바라보았다.

"군주 님, 이상한 걸 쓰시고 계시는군요. 다른 분들도……."

진우는 슬며시 헬멧을 벗었다. 그러곤 안으로 들어가 보았다. 정원의 나무와 꽃들이 크게 자라있었다.

"크흐흑! 흐어……."

"흐으윽, 수고했다. 수고했어."

이민우와 할아버지가 엘라의 품에 안겨진 아이를 보고 펑펑 울었다.

아기는 남매였다. 갓난아이였음에도 굉장히 귀여웠다. 다행히 엘라를 많이 닮은 듯했다.

진우는 오랫동안 눈을 떼지 못했다. 너무 신기했다.

'음…… 이제 나도 삼촌인가?'

그도 약간 눈시울이 붉어지기는 했다. 진우는 흐뭇한 미소를 지으며 가족들을 바라보다가 밖으로 나왔다. 빌딩 밖으로 나오니 핸드폰이 터졌다. 유나에게 연락이 와 있었다.

'총지배인과 아르카나가 실종되었다고?'

진우는 이건 또 무슨 소리인가 싶었다.

축제였다. 쌍둥이 남매가 태어났다는 소식은 곧바로 전 세계에 알려지며 화제가 되었다. 무려 일선 그룹 이민우의 자식이었다. 세상이 시끄럽지 않은 게 이상할 것이다.

메이저 언론사들은 소식을 전하면서 축하의 말도 굉장히 길게 첨부했다. TV에서도 중점적으로 다루었다. 진우가 정모 때 나라를 뒤집어놓은 이후에 간신히 숨을 돌릴 만한 좋은 소식이었다. 방화범 스노우볼이 무지막지하게 굴러가더니 기업이고 뭐고 연관되어 있던 모든 것들이 다 날아가고 있던 와중이었기 때문이다.

엘론티도 난리가 났다. 엘프들은 아이가 귀했는데, 거의 수십 년 만에 태어난 아이들이었다. 게다가 엘라의 피를 이은 왕자와 공주였다. 보통 판타지 소설에서 인간과 엘프가 낳은 자식은 하프 엘프라 불리며 차별을 받았다.

그러나 엘론티는 아니었다. 그 반대라고 보면 되었다. 오히려 혼혈이 더 강했기 때문에 차별은 있을 수가 없었다. 게다가 무궁무진한 가능성이 있는 지구인과의 결합이었다. 황금의 대군주가 축복까지 내려줬으니 금수저가 아니라 금행성을 손에 쥐고 태어난 것과 다름없었다.

성좌들은 벌써부터 성소로 데려오라고 난리였다. 권능을 모조리 부여하겠다고 잔뜩 벼르고 있었다. 이민우와 할아버지는 입이 찢어질 것처럼 웃고 다녔지만 진우는 마냥 웃을 수 없었다. 그런 상황 속에서 전대미문의 사건이 발생했기 때문이다.

진우는 소식을 듣자마자 바로 JW 게이트로 왔다. 유나가 먼저 와 있었는데, 고위심문관과 메이드들에게 정보를 얻고 있었다. 어느새 폴리스 라인이 설치되어 있어 관계자 이외에는 출입을 할 수 없었다.

'전투가 있었군.'

성탑도 반쯤 기울어져 있었고 성에 커다란 구멍이 나 있었다. 게다가 숲도 파괴되어 있었다. 격렬한 전투의 흔적이 보였다. 이 정도 흔적이라면 군주급이 분명했다.

'설마…… 군주가 넘어온 건가?'

현재 5명의 군주가 남아 있었다. 물론 워낙 분량이 많아서 전부 나오지는 않았다. 이야기가 산으로 가면서 은근히 그냥 넘어간 부분도 많았다. 후반으로 갈수록 무슨 일이 벌어질지 예상할 수 없었다. 아로롱이나 하루링 같은 경우에는 운이 좋았다고 할 수밖에 없었다. 미궁의 변비가 아니었다면 중간계는 아마 사라졌을 것이다.

진우는 파괴된 숲쪽을 바라보다가 유나에게 다가갔다.

"오셨습니까?"

"음. 상황은?"

고위심문관과 메이드도 상황을 제대로 알고 있지는 않았다. 다만, 외부 침입에 의한 것은 아니었고 총지배인이 아르카나를 교육하는 과정에서 문제가 생긴 것 같다고 한다.

다른 군주의 소행이 아니라고 하니 일단 안심이 되었다.

'음……'

현장에 가서 확인을 해봤지만, 파괴의 흔적만 있을 뿐이었다. 거대한 토네이도라도 몰아친 것 같았다. 정보의 마안으로 확인해 보았지만, 단서를 찾을 수 없었다.

그렇게 무의미하게 시간이 흘러갈 때였다.

"김세연 팀장이 단서를 찾은 것 같습니다."

"그리로 가지."

진우는 포탈을 열어 세연이 있는 중앙 통제실에 왔다. 세연이 바로 화면을 진우에게 보여주었다.

"미궁넷에서 새로운 컨셉을 봤다는 글들이 올라왔는데, 방송인 잼식TV 쪽의 방송이었다고 하네요. 다시 보기 영상이 깨져 있었는데 제가 복구해 봤어요."

미궁넷에 뉴월드 : 미궁의 새로운 컨셉이라며 목격담이 올라왔다. 영상이 저장되는 도중에 깨져 있어서 제대로 볼 수 없었는데, 세연이 복구했다.

진우는 영상을 바라보았다. 잼식이 특유의 말투로 방송을 하고 있었다. 그가 있는 곳은 어디론가 향하는 긴 통로 같았다. 그 통로를 지나자 빛이 보였다.

그리고 나타난 것은 동양풍의 건물이었다. 채팅창 반응도 복구가 되어 있었다.

-쿠키칩: 오오! 무협?

-검존: 무협이다! 크흐! 동양 간지를 볼 수 있는 건가?

-마검사민준: 이거 던전이 아니라 그냥 새로운 오픈 필드 같은데?

-오하요: 와! 피 봐……. 실감난다! 저거 사파놈들인가?

-잼돌이: 공식 발표 없었는데……. 히든 피스 같은 건가?

-건물이 반쯤 무너져 있었는데, 바로 앞에 메이드가 보였다.

'아르카나?'

확실했다. 총지배인의 모습이 또한 잔상으로 보였는데, 그 순간 화면이 점멸되더니 꺼졌다. 이유는 알 수 없었으나 총지배인과 아르카나는 그곳에 있었다.

다른 차원, 그것도 무협 세계 같았다.

'무협이라……'

원작에서도 나온 곳이었다. 분량을 늘리기 위한 의도가 팍팍 들어간 파트였다. 꽤 긴 이야기였는데, 진우는 끈질기게 다 읽었다. 마치 긴 마라톤을 하는 기분이었다. 무협뿐만 아니라 원작은 외전 또한 꽤 많았다. 조회 수가 바닥을 치긴 했지만 말이다.

'아마 루나가 죽고……'

이런저런 에피소드 끝에 루나가 죽었다. 그 이후에 모든 것을 포기하며 간 곳이 무협 세계였다. 중간계보다 더 먼 곳에 있었는데, 다시는 지구로 돌아오지 않았다.

'내 눈물이 흘러 바다가 되었다. 루나를 떠나보내며 나는 눈물에 잠긴다.'

이런 경악할 만한 대사를 남기고 말이다. 중학생도 하지 않을 법한 대사였다. 워낙 충격적이라 기억을 하고 있었다. 그쪽으로 가는 방법이 정확히 나오지 않아 일단 신경을 끄고 있던 진우였다.

"갈 방법은?"

"잼식의 아바타가 그쪽에 있으니 위치를 추적할 수 있을 거예요. 바로 해볼게요!"

세연이 중앙 통제실에 설치된 여러 아티팩트를 만졌다. 미궁의 전체 모습이 떠오르더니 성소의 모습이 그 위에 겹쳤다. 성소의 포탈과 연결되어 있는 차원이 보이고, 곧 잼식의 아바타가 있는 위치가 표시되었다. 굉장히 먼 곳에 있었다.

"독자적인 흐름이 존재하는 것 같아요. 그래서 다른 차원의 영향을 받지 않고 멀리 떨어질 수 있었던 것 같네요."

"그렇군. 포탈을 열 수 있을까?"

"하루링과 아로롱의 에너지, 미궁의 힘을 사용한다면 할 수 있을 것 같아요."

다만, 안정화된 포탈을 여는 데 시간이 오래 걸릴 것 같다고 한다. 대신, 어느 정도 포탈이 열리면 작은 아티팩트를 먼저 보내서 상황을 알아볼 수 있었다.

'어쨌든 다행이군.'

잼식이 아니었다면 총지배인과 아르카나가 어디에 있는지 알아내지 못했을 것이다. 차원 미아가 되어 영원히 성소로 돌아오지 못할 수도 있었다.

진우는 잼식을 시원하게 용서해 주기로 했다.

"그럼 부탁할게."

"네, 알겠어요."

세연은 바로 연구를 시작했다. 진우는 안도의 한숨을 내쉬었다.

'총지배인과 아르카나니 걱정할 필요 없겠지.'

강자들이 넘쳐나는 무협 세계라 할지라도 그들의 상대가 될 수 없었다. 총지배인은 우주 한 공간에 떨어뜨려도 죽을 것 같지 않았다. 아르카나도 마찬가지였다. 오히려 그쪽 차원을 걱정해야 할 것이다.

진우는 겨우 한시름 놓을 수 있었다.

총지배인과 아르카나가 다른 차원에 떨어진 지도 벌써 한 달 가량되었다. 잼식이 쏘아 올린 무협 떡밥은 아직도 간간히 미궁넷에서 이야기가 되고 있었다. 세연에게서 관측용 아티팩트를 총지배인 쪽으로 보낼 수 있게 되었다고 연락이 왔다. 진우는 바로 중앙 통제실로 이동했다.

세연은 진우가 오기 전에 미리 준비를 끝내놓았다. 그녀가 장치들을 조작하자 화면이 떠올랐다. 화면은 성소의 중심에 조그마한 포탈을 표시해 주었다. 무협 세계와 이어진 불안정한 포탈이었다.

"그럼 보낼게요!"

진우가 고개를 끄덕이자 세연이 포탈 안에 관측용 아티팩트를 흘려보냈다. 아로롱이 정신을 연결해 조종했다.

진우는 유나와 함께 화면을 바라보았다. 잠시 중앙 통제실을 방문했던 루나도 옆으로 오더니 같이 화면을 응시했다.

관측용 아티팩트는 긴 통로를 지나자 건너편에 도착할 수 있었다. 잼식의 아바타가 있는 곳이었다. 아바타는 천계로 회수되지 않고 그쪽 차원에 남아 있었다. 양지바른 곳에 잘 묻어

준 모양인지 묘비까지 있었다.

마을의 전경이 보였다. 적당한 규모를 지닌 마을이었다. 무협 영화에서나 볼 법한 집들이 옹기종기 모여 있었다. 마치 무협 영화 세트장을 보는 것 같았다.

'참……'

마계, 중간계, 천계뿐만 아니라 이제 무협까지 나왔다. 원작은 정말 별 걸 다 섞어놓았다. 당연히 재미는 없었지만, 이번에는 또 뭐가 나올까 하는 호기심이 그를 완결까지 읽게 만들었다.

진우가 무엇을 봤는지 아마 평범한 독자들은 상상도 하지 못할 것이다. 모든 것이 상상 그 이상이었다.

"저기 있군."

"역시 무사해 보이는군요."

진우의 말에 유나가 그렇게 대답했다.

총지배인이 보였다. 마을 사람들은 무협 영화에서나 볼법한 양식의 복장을 하고 있었지만, 총지배인은 그대로였다. 아르카나도 나타났는데 그녀도 여전히 메이드 복장이었다. 총지배인은 건물이 밀집되어 있는 골목으로 들어갔다.

아로롱이 아티팩트를 조종해서 총지배인을 따라가 보았다. 객잔들과 식당들이 있는 거리였다. 그러나 손님들은 보이지 않았다. 마을이 규모가 꽤 있음에도 불구하고 총지배인이 있는 골목상권은 활력이 없었다. 골목 반대쪽에는 큰 객잔이 있었는데, 그곳에는 사람들이 미어 터졌다.

기왕 아티팩트를 보냈으니 좀 더 가까이에서 보기로 했다. 총지배인은 객잔과 식당들을 바라보다가 허름해 보이는 객잔으로 들어갔다.

[어, 어서 오세요. 배, 백종선인님!]
[아이구! 오, 오셨군요!]

객잔주인으로 보이는 중년의 부부가 총지배인을 맞이했다. 그들은 총지배인을 보고 백종선인이라 불렀다.

총지배인은 부부를 훑어 보았다. 그리고 안으로 들어가 의자에 앉았다. 압도적인 위압감에 부부는 서로 눈치만 봤다.

[이 집에서 제일 잘하는 게 뭔가.]
[소, 소면과 도, 동북식으로 만든 야채볶음입니다. 마, 만두도 조금······.]
[모두 내오도록 하게.]

부부는 구슬땀을 흘리며 요리를 만들어 총지배인 앞으로 가져왔다.

총지배인은 요리를 겉모습부터 훑어보았다. 진중한 표정으로 냄새를 맡았다. 무언가 마음에 안 드는지 눈썹이 찡그려졌다. 부부는 바짝 긴장했다.

총지배인이 젓가락을 들었다. 우선 야채볶음을 맛보았다. 고개를 갸웃하고는 소면을 바라보았다.

진우와 유나, 세연 그리고 유나는 총지배인의 그런 모습에 빨려들어가기 시작했다. 어째서 고개를 갸웃했는지, 무슨 뜻인지 엄청 궁금해졌다.

"백종선인? 무슨 뜻일까?"

"흥미진진하군요. 일단 지켜보도록 하지요."

진우와 세연이 화면을 바라보며 그렇게 말했다. 일단 좀 더 지켜보기로 했다.

총지배인은 소면은 국물부터 맛보았다. 또다시 고개가 갸웃했다.

[음…… 묘하군.]

팔짱을 끼며 잠시 그렇게 요리를 노려보았다. 그걸 지켜보는 부부는 속이 타들어 가는 모습이었다. 총지배인이 고개를 돌리더니 멀찍이 떨어져서 앉아 있는 아르카나를 바라보았다.

[아르카나.]

[……네.]

[이리 오게나.]

아르카나는 잠시 망설이다가 총지배인의 앞으로 다가와 앉았다.

[먹어보게.]
[이럴 때만 부르시다니 너무하시는군요.]

아르카나는 그동안 이런 경험이 많은 모양이었다. 그녀의 눈동자에서는 원망이 가득 느껴졌다. 하지만 한숨을 내쉬고 젓가락을 들었다. 야채볶음을 먹자 그녀의 인상이 구겨졌다. 입을 씻어내려 소면을 먹으려 할 때였다. 총지배인이 고개를 저으며 소면 그릇을 자신의 앞으로 가지고 왔다.

[……총지배인님?]
[이건 아직 평가가 끝나지 않았네.]

총지배인은 소면을 맛있게 먹었다. 아르카나는 그 모습을 보더니 얼굴이 부들부들 떨렸다. 그러나 지은 죄가 있어 아무 말도 하지 못했다. 총지배인은 고개를 한 차례 더 갸웃하면서 다시 미소를 지었다.

[허, 참…….]
[……왜 그러시죠?]

[이 집 소면을 참 잘하는군. 마을 최고의 소면 집일세.]

총지배인은 미소를 지으며 부부를 바라보았다.

[국물이 괜찮군. 평범한 게 들어간 건 아닌 것 같은데……]
[네! 산에 있는 약수를 썼습니다!]
[음……. 그래서 그랬군.]

총지배인은 고개를 끄덕이고는 남은 소면을 맛있게 먹기 시
작했다. 아르카나가 간절한 눈으로 총지배인을 바라보았다.

[아, 저……]
[어떤가? 야채볶음은……]
[무, 물컹물컹하고 비린 맛이 나는 게……]
[음, 아직 부족하네. 좀 더 먹어보도록 하게.]

소면을 한 그릇 다 먹은 총지배인은 아르카나의 시선을 무
시하며 부부를 바라보았다.

[앞으로는 소면 한 가지로 가는 게 좋을 것 같군. 다른 요리
는 모두 내리도록 하게.]
[하, 하지만……. 소면은 너무 싸고…… 특색이 없어서…….
수, 술손님들도 많아서 감당이…….]

[특색은 만들면 되는 것이 아닌가?]

총지배인의 말에 부부의 눈이 동시에 커졌다. 그들은 알고 있었다. 얼마전까지 파리만 날리던 금가네 객잔이 지금 어떻게 되었는지. 거기도 본래 요리 종류가 많았지만 지금은 3가지밖에 없었다. 그런데도 사람이 미어터졌다. 화산파의 도인은 물론 오대세가의 후기지수들 마저 목격이 되고 있었다.

[설마……. 백종비법 중 하나를 주, 주신다는 겁니까? 그 귀한 비법을!]

부부 중 남편의 말에 총지배인은 미소를 지으며 고개를 끄덕였다.

백종선인(百種仙人)! 마을 사람들이 그를 부르는 별호였다. 부부 앞에 있는 저 기묘한 신선은 세상을 놀라게 할 백가지 종류의 비법을 가지고 있다고 소문이 나 있었다. 혹자들은 옥황상제가 직접 내려준 비법이라고 말하기도 했다.

총지배인은 품에 손을 넣었다.

'뭐를 꺼내려는 거지?'

진우는 총지배인이 무엇을 꺼내는지 너무나 궁금했다. 다른 이들도 마찬가지인지 초롱초롱한 눈빛으로 화면을 바라보았다. 어느새 자리한 미궁도 마찬가지였다.

총지배인은 은색으로 빛나는 무언가를 꺼냈다. 부부가 보기에는 총지배인이 꺼낸 것이 너무나 귀해 보였다. 마치 은으로 만든 종이를 보는 것 같았다. 아니, 은보다 더 반짝였다. 더 귀한 지고의 보물이 분명했다.

총지배인이 담을 것을 가지고 오라고 하자 허겁지겁 너무 그릇을 가지고 왔다. 그 위에 은빛의 종이를 뜯었다.

[그, 그 귀한 걸…….]

은빛의 종이를 뜯자 붉은 가루가 떨어졌다. 매혹적인 냄새가 풍겨왔다.

[요리 도중 이걸 넣고 잘 저어보시게.]

부부는 보물을 보는 것처럼 붉은 가루가 든 나무 그릇을 바라보았다. 부부가 손가락으로 살짝 찍어 맛을 보더니 큰 충격을 받은 표정이 되었다.

진우는 황당함에 잠시 말을 잊었다.

"저거……."

"라면 스프로군요."

유나가 나지막하게 말했다. 무협 세계와 전혀 어울리지 않는 물건이었다.

"총지배인의 아공간에 라면 재고가 잔뜩 있을 겁니다. 성좌로서 충성이 깊은 자들에게 하사하기 위해 챙겨놓았다고 들었습니다."

"······그렇군."

던전에서 맛보는 라면은 그야말로 꿀맛이라고 한다. 그 맛 때문에 총지배인을 칭송하는 플레이어들이 많았다.

백종비법은 백가지 비법이 아니었다. 단 하나였다. 어디에 넣어도 어떤 요리에 넣어도 해결되는 마성의 가루. 그것은 라면 스프였다. 치트키라고 할 수 있었다.

부부가 소면에 라면 스프를 첨가한 다음에 먹어보았다.

[이, 이런 맛이!]

[가, 가루를 넣는 것만으로도 이렇게 깊은 맛이 나다니······. 정말 기적이에요!]

부부가 경악에 가까운 감탄을 했다. 술이랑도 잘 어울리고 한 끼 식사로도 그만이었다.

[마, 만능홍소면!]

이름이 즉석에서 지어졌다. 총지배인은 흐뭇한 표정으로 부부를 바라보며 고개를 끄덕였다. 아르카나만이 차가운 표정이 되어 야채볶음을 우물거리고 있을 뿐이었다.

아티팩트의 마력이 다 떨어져서 화면이 끊겼다.

"와, 예능 프로보다 재미있는 것 같아요! 이런 반전이!"

"재밌음! 라면 먹고 싶음."

"제가 끓여 드릴게요."

루나, 미궁 세연이 그렇게 말했다.

진우는 고개를 설레 저었다.

'둘이 저기서 왜 저러고 있는지 모르겠군.'

어쨌든 데려오려면 직접 가야 하니, 가서 물어보면 궁금증이 풀릴 것 같았다.

"도련님, 라면 드시고 가시겠습니까?"

유나의 물음에 진우는 고개를 끄덕였다.

진우도 라면이 당겼다.

진우는 총지배인 쪽으로 넘어갈 수 있을 때까지 가족과 시간을 보냈다. 아무래도 지구 쪽보다는 엘론티의 환경이 더 좋아 민우와 엘라는 엘론티에서 머물고 있었다. 할아버지도 아이들을 보러 자주 엘론티에 들르다 보니 자연스럽게 같이 보내는 시간이 많아졌다.

할아버지의 얼굴은 이제 완전히 풀어졌다. 그 냉혹했던 이희진 회장의 모습은 찾아볼 수 없었다.

이엘론, 이엘리. 극악한 확률을 뚫고 나온 정말 소중한 아이들이었다. 할아버지는 증손자와 증손녀가 원한다면 세상의 모든 걸 가져다 줄 기세였다. 어쩌면 정말 지구를 구매해 줄지도 몰랐다.

'다만, 걱정되는 게……'

요즘 들어 이민우의 살이 다시 급격히 빠지기 시작했다. 굉장히 행복해 보이기는 했는데, 밤이 되면 몇 차례 심호흡하고 방 안으로 들어갔다. 진우가 무협 세계에 간다고 하니 이민우가 진지하게 그에게 부탁했다. 너무나 절박해 보여서 진우는 들어줄 수밖에 없었다.

진우는 이민우와의 대화를 떠올려 보았다.

'진우야.'

'왜?'

'부탁 하나만 하자.'

'음?'

'무협지를 보면 그쪽에 영약이 많더구나. 양기를 보충하는 영약, 그리고, 그리고…… 그게 있지. 특수한 무공……. 무슨 말인지 알지?'

진우는 고개를 끄덕였다. 그도 무협지를 많이 읽었기에 알고 있었다.

'부디 구해다오. 의무를 다할 수 있게 도와다오.'

'……알았어.'

'쿨럭…… 고맙다. 역시 가족밖에 없구나. 하하…… 하하하.'

이민우는 그렇게 말하며 고개를 돌렸다. 진우는 볼 수 있었다. 이민우의 턱선을 타고 흐르는 한 줄기 눈물을 말이다. 그는 가장으로서 가정의 평화를 지켜야 했다. 무슨 수를 써서라도.

그 대화 이후 진우는 무협 세계로 건너가면 정력에 좋은 영약과 절륜해지는 비급을 찾기로 마음먹었다.

이민우는 그의 형이었다. 대군주의 형이라는 남자가 언제까지 고개숙이고 있을 수는 없었다.

'가장 강력한 것으로 가져다줘야겠어.'

진우는 그렇게 다짐했다. 마침 원작에서 나온 것들이 떠올랐다. 원작뿐만 아니라 무협지의 단골손님이라면 역시 무림사화 같은 후기지수를 탐하려는 색마들이었다. 어느 마을, 어느 객잔에 가더라도 꼭 등장했다. 중소방파의 후계자들은 꼭 그런 엄청난 색공을 익히고 있었다. 무림에서나 멸시당할 뿐이지 생각해 보면 정말 대단한 무공이었다.

'흥미가 생기는군.'

진우도 흥미가 생겼다. 황금의 군주도 마찬가지였는지 은근슬쩍 고개를 들었다.

이민우에게 주기 전에 부작용이 없는지 시험해 보는 것이 좋을 것 같았다. 사심이 전혀 없는 부작용 테스트였다.

세연에게서 모든 준비가 완료되었다는 연락이 오자 진우는 성소로 왔다. 총지배인과 아르카나가 있는 곳으로 넘어가서 세연이 만든 장치를 설치하면 성소에서 안정적으로 포탈을 열 수 있었다. 아직은 포탈이 불안한 상태였기에 진우 혼자 가기로 했다.

'이 정도면 되겠지.'

중간계로 갈 때보다 더 많은 물품들을 챙겼다. 진우의 아공간에 백화점 하나가 통째로 들어 있다고 해도 과언이 아니었다. 세연이 그쪽 세계와 어울리는 무복까지 만들어줘서 그걸로 갈아입었다. 입어보니 나름대로 어울렸다. 무협지까지 섭렵하고 있는 세연의 말에 따르면, 남궁세가의 대공자 같은 모습이라고 한다.

성소의 중심에 조금은 작은 포탈이 열렸다. 유나와 아리나, 세연, 미궁, 루나 그리고 허영과 최희연까지 모두 마중 나왔다. 최희연은 요즘 성소에 자주 모습을 드러내고 있었다.

진우는 포탈 안으로 들어갔다. 긴 통로를 지나자 마을과 떨어진 곳에 도착할 수 있었다. 눈앞에 색다른 풍경이 펼쳐졌다. 화면으로 보기는 했지만 그래도 역시 신기했다.

'마계나 중간계 쪽은 그래도 공통된 점이 있기는 했지만······.'

천계, 마계, 중간계는 같은 판타지 세계관이었다.

이곳은 분위기가 완전히 달랐다. 그래서 더 흥미가 생겼다. 괜히 양산형 판타지 소설에서 판타지와 무협을 오가는 것이 아니었다. 지금은 너무나 흔해졌지만, 과거에는 나름대로 신박한 소재이긴 했다. 이것이 진정한 차원 이동일 것이다.

진우는 산책하듯 걸어 마을 안으로 들어갔다. 외부에서 오는 사람들이 꽤 많아 마을은 활발했다. 해가 진 상태라 등불이 여기저기 달려 있어 상당히 아름다웠다. 동양풍 일러스트를 보는 것 같았다.

'여기도 괜찮네.'

중간계나 마계 같은 경우에는 익숙한 느낌이 강해서 큰 감흥이 없었는데, 이곳은 관광을 온 느낌이었다. 총지배인과 아르카나가 있는 곳을 찾아 헤맬 필요는 없었다. 군주의 기운을 느낄 수 있었기 때문이다.

진우는 아르카나의 기운을 쫓아서 거리를 걸었다. 걷다 보니 특이한 곳이 나왔는데, 호객을 하는 사람들이 보였다.

"백종비법의 정수가 담긴 금가네 객잔으로 오세요! 매화검수님들도 다녀간 바로 그곳!"

"남궁 공자님조차 반했다는 만능홍소면! 재고가 얼마 남지 않았습니다! 서두르세요!"

"어이! 거기 자네! 무림인들 사이에서 난리가 난 벽력탄불닭면이라고 아는가? 우화등선할 법한 맛일세! 근심 걱정이 싹 사라지지!"

"어허! 무슨 소리! 오른손과 왼손으로 비비는 반도비빔면이 최고지!"

무협 영화에서 자주보는 복장을 하고 있었다.

진우의 정신이 아득해졌다.

하지만 왜일까? 분명 이곳은 낯선 무협 세계인데, 낯익은 현대 느낌이 물씬 풍겼다. 백종비법은 라면스프를 넘어 또 다른 형태로 발전해 있었다.

'일단 돈이 있어야 하니……'

진우는 품에서 차원 금화를 꺼냈다. 차원 금화는 전 차원에서 통용되는 화폐였다. 차원 상점을 이용할 권한이 있는 이들은 차원 금화를 해당 차원의 화폐로 바꿀 수 있었다. 원작의 설정이 대부분 마음에 들지 않았지만, 차원 금화는 마음에 들었다. 인적이 드문 곳으로 가서 차원 금화를 이곳의 화폐로 바꿔 보았다.

우르르르!

영화에서 많이 보던 것들이 마구 쏟아져 내렸다. 은자와 같은 화폐들이었다. 원작 작가는 무협을 잘 알지 못했다. 이곳이 무협 세계이기는 하지만 원작 작가가 설정했기 때문에 기존 역사에 쓰이던 화폐와는 달랐다.

'가치가 상당히 낮군.'

마계나 중간계보다도 훨씬 낮아 돈 걱정은 할 필요가 없을 것 같았다. 물론, 진우는 그런 걱정을 한 적이 단 한 번도 없었다.

골목객잔가! 진우는 백종비법으로 재탄생한, 객잔과 식당들이 모여 있는 골목의 이름이었다. 마을에서 후미진 곳이었지만 사람들이 굉장히 많았다. 오히려 마을 중심에 있는 화려한 객잔이 썰렁해 보일 정도였다.

무림인으로 보이는 이들이 보였다. 정갈한 무복을 입고 있었는데, 고수 같은 분위기가 풍겼다. 이 골목은 무림인들 사이에서도 굉장히 핫한 플레이스였다.

"금 대협, 이곳이 백종선인께서 최근에 비법을 푸신 곳입니까?"

"그렇네. 화산파의 도운진인께서도 극찬했던 곳이지. 큰 깨달음을 얻었다고 하네."

"김치라면이라……. 무척이나 강해 보이는 이름입니다."

"허허, 그 냉면신녀가 눈물을 흘린 곳이기도 하네."

진우는 그들의 대화에 귀를 기울여 보았다.

"냉면신녀……. 소문으로만 들었습니다."

"정말 아름다운 여인이지. 무림오봉도 그녀의 미모에는 미치지 못할 걸세. 백종선인이 백 가지 비법을 창안해 낸 이유가 바로 냉면신녀 때문이라고 하네."

"꼭 뵙고 싶군요."

"허허! 소문일 뿐이지만 그녀는 불우한 사정 때문에 미각을 잃었었다고 하네."

무언가 깨달았는지 비교적 젊은 무림인이 깜짝 놀라며 입을 뗐다.

"저런……. 그렇다면 냉면신녀가 김치라면을 먹고 미각을 되찾았단 말입니까?"

"그러나 최근에 미각을 되찾은 곳이 바로 저 김치라면 전문 객잔이라네! 백종선인께서 비법을 베풀어 냉면신녀의 미각을 찾아준 곳! 백종비법 중 단연 으뜸이지!"

주변이 술렁거렸다. 무림인들 주변의 대화를 듣고 있는 건 진우뿐만이 아니었다. 어느새 주변에 있던 사람들이 모두 그의 이야기에 귀를 기울이고 있었다.

정말 말도 안 되는 이야기였다. 김치라면은 맛있기는 하지만 그 정도는 아니었다.

'냉면신녀?'

음식 같은 별호였다. 백종선인이 총지배인이었으니 아마도 냉면신녀는 아르카나일 것 같았다.

백종선인과 냉면신녀. 두 별호는 왜인지 서로 굉장히 잘 어울렸다.

진우는 거리를 둘러보았다. 주로 면 종류가 많았고, 닭갈비 같은 것도 있었다. 객잔의 벽에는 총지배인의 얼굴이 그려져 있기도 했다. 달마도와 비슷한 분위기였는데, 총지배인의 얼굴이 있으니 조금 웃겼다.

한국 번화가에 있는 어떤 풍경이 겹쳐 보일 지경이었다. 잘하면 김밥헤븐도 나오게 생겼다. 반도비빔면이 있는 시점이니 이상할 것이 전혀 없었다.

'도대체 무슨 짓을 한 걸까?'

둘이 이곳에 떨어지고 꽤 많은 시간이 흘렀으니 뭔가 사연이 있을 것 같았다. 구경을 마친 진우는 아르카나가 있는 곳으로 향했다.

백종선인과 냉면신녀, 그러니까 총지배인과 아르카나는 신출귀몰하다고 한다. 빚에 시달리고 있는 가난한 식당이나 객잔에 나타나 도움을 주고 사라졌다. 덕분에 마을 사람들은 총지배인을 신선으로 여기고 있었다.

기이한 차림새, 기이한 비법. 신선으로 취급될 만했다.

'저기 있군.'

골목을 지나자 막다른 곳이 나왔다. 환상이었다. 무림고수라고 하여도 알아차리지 못할 강력한 결계가 쳐져 있었다. 진우가 다가가니 손을 뻗으니 결계가 자동으로 깨졌다.

'잼식이 찍은 그 건물이군.'

잼식이 보여주었던 반쯤 무너져 있던 집이 분명했다. 집의 모양은 특이했다. 반은 무협에서 자주 보이는 기와집이었고, 반은 현대 양식으로 지어져 있었다. 아마 총지배인과 아르카나가 고치면서 개조를 한 듯했다.

진우가 대문에 가까이 다가가려던 순간이었다. 누군가가 대문을 뚫고 진우에게 달려왔다.

콰지지지직!

엄청난 기세로 점프를 했는데 무릎부터 땅에 닿더니 그대로 미끄러지며 진우의 앞에 도착했다. 진우는 그를 바라보며 웃었다.

"이거 백종선인 아닌가?"

"주, 주인님! 크흐흑! 제가……. 제가……. 크흐흐흑."

총지배인이었다. 총지배인은 진우의 앞에 무릎을 꿇고는 그대로 오열했다. 누가 보면 수십 년 만에 만나는 줄 알 것 같았다.

"크흐흑, 주인님께 폐를 끼친 죄! 죽어 마땅하옵니다! 죽여
주시옵소서!"

"됐으니까 일어나."

총지배인은 금방이라도 죽을 기세였다. 진우는 할 수 없지
총지배인의 등을 토닥여 주었다. 그러자 간신히 진정했다.

아르카나도 진우를 발견했다. 진우의 모습을 보자 부르르
몸을 떨었다. 그녀는 상당히 많이 발전했다. 기절하지 않고 간
신히 뿜어져 나오려는 피를 막아냈다.

"일단 들어가자."

오자마자 난장판이었다. 슬픈 이야기이지만 진우는 이런 난
장판이 오히려 익숙하게 느껴졌다.

안으로 들어가서 이야기를 들어보기로 했다.

건물 안은 아늑했다. 현대식으로 리모델링해서 상당히 쾌적
했다. 총지배인이 전부 말해주었다. 어떻게 이곳에 떨어지게
되었는지부터 이야기를 들었다.

진우는 황당함을 감출 수 없었다. 그가 한숨을 쉬자 총지배
인이 움찔했고, 구석에 있는 아르카나가 몸을 파르르 떨었다.
진우는 별말을 하지 않고 넘어가기로 했다.

"이 아이는?"

다소곳해 보이는 소녀가 총지배인 옆에 다소곳이 앉아 있었다. 미궁과 비슷했다.

"유, 유화란이라고 하옵니다."

소녀가 정중하게 인사했다. 겁먹은 기색이 있었지만 그래도 허리를 제대로 펴고 있었다.

"크흠, 저희가 떨어졌던 곳……. 이곳의 주인입니다."

총지배인이 그렇게 말했다. 유화란은 어린 나이였지만 식솔들을 이끌고 객잔을 운영했었다고 한다.

"설명해 봐."

"네."

총지배인은 다시 설명을 해주었다. 이 마을의 이름은 금호였다. 마을 옆에 큰 호수가 있는데 태양이 비친 모습이 금을 갈아 넣은 것 같다고 하여 금호라는 이름이 붙여졌다. 본래는 부유한 마을이었으나 얼마 전부터 자리 잡은 하오문 때문에 마을 사람들의 삶이 급격히 가난해졌다고 한다. 고리대금업 때문이었다.

'하오문…….'

무협지를 조금이라도 본 자라면 누구나 들어봤을 이름이었다. 주로 도둑이나 사기꾼, 시정잡배 같은 놈들이 모여 만든 집단이었는데, 무협지 속 주인공과 부딪히는 경우가 상당히 많았다. 주로 무협지 주인공한테 털리는 역할이었다. 하지만 정보력이 탁월하여 쓸모 있는 모습을 보여주기도 했다. 하오문 패거리가 금호로 밀려오면서 처음에는 잘 지내는가 싶더니, 객잔이나 기루가 하나둘씩 그들의 손에 넘어갔다고 한다.

'일부러 불을 지르거나 해서……'

돈을 빌려주고 못 갚게 한 다음 꿀꺽했다는데, 절반에 가까운 상권이 하오문의 밑으로 들어갔다. 그리고 드디어 유화란의 객잔에까지 손을 뻗었다고 한다.

그녀 객잔에서 무림인들이 어설프게 서로 싸움을 벌이더니 객잔을 박살 냈다. 난리를 피우며 객잔의 식솔들이 줄줄이 부상을 입었다. 그러던 중에 총지배인과 아르카나가 떨어진 것이다. 총지배인은 하오문의 짓으로 생각하고 있었다.

"제, 제가 부탁드렸어요. 골목 상인들이 빚을 갚게 되면 괜찮아질 것 같아서……."

"혹시나 주인님께 폐가 될까 봐 전면으로 나서고 있지는 않고 있었습니다. 결계를 쳐놓은 것도 그 이유입니다."

유화란과 총지배인이 그렇게 말했다. 무림인들도 끌어들여 하오문이 객잔과 식당에 손을 댈 수 없었다. 직접 나서지 않고 나름대로 잘 지키고 있었다.

총지배인이 직접 나서면 하오문쯤은 그날로 멸문할 것이다.

"그런 것치고는 화려하던데?"

"위생, 맛, 접객 등 모두 워낙 엉망이었던지라……. 송구합니다."

진우는 피식 웃었다. 사람을 도왔다는데 나무랄 수는 없었다. 오로지 진우만을 생각하며 따랐던 총지배인이 모처럼 스스로 판단해서 한 일이었다.

'그러고 보니 원작에서도 하오문이 나왔지.'

진우는 원작에 나왔던 하오문주를 떠올려 보았다.

"아!"

진우가 소리 내어 감탄하자 모두 진우를 바라보았다.

하오문주는 나름대로 무공을 익히고 있었다. 일류 수준은 되어서 그래도 강호에서 어느 정도 인정을 받고 있기는 했다. 하지만 흔한 설정 중 하나인 색마였다.

그는 무림 공적이 익혔던 색공을 익히고 있었는데, 기루의 기녀들뿐만 아니라 명문가의 여식들마저 고통을 받았다. 사라져도 큰 문제가 안 되는 인물이었다.

그 무공의 이름이 확실히…….

'일순십천색공…….'

그러한 이름이었다. 워낙 무공의 이름이 강렬해서 기억하고 있었다. 한순간에 하늘로 열 번 보낸다는 뜻을 지닌 강력한 무공이었다.

진우의 눈빛이 진지해졌다.

'형, 기다려.'

희망은 존재했다. 그 무공이라면 이민우의 잃어버린 미소를 되찾게 해줄 것이다.

"하오문주가 금호에 있나?"

"네, 그런 걸로 알고 있습니다. 명령만 내리시면 바로 처리하겠습니다."

진우는 고개를 저었다. 모처럼 찾아온 희망을 그렇게 함부로 처리해서는 곤란했다.

"직접 봐야겠어."

지금의 진우는 군주를 상대할 때만큼이나 진지했다.

직접 확인해 보기로 했다.

to be continued